Author
林 落
illustrator
ALOKI
演員的職業操守
下
Ethics for
Professional Actor

演員的職業操守八：認真讀原著是必須的

祁洛郢的家地段優良、視野和採光也極佳，尤其是冬日午後的斜陽透過白色紗簾照進客廳時，地板與家具染上瑩白色的光，顯得靜謐優雅又閒適愜意。

這樣的環境適合家人相聚，也適合情人依偎，以及告白和親吻。

關於親吻，孟卻白看遍了網路上的教學影片，甚至在拍戲時跟祁洛郢練習了很多次，從頻繁NG到深情自然。他不再青澀無措，也不再只顧逞能，他至少有一半的把握讓祁洛郢不討厭這個吻。

但很多事不是準備充分就夠了，儘管周圍環境光線好、氣氛佳、他的技術熟練，孟卻白的吻終究沒能落到祁洛郢唇上。

在兩人距離極近時，祁洛郢猛然回神，用力推開孟卻白。

祁洛郢迅速轉身避開孟卻白的視線，忽略自己發燙的臉頰，語氣十分不自然，「突然想起來我還有點事。」

語畢，連他都覺得這演技蹩腳得沒有半點說服力。

孟卻白目光幽深，漆黑眼瞳暗了幾分，清冷慣了的神情有著掩不住的落寞。他雖不擅社交，但不會分不清楚各場合的應對進退，他知道自己現在該離開了，再待下去不光是厚臉皮還可能令人反感，「我先回去了。」

祁洛郢聽出孟卻白語氣中的低落，回過身望見他那似路邊小狗的可憐眼神，心一軟，溫和道：「我送你。」

「不用。」孟卻白勉強扯了扯嘴角，朝大門走了兩步，不過他心裡還是放心不下祁洛郢的身體，忍不住叮嚀，「你好好休養，需要什麼跟我說。」

祁洛郢下意識點點頭，「好。」

孟卻白這才繼續往門口走，經過玄關時，目光在姚可樂帶來的人蔘精上停留幾秒，隨即開門離去。

看見大門闔上，祁洛郢鬆了一口氣，手指撫上嘴唇，不敢想像剛才要是眞的接吻了該怎麼辦？

這可不是演戲，親完還能若無其事當朋友啊！

「煩死了！」

祁洛郢決定找點事情做，然而他卻始終心神不寧、思緒無法集中。不僅劇本看不下去，原本背熟的臺詞總會突然忘詞，就連打開影音平臺，隨手選一部得獎的劇情片，看了十分鐘都覺得煩躁。

他只好逼自己站上跑步機，準備補回住院三天落下的運動量，同時停止胡思亂想。

跑了一整個下午，直到汗流浹背、精疲力竭他才一邊擦汗一邊走進廚房的吧檯，倒了杯氣泡水。他一抬眼就看見碗架上擺放整齊的碗筷，除此之外，流理檯也乾淨無比。

祁洛郢不禁微微訝異，沒想到孟卻白這種養尊處優的富家子做起家事竟如此細心，他才剛彎起嘴角，就不自覺想起方才孟卻白離開時落寞的神情，心裡一揪。

「可惡。」祁洛郢低低罵了一聲，不得不承認他很在意孟卻白的告白。

爲什麼孟卻白會喜歡他？

是不是入戲太深了？

《上班要專心》是孟卻白的第二部電影，分不清戲裡戲外也是有可能的吧？

難不成他對初吻對象產生了特別情愫？這種編劇寫了會被罵老套的情節眞實發生了嗎？

而且他們一開始不是在聊追星的事嗎？

他不過是打趣孟卻白的追星行爲，爲什麼孟卻白突然說自己在追他？

難道他眞的是那個讓孟卻白喜歡到因此入行的演員？

不對，他什麼時候做過和貓有關的心理測驗了？

祁洛郢靈光一閃，連忙拿起手機。

水各一方：「在忙？」

孟白白：「還好。」

水各一方：「問你一個問題。」

孟白白：「好。」

水各一方：「祁洛郢做過和貓有關的心理測驗嗎？」

孟白白：「……你忘記了嗎？」

孟卻白承認這句話他回得太快了，大概是告白不順心情低落，字裡行間多了幾分平時沒有的哀怨。

他剛把這兩天誤入祁途新增的貼文看完，該刪文的刪文、該警告的警告，便收到祁洛郢的訊息。

祁洛郢怎麼突然問起心理測驗的事？

孟卻白坐在房間落地窗旁的單人沙發上，窗外是被夕陽染紅的天空，以及被綠意點綴的城市街道，價格不菲的頂級音響正撥放著輕快柔和的鋼琴曲。祁洛郢說過，他工作疲憊和心情不好時會聽輕柔的古典樂來放鬆心情，孟卻白嘗試之後覺得有點幫助，無意中也養成了這個習慣。

孟卻白腳邊慢悠悠走過一隻白貓，他一把將牠撈起，貓咪喵了一聲後便溫順地窩在主人的大腿上。

「祁祁。」孟卻白親暱地喊著白貓的名字，一邊摸著牠柔軟蓬鬆像棉花的毛髮。

看來祁洛郢總算意識到他喜歡的演員就是自己，然後現在想找線索確認吧？

孟卻白冷靜了一下午，並不後悔告白，只後悔沒有克制住最後那個吻，他應該給祁洛郢更多時間思考。

祁洛郢盯著孟白白的訊息有些困惑，孟白白好像覺得他不應該忘記？

水各一方：「我應該記得？」

孟卻白被祁洛郢的回覆拉回注意力，他幾乎可以想像祁洛郢疑惑不解微微偏頭蹙眉的樣子，不自覺嘴角上揚。多年前做過的心理測驗換作他也可能會忘記，但誰叫他如此在意祁洛郢，關於他的所有事情孟卻白都記得一清二楚

孟白白：「我以爲祁洛郢的助理會幫他記著。」

祁洛郢一愣，突然想起前陣子跟孟白白說自己是阿佑的事了，趕緊拎起人設，揣摩一下助理這個角色。

水各一方：「助理不一定每件事都記得。」

孟卻白不想爲難祁洛郢，便停止繼續討論助理是否該記得這些事，迅速打開雲端硬碟。其中分門別類許多資料夾，孟卻白點開名爲「社群貼文」的資料夾，再進入某個年分的子資料夾，下載一張貼文的截圖傳給水各一方。

孟白白：「這是祁洛郢八年前做過的心理測驗。」

祁洛郢點開圖片發現的確是他八年前親自發的貼文，那個時候他會每天在官方社群上發文和粉絲互動。當時正好很流行分享心理測驗結果，有一天他一連做了十幾個心理測驗，並且全部轉貼到社群上。

除了這則「超神準！快來測測你像什麼動物」外，還有「從喝飲料看出你的戀愛人格」、「如果你穿越到武俠小說會變成誰」、「三分鐘測出你的前世今生」……

祁洛郢瞪著截圖上的測驗結果——白色波斯貓，他已經想不起來自己怎麼會這麼閒，他那陣子不是拍戲壓力很大嗎？

水各一方：「原來是八年前啊，當時我還不是祁洛郢的助理，自然不曉得。」

阿佑當祁洛郢的助理才兩年，完全有底氣說這句話。

孟白白：「嗯，原來是這樣。」

祁洛郢有點尷尬，他起初一心只想找孟白白求證，現在突然意識到這沒頭沒腦的發問肯定讓孟白白覺得奇怪，連忙轉移話題。

水各一方：「還有件事情要問……」

孟白白：「說吧。」

水各一方：「如果被同性告白怎麼辦？」

孟白白：「你不喜歡他嗎？」

孟卻白指尖顫抖地打下回覆，「不喜歡」這三個字尤爲刺眼，他深呼吸後送出訊息。

水各一方：「我應該是喜歡他的。」

孟卻白心跳快了一拍……或許不只一拍，他覺得自己現在和稍早告白時差不多緊張，看著螢幕上的文字有種不真實感。

孟白白：「你要接受他？」

水各一方：「但我不是同性戀，我沒喜歡過男人。」

孟卻白過快的心跳慢了下來，心裡空蕩蕩的，他看著大腿上的祁祁，想抱住貓尋求慰藉，不料牠卻跳開了。

孟卻白現在特別想去祁洛郢八年前的貼文留言，因爲那個心理測驗根本神準——祁洛郢確實和貓一樣難捉摸。

祁洛郢等了又等，沒等到孟白白的回應，忍不住又傳了訊息。

水各一方：「怎麼了，不相信？」

孟白白：「沒有。」

孟卻白嘆了口氣，試圖釐清祁洛郢的想法。

孟白白：「不喜歡男人和沒喜歡過男人是兩件事。」

「不喜歡男人」是斷絕和男人交往的一切可能，「沒喜歡過男人」是還沒遇過喜歡的男人，這兩者有著微妙的差異。

祁洛郢坐回客廳沙發上手支著頭，盯著孟白白這一段文字陷入思考，其實他琢磨了一整個下午，他知道自己喜歡孟卻白。雖然孟卻白和姚可樂是兩個極端，話量差了十倍百倍，但孟卻白並不冷漠，他對朋友包容又體貼。

而且兩人相處時不需要刻意說些什麼也很自在輕鬆，甚至也不需要隱瞞和防備，比如他從未向人傾訴過的家庭狀況，對著孟卻白就可以輕易說出來。

孟卻白不會說客套話來安慰他，或者指責他年輕不懂事勸他和家人和好，加上他和孟卻白的喜好很相近，每當他說起喜歡的電影、娛樂，孟卻白都能應對幾句。

這樣的朋友一輩子都不見得能遇上一個。

但祁洛郢覺得這樣的喜歡不到想和孟卻白接吻、上床的程度，他對孟卻白應該沒有慾望，拍戲時的意亂情迷是入戲，他不該被錯覺誤導。

水各一方：「我沒想過和他交往，我只想和他當朋友。」

孟白白：「就這樣告訴他吧，他會理解的。」

孟卻白艱難地打下這些字，同時感覺到絕望，一天之內被喜歡的人拒絕兩次，那樣的打擊感不是等數相加而是倍數成長。

尤其，他還一度以爲自己有希望。

祁洛郢感覺孟白白狀態有點奇怪，好像不太開心。

水各一方：「你今天怎麼了？心情不好？」

孟白白：「告白失敗。」

水各一方：「你之前不是已經親到喜歡的人了，怎麼現在才告白？對方不答應？」

孟白白：「他雖然沒當面拒絕，但也沒接受我的告白。」

水各一方：「既然沒拒絕，表示還有機會。」

孟卻白有些無奈地想著，祁洛郢如果知道孟白白的告白對象是誰還會這麼說嗎？

然而，這樣溫暖地鼓勵人的祁洛郢就是他喜歡的人啊！孟卻白慢慢揚起了嘴角，笑容有點感傷又有點幸福。

孟白白：「謝謝你，阿佑。」

祁洛郢望著阿佑兩個字愣了一下，他剛剛似乎替阿佑虛構了一個被同性告白的經歷……

沒關係吧？反正孟白白不認識阿佑。

祁洛郢難得放假，自認已經釐清了對孟卻白的心思，便愜意地滑手機轉換心情，慣性點開誤入祁途。

孟白白發的置頂貼文稍早已經編輯過，他把新聞稿中祁洛郢已經出院的消息放上，同時繼續呼籲大家不要和其他明星的粉絲起衝突。如果想做點什麼就到祁洛郢官方社群留言，幫祁洛郢加油與祝福。

孟白白果然讓人很放心，祁洛郢暗自盤算著晚點多傳幾張照片給孟白白當作獎勵，隨後便往下滑，看看大家最近在討論什麼。

除了關於他住院、出院的各種動態和小道消息外，最多人討論的是《上班要專心》這部電影和原著小說。

由於祁洛郢在拍攝電影期間中毒送醫，所以《上班要專心》也跟著刷了一波曝光度，他對此頗爲哭笑不得，不過關注這部片的人增加也是件好事。

滑著滑著，其中一則關於原著小說的討論吸引了他的注意力。

「等不及電影上映，我就先去看小說了！《上班要專心》的原著小說是《下屬整天都想推倒我》，強力推薦誤入祁途的各位一定要去讀一下！看完之後保證會更期待眞人電影！光把祁祁和孟卻白的臉代入角色想像畫面，我就用掉了一包衛生紙——用來擦鼻血的，別亂想！總之，推推推！」

這則貼文的愛心已經累積一千多顆，下方留言充滿驚嘆號，光看文字就感受到留言者的激動。

「一聽到是祁洛郢和孟卻白主演我就開始期待，雖然讓孟卻白演熱血正直好青年江寧軒有點令人擔心就是了。」

「啊啊啊，跟著原po的腳步去看了小說，林予澄這個禁慾美人受的設定太香了！」

「推倒上司實在太帶感！年下攻什麼的好萌啊！」

祁洛郢有幾個名詞看不懂，年下攻、美人受、太香……什麼意思？還有，他們是怎麼看出來林予澄很禁慾的？

「推倒上司」他倒是看得懂，他猜測眾人激動的原因，大概是因爲這是打破公司威權階級的禁忌之戀？可能大家上班壓力很大吧。

儘管祁洛郢隱隱覺得有點不太對勁，但也沒打算深究下去。

當初接演《上班要專心》的決定他下得倉促，只看了劇本，沒時間好好閱讀原著，現在剛好有空閒又看到他的粉絲們如此強力推薦，就覺得應該去看一看。

貼文下方除了實體書購買連結也有附上電子書的，考量了時效性和不方便出門等因素，祁洛郢選擇購買電子書，刷卡付款後他就開始看起《下屬整天都想推倒我》。

這是一個輕鬆的職場愛情故事，文字淺白易讀，然而其間祁洛郢幾度想丟開手機不看，但出於對工作的責任感，他灌了幾杯冰涼的氣泡水後還是繼續讀下去，最後看完整部小說時已是深夜。

祁洛郢心情複雜地半躺在沙發上一動不動，不是小說不好看，也不是對同性戀題材不適應，而是把自己代入角色後，對於床戲的細節描寫感到坐立難安。

原來小說裡有不少尺度很大的性愛橋段？

原來江寧軒幾乎每天都想推倒林予澄、想粗暴扯掉他的衣服、想狠狠占有他？

原來林予澄是被做到隔天下不了床，必須請假的那一個？

祁洛郢原本沒有很在意床戲的部分，畢竟劇本裡用寥寥幾句話帶過，他只當走個過場，但是導演那通電話讓他不得不開始在意。

何平不會眞的要還原小說敘述的場景吧……這讓他怎麼面對接下來要拍的床戲啊？

爲什麼他看完小說後煩惱的事情更多了？

他完全不覺得很萌很帶感，早知道就不看小說了！

這一晚，祁洛郢一直沒睡好，翻來覆去許久才勉強睡著。

突然，他感覺床邊陷下，有人上了他的床。他意識混沌地睜開眼，可惜房內昏暗只能勉強看到那人的身形輪廓，祁洛郢才剛機警地坐起身就被眼前的人推回床上。

祁洛郢感覺到身前黑影是個男人，有著寬厚有力的手臂和健壯的體格，男人兩手撐在他身側，身體覆在他上方占著具優勢的位置。

滾開！你想做什麼？

祁洛郢張口想罵人卻發不出聲音，男子一聲不吭就開始吻他，兩手急不可待地扯開他身上的衣服。襯衫釦子崩落彈開，男人的手掌順勢撫上他裸露的肌膚，鮮少被人碰觸的身體出乎意料地敏感。

那人修長的手指落下的瞬間激起他一陣顫慄和酥麻，陌生的感官刺激讓祁洛郢愣怔一瞬，停止了反抗，在這短暫的停頓中，他的皮帶被解開了。

祁洛郢回神後想推開對方，奈何他的手卻不受控制，違背他的意志掛在男人的脖子上，像是鼓勵也像是勾引。祁洛郢兩頰發燙、渾身燥熱，既氣憤又羞恥。

兩人唇舌交纏，他想喊停的嘴被男人吻得喘不過氣，完全沒有說話的餘裕。接著祁洛郢的褲子被褪下，兩條腿被男人強硬地用身體撐開，而他竟然沒半點節操地就勾上了男人的腰。

祁洛郢腦中警鈴大響！

男人彷彿吻夠了，他帶著草莓糖香氣的唇舌不再進攻糾纏，溫熱的唇瓣依依不捨地離開。這時祁洛郢的眼睛適應了屋內的黑暗，窗外遮住月亮的雲層正好散去，皎潔月光灑進昏暗的臥室，面前是一張輪廓深邃、氣質清冷的臉——是孟卻白！

孟卻白目光深情，「我喜歡你。」

祁洛郢還來不及追究孟卻白是如何進到他的房間趁夜偷襲，就感覺下身有一隻手正在扯他的內褲。

住手！他用盡全身的力氣掙扎……

「啊！」祁洛郢大叫著驚醒，胸口劇烈起伏並大口喘氣。

他愣然地望著周遭熟悉的擺飾，掀開被子一看，依然穿著睡衣睡褲，每一顆鈕子都好好地待在原位，內褲仍穿在身上。

原來只是一場夢。

祁洛郢鬆了口氣，孟卻白沒有爬上他的床、沒有脫他的衣服、沒有對他圖謀不軌——好吧，是「暫時」沒有圖謀不軌。

孟卻白有強吻未遂的紀錄，誰知道他以後會不會對他做些更過分的事？

不過兩人相處月餘，他總覺得孟卻白應該不是那種人吧……

祁洛郢才剛平復情緒沒多久，一低頭便發現自己起了反應，下體充血蓄勢待發。

這明明是個噩夢，他怎麼會興奮？

太荒謬了！

而且，在夢中他居然是接受的那一方嗎？

祁洛郢內心浮現一連串的髒話，沒有一個恰當的詞彙可以形容他現在的心情。

一定是那本小說的關係！也一定是被孟卻白告白的關係！

他對孟卻白絕對沒有任何性幻想！

祁洛郢的太陽穴隱隱作痛，身體似乎殘留著在夢中被愛撫的酥麻快感，而他的性器依舊巍然挺立——難不成他眞的是同性戀？

不可能，這只是一個夢，夢境本來就毫無邏輯，也無法解釋。

反正他不告訴別人，沒有其他人會知道，一切都可以當作沒發生，他現在需要的只是冷靜。

祁洛郢立刻起身去浴室，脫掉衣服打開水龍頭，冷水帶走突然湧現的情慾，也帶走腦中不該出現的畫面。

他拿起浴巾擦掉身上的水珠，套上浴袍狼狽地躺回床上卻睡意盡失。

祁洛郢睜著眼睛看窗外夜色逐漸褪去，天邊露出魚肚白後慢慢轉亮，新的一天來臨了。

這樣下去不是辦法，他需要找人聊一聊。

他拿起手機打開通訊軟體，薛凱鑫只會勸他爲了工作和形象忍一忍、阿佑特別靠不住、姚可樂會給出爛點子同時取笑他，還會帶著看好戲的態度。而孟卻白……這些事和孟卻白有關，當然不可能問他，更何況他們現在仍在告白後的尷尬期。

於是，祁洛郢頂著黑眼圈傳訊息給孟白白。

水各一方：「在嗎？」

孟白白：「你今天這麼早起？」

收到訊息的孟卻白特地確認時間，六點半？今天不用拍戲，祁洛郢怎麼會這麼早起？況且就算要拍戲他也不見得會起得這麼早吧？

水各一方：「心情好。」

祁洛郢不想坦白自己因爲心情差失眠了，那就當作是心情所以好早起吧。

孟卻白眨了眨眼，確定自己沒看錯後，納悶地回了訊息。

孟白白：「心情好爲什麼要早起？」

水各一方：「看了社團裡大家推薦的小說，心情太好就醒來了。對了，你有看那本書嗎？」

祁洛郢才不管這個話題轉得很生硬，橫豎他就是想和孟白白討論這件事。

孟白白：「《下屬整天都想推倒我》嗎？看了，怎麼了？」

孟卻白想起小說中的性愛描寫頗爲露骨，內心忐忑，不知道祁洛郢對此有什麼想法？

水各一方：「社團裡很多人都喜歡嗎？」

孟白白：「的確滿受歡迎的，所以大家也很期待電影上映。」

孟卻白當初和何導、沈編劇一起挑改編劇本的時候確實是看上了原著的人氣，也存了點私心，但他希望祁洛郢接下這部片是有益處的，比如角色類型突破、收穫更多人氣和粉絲。

孟白白：「你看了？」

水各一方：「看了一點。」

雖然祁洛郢是用阿佑的身分在與孟白白聊天，但他還是不想承認他看完了，而且疑似看得太認眞導致做了和小說情節極爲相近的夢。

水各一方：「這部小說的尺度是不是有點大？」

孟白白：「何導在開鏡記者會上說電影是改編自小說，會盡量保留小說情節，只是電影片長有限，不會採用全部的場景。」

孟卻白知道最終定案的劇本中床戲只有一場，其他非必要的親密戲都刪減了。

水各一方：「誰知道導演在想什麼？要是完全照著小說拍，這部電影和GV差不多了。」

心亂如麻的祁洛郢不自覺把話說得重了些，畢竟他沒想過拍個電影可以拍到懷疑性向。

孟白白：「不會的，何平執導的電影都是口碑保證，不用擔心。」

孟卻白沒辦法猜到祁洛郢眞正的煩惱，只能盡力安慰他。

幾句話的時間祁洛郢已經冷靜許多，他知道現在兩人的討論對他沒有任何實質上的幫助，他如果對拍攝有意見，就應該直接聯繫何導，而不是找孟白白。

水各一方：「抱歉，沒頭沒腦地找你說了這些。」

他不想承認自己只是想找人聊聊、汲取一點安慰和溫暖。

孟白白：「你在替祁洛郢擔心嗎？」

水各一方：「難道你不希望電影尺度越大越好？」

祁洛郢雖然沒看見孟白白回應那則貼文，但他讀完數百則留言後，發現過半數的粉絲都是如此期待，便猜測孟白白八成也這麼想。

孟白白：「祁洛郢在鏡頭前裸露的尺度越小越好。」

水各一方：「爲什麼？」

孟白白：「他不喜歡。」

比起他的想法，孟卻白覺得祁洛郢的意願更重要。祁洛郢出道十年，演出作品的裸露尺度都不大，最多就是裸上半身，且都是因爲劇情需要，刻意裸露吸引觀眾目光或者當作粉絲福利的畫面幾乎沒有。

祁洛郢看著孟白白的訊息，露出發自內心的微笑。

他確實不喜歡沒必要的裸露，不是對身材沒自信，只是討厭作品被模糊焦點，而且以他現在的知名度已經不必賣肉博取版面了。

祁洛郢曾經配合某部戲劇導演的要求，拍攝脫衣、沐浴的畫面，結果宣傳時重點都放在他的身材，這類的討論甚至多過對劇情的討論。同時還招來一些說他演技不好才靠這些旁門左道的言論，讓他氣了好幾天。

維持體態和肌肉線條是工作內容之一，不是爲了脫光給眾人品頭論足。

水各一方：「有時候我覺得你比祁洛郢還了解他。」

孟白白：「還不夠。」

水各一方：「這樣還不夠？」

孟白白：「我希望能在他需要的時候幫上他的忙。」

還想成爲他的依靠、慰藉和力量，以及他的伴侶，孟卻白在心裡默默地想著。

水各一方：「你已經幫他很多了。」

祁洛郢對自己的忠實粉絲很滿意，再度挑了些照片傳給孟白白作爲獎勵。

孟卻白看著祁洛郢傳來的照片，這次是幾張穿著家居服的輕鬆自拍，背景是一大面落地窗和窗簾，他知道這是祁洛郢的家，基於隱私從未在媒體上曝光過。

儘管祁洛郢沒有說，但孟卻白感覺到對方這個舉動是把孟白白當作信任的人對待了。他在眞實世界告白失敗，卻在網路世界有了進展？

此刻好像不要坦白他就是孟卻白比較好？而且他追著人要祁洛郢私照的人設什麼時候可以摘掉？他不想在祁洛郢心中留下這種形象啊！

這一天是《上班要專心》劇組的休息日，孟卻白撥了通電話給何平導演，兩人就之後即將拍攝的床戲進行了一番認眞的討論。

✦

兩天很快過去，期間薛凱鑫和阿佑帶著補品及明年洽談中的工作和劇本來探望祁洛郢，也轉達了何導同意退讓的好消息，床戲依然激情，可是在鏡頭前不用過多裸露。

祁洛郢對於不用露屁股頗感欣慰，連連誇了幾句薛凱鑫善盡經紀人職責守住底線。

經紀人走後，祁洛郢立刻讀起新劇本，度過短暫且充實的假日。

復工日當天，阿佑一大早準時來接祁洛郢。

充分休息的祁洛郢精神奕奕，進到片場後一路和迎面而來的工作人員打招呼，眾人有說有笑。祁洛郢不斷表示身體已經康復，擔心主演身體狀況的工作人員們才放下心來，紛紛回到工作崗位。

祁洛郢進到休息室前已經做好心理建設，推開門果然看見孟卻白已經坐在裡面，他和往常一樣神色自若地笑著打招呼，「你還是這麼早到。」

「還好，剛到沒多久。」孟卻白微微勾起嘴角，抬頭看一眼祁洛郢就克制地收回視線，怕洩漏太多情緒讓祁洛郢困擾。既然祁洛郢還沒辦法接受他，他就退回好朋友的位置。

「早起有沒有什麼祕訣？你教教我？」祁洛郢把脫下的外套掛在衣架上。

「只是習慣而已。」孟卻白拿起桌上一杯熱鮮奶茶遞給祁洛郢，「這杯是你的，可以暖暖手。」

復工第一天，孟卻白替劇組每個人準備了一杯熱鮮奶茶，當然，這杯熱鮮奶茶是按照祁洛郢的喜好準備的。祁洛郢曾在某個訪問說過，天氣冷的時候能喝一杯茶香濃郁的熱奶茶是最幸福的事，還在另一個節目的花絮裡提到爲了健康和保持體態他盡量不碰含奶精的飲料。

「謝了。」祁洛郢笑著接過，鮮奶茶的熱度溫暖了手心也傳到他心底。

中毒事件後他在外飲食都更加小心，但不至於草木皆兵，他信任孟卻白，況且孟卻白也不像告白被拒就會憤而下毒的人。

祁洛郢喝了一口奶茶，發現是他喜歡的味道，立刻稱讚幾句，接著坐到另一張化妝檯前的椅子，等待上妝，「電影拍攝進度應該過半了吧？」

孟卻白點頭，也拿起自己那杯飲料喝了一口，「聽副導演說差不多再一個月就能殺青。」

「時間過得眞快，殺青後你有什麼打算？」

孟卻白微微偏頭，認眞作答，「有幾個工作還在談，可能會往綜藝發展。」

「綜藝？」祁洛郢瞪大眼睛。

他不敢想像孟卻白出現在綜藝節目裡會是什麼樣的畫面，是受訪者被孟卻白的寡言弄得很尷尬呢？還是同臺的主持人找不到人搭話而冷場呢？

「萍姊認爲上綜藝對我有幫助，我想試試。」孟卻白沒說這其實是他自己提議的。

他和祁洛郢相處後，雖然努力改善自己不擅言辭的缺點，仍舊常常詞窮，在看見姚可樂和祁洛郢互動後，更是深感挫折。萍姊知道他的想法後，覺得願意改變是好事，積極地爲他尋覓機會。

祁洛郢從震驚裡緩過來，「你想多方面嘗試也好，只是綜藝就算有腳本，主要還是講究臨場反應。」

「像姚可樂那樣？」

「他天生自帶喜感，本來就該往綜藝發展，當初以偶像團體出道太爲難他了。」祁洛郢想到當年姚可樂爲了維持搖搖欲墜的偶像人設吃盡苦頭，不由得邊說邊笑。

「你們感情很好。」孟卻白看著祁洛郢提到姚可樂時笑得燦爛，頓時有些吃味，那是他不知道也無法介入的情誼。

「認識十年了，我剛簽約進公司的時候，他就已經參加了星河娛樂的練習生培訓計畫。儘管我們選擇的職業路線不同，但共同科目的課程是一起上的，休息時間偶爾一起聊天吃東西，有時候練習到太晚還一起睡在公司，久而久之就變熟了。」

孟卻白恍然大悟，同時厭惡過度解讀的自己，原來姚可樂說的和祁洛郢睡過是這樣？他明明知道祁洛郢和姚可樂不是那種關係，卻又不禁多想。如果他能早一點鼓起勇氣出現在祁洛郢的生活圈就好了！他們之間可以有更多共同回憶，他也可以陪祁洛郢度過那些隻身在演藝圈打拚的日子。

「要不我找姚可樂出來，讓他跟你說說綜藝圈的事情？」祁洛郢提議，縱使拍戲和綜藝都概括在演藝圈裡，畢竟是不同專業領域，隔行如隔山。

「不用麻煩了，萍姐會幫我找老師。」就算解開了「一起睡過」的誤會，孟卻白依然不覺得自己和姚可樂合得來。

祁洛郢點頭，「那就好，需要幫忙再跟我說。」

「謝謝。」孟卻白揚起嘴角，無論祁洛郢喜不喜歡他，被關心的感覺還是很好，至少這代表祁洛郢是在意他的。

略微停頓後孟卻白繼續方才的話題，「你殺青後要做什麼呢？」

「繼續拍戲，我休息幾天就要進下一個劇組。」祁洛郢沒半點抱怨，語調輕鬆自然。

「辛苦了。」孟卻白聞言有點心疼。

「不辛苦，在這一行有戲拍還說什麼辛苦？」祁洛郢搖頭笑了笑，他剛出道那幾年，工作不穩定、收入斷斷續續還要養活自己的記憶太深刻，成名之後戲約一部接一部便從不叫苦。

兩人像幾天前一樣自在地聊天，極有默契地絕口不提告白的事情，祁洛郢不必回答要不要接受孟卻白，孟卻白也不用回答喜歡的演員是不是祁洛郢。

電影拍攝進度過半，剩下的幾幕戲都是辦公室以外的場景，包含了室外戲、林予澄的家、江寧軒的家、約會場景等等。

何導在復工後讓副導演把床戲安排在最後一場，說是兩位主演彼此熟悉後拍攝起來會更自然。祁洛郢對此沒有意見，反正以他和孟卻白現在的狀況來看，早拍晚拍都尷尬，他只是裝作那天的告白沒發生，又不是眞的忘記。

時光飛逝，隨著一幕又一幕的戲拍攝完畢，拍床戲的日子終於來臨。

此時的場景在林予澄家裡，時間點是林予澄成功勸退江寧軒辭職後，讓江寧軒到自己家裡「重新面試」的橋段。

《上班要專心》是個比較貼合現實狀態的故事，林予澄只是JC公司的中高階主管，並非富二代加上年輕資歷不深，所以他住的是兩房一廳的精品小豪宅，頂多在相似條件的同齡人間算出類拔萃而已。

劇組還原小說裡的描述，林予澄的家整齊乾淨，沒多少生活痕跡。

對工作狂林予澄而言，家只是洗澡睡覺的地方，廚房和餐廳基本上和樣品屋差不多，電視和遊戲機這種娛樂設施更是沒有，這些細節都再再顯示著林予澄下班後的生活乏善可陳。除了臥室，唯一比較有生活氣息的是書房，房間內的書桌上放著幾本看到一半的商管、財經相關書籍。

祁洛郢一早特別先洗了澡才來到片場，然後遇見也洗過澡的孟卻白，靠得近一些他還能聞到對方沐浴後身上清爽宜人的香氣。兩人打過招呼後便陷入一陣安靜，最後還是祁洛郢率先打破沉默，扯開唇角笑得輕佻放鬆，「緊張嗎？」

「你想聽眞話嗎？」孟卻白眼神哀怨地看向祁洛郢。

祁洛郢被孟卻白的表情逗得笑出聲，如果交換立場，變成他要和喜歡的對象拍床戲，能不緊張嗎？

「你還是別說了。」祁洛郢知道自己這樣笑很不禮貌，不過他相信孟卻白知道他沒有惡意，而他這一笑也沖淡了兩人間尷尬的氣氛。

「我會做好防護，如果你覺得不舒服就說。」孟卻白語氣認眞，自從那天起他就不斷提醒自己不要踰矩，深怕再次情難自禁讓祁洛郢反感。

「沒關係，反正不是來眞的，該怎麼演就怎麼演。」祁洛郢表情從容，話裡的意思很明顯，吻戲他勉強能陪孟卻白眞親，床戲則想都別想，他絕對抵死不從！

「我明白，只是工作。」孟卻白點頭，看不出有沒有聽懂祁洛郢的意有所指，可是孟卻白這話也不假，他本來就沒想過在這麼多工作人員面前來眞的。

由於前一天他們已經拍過江寧軒進門和在客廳裡與林予澄交談的片段，今天索性直接進入正題，從臥室場景開始拍攝，燈光、收音、攝影一大票人擠在房間裡進行布置。

祁洛郢和孟卻白一邊閒聊一邊上妝，西裝外套在進屋時就脫了，所以只要穿襯衫、西褲就好，換好衣服他們就到林予澄的臥房集合。

何導準備講戲，他知道今天這場戲兩人的壓力大，習慣性先說兩句精神鼓勵，希望能緩解演員緊繃的情緒，「你們別緊張，兩個大男人你有的他也有，沒有誰占誰便宜。」

孟卻白站姿挺拔，靜靜看著何導，像是溫順聽話的好學生，不過那微微揚起的眉峰似乎透露出一絲不贊同的意味。

祁洛郢就沒那麼安分了，近三個月的相處，彼此熟悉後，膽子也大了，他狡黠一笑，「何導，那你站著不動讓我摸一把，然後你再摸回來如何？這樣我們都沒占對方便宜。」

何導也是有人生閱歷的人了，什麼玩笑不能應付？只見他笑笑地反擊，「等我們一起演床戲再說吧。」

祁洛郢不甘示弱，點頭應下，「好啊，能和何導演對手戲是我的榮幸。」

「別鬧了，這種電影沒有金主想投資。」何平毫不猶豫地拒絕，他和祁洛郢一起演床戲能看嗎？他輕咳一聲，正色道，「今天是最後一場戲，接著昨天那場……」

祁洛郢收起散漫不經的態度，和孟卻白一樣專注聽著何導說話，

「這一幕爲劇情的高潮，是兩人確定心意後的第一次肉體結合，簡直乾柴烈火一發不可收拾。」

聞言，祁洛郢忍不住笑出來，何導見狀不以爲忤，連忙抓緊機會教育一番，「雖然這

個形容老套了點，但是生動、貼切。」

「好，我今天就演乾柴，剩下的交給烈火了。」祁洛郢開玩笑地朝孟卻白拋了個媚眼，一旁的工作人員見狀都笑了。

祁洛郢在何導表示床戲要好好拍後就頻繁地做心理建設，作爲一個專業演員不能把主觀意識代入，無論體位是Top或Botton都只是角色的一部分，不該覺得羞恥或有好惡的區別。

同時，他也看了一些影片惡補相關知識，避免正式拍攝時動作和表現與現實背離。

祁洛郢後來想通了，當被動方也有好處，主動權交給孟卻白，他只需要配合就好，不用抱著一個人走路甚至轉圈，這是他以前和女明星拍戲時體驗不到的。

孟卻白還沒回應祁洛郢的調侃，何導就有意見了，「不行，你要勾引他。」

儘管何導一身文青氣息，但在片場爲了快速且有效地溝通，他說話非常直白。

祁洛郢原本輕鬆的表情瞬間崩塌，「我主動？」

「我不是指行爲上的主動，而是你要傳達出接受對方的意願，用眼神、肢體含蓄又直接地表達，懂嗎？」

不懂！

何導你知道含蓄和直接是反義詞嗎？

祁洛郢忍住吐槽的衝動，臉上掛著笑，「何導可以示範嗎？」

「不可以。」何平立刻果斷拒絕，他說戲很在行，具體的表演還眞不會。

這個發展和祁洛郢的預想有出入，他的演員生涯中還沒試過在床上勾引同性，因而不自覺咕噥，「我沒勾引過男人啊。」

他的聲音不大，剛好夠身邊的孟卻白和何導聽見。

「給你們二十分鐘揣摩一下。」何導知道自己的臨時起意會讓演員多費些心神，便留給兩人一點練習時間，接著輕咳一聲，暫時離開房間。

於是，祁洛郢和孟卻白坐在床上，你看我，我看你，旁邊沒事的工作人員以爲兩人在醞釀情緒，爲避免打擾他們也都走到遠處稍作休息。

祁洛郢看孟卻白沒有開口的意思，舔了舔唇，平光鏡片下的深邃眼睛眨了眨，一字一句說著，「你希望我怎麼勾引你？」

祁洛郢原本的嗓音就低沉溫潤如上佳的弦樂器，放緩了語速後更添幾分撩撥的意味，何況說的還是如此曖昧的話。

他不能回應孟卻白的感情，不過問問孟卻白想要什麼粉絲福利應該沒關係吧？一切都是爲了拍攝順利。

孟卻白頓時說不出話，堪比丟盔棄甲而逃似地移開視線，對他來說祁洛郢這句話就是勾引了啊！

「你害羞了？」祁洛郢研究著孟卻白微紅的耳根，他明明什麼都沒做，爲什麼孟卻白的反應這麼大？

「沒有。」孟卻白深呼吸幾口，冷靜下來轉過頭，結果被靠近的祁洛郢嚇了一跳，立刻往旁邊挪動。

祁洛郢發現孟卻白的動作，故意跟著往他的方向移了一點，最終彼此間的距離仍沒有改變，「眞的不要粉絲福利？」

祁洛郢的聲音很輕，輕到孟卻白以爲自己聽錯了，「嗯？」

「讓你許願啊，不好嗎？」

「不許願，你不用顧慮我。」孟卻白眞正想要的願望祁洛郢很難達成，與其說出來讓他們尷尬，不如不說。

祁洛郢點頭，不再勉強孟卻白，略微斂容，態度認眞道，「好吧，那我們討論一下脫衣服的順序。」

孟卻白瞬間彈了起來，隨後發現自己的舉動太突兀，便找個理由，「我去喝水。」

祁洛郢看著孟卻白明顯變得更紅的耳根，更加確定孟卻白是眞的害羞了。他明明只是單純地在討論工作，怎麼搞得像是他調戲了孟卻白……

祁洛郢花了三秒自我反省，卻沒有要放過孟卻白的意思，反倒覺得工作上的事情就是要放開了說才不尷尬。而且孟卻白的反應實在太有趣，讓人很有惡作劇的欲望。

想到這裡，祁洛郢故意對著孟卻白的背影大喊，「親愛的，等你回來我們決定一下體位啊！」

孟卻白腳下一頓，走得更快了。

在不遠處的何導聽見了祁洛郢的話，立刻給出專業建議，大聲回應：「等下先從正面來！拍一些你們邊親邊做的畫面！剩下的晚點再說。」

正在喝冰水降火氣的孟卻白猛地嗆到，咳了好一陣子，他身旁的經紀人一邊憋笑一邊幫他拍背，化妝師見狀趕緊過去幫他補妝。

孟卻白充分冷靜後回到臥室，和揣摩完勾引眼神的祁洛郢討論拍攝時的動作，而何導就在攝影機後指導構圖和運鏡。

祁洛郢帶著孟卻白從接吻如何由門口親到床上，到該先解襯衫釦子還是皮帶釦，以及兩人該躺在哪裡都彩排了一遍。

練習有效緩解孟卻白的緊張，至少他現在進入狀態後不會動不動就臉紅，加上旁邊那麼多工作人員盯著，他心中沒有半點旖旎心思——至少彩排時是如此。

演員的職業操守九：床戲當然不能來眞的！

化妝師上前幫祁洛郢和孟卻白補妝、整裝後退開，何導確認完鏡位，一切就緒，正式開拍。

打板聲後，江寧軒把林予澄壓在臥室門口，狠狠地親上他，用唇舌攻掠占有，兩人鼻尖與口中都是對方的氣息。

林予澄被吻得快缺氧，眼神迷離泛著水光，微弱的抗議聲在江寧軒耳裡都變成了帶著情色意味的邀請。

江寧軒伸手解開林予澄的皮帶和拉鍊，上好質料的定制西褲滑落，露出他修長筆直的雙腿。

林予澄下身一涼，突然回過神，眼中閃過一絲羞澀，把頭埋在江寧軒肩上，染上情慾的聲音暗啞迷人，「到床上。」

「林副理，我的面試呢？」江寧軒這話說得像是眞的要面試一樣，但他正在解面試官襯衫鈕子的舉動卻明擺著居心不良。

林予澄抬起頭看向江寧軒的目光似嗔似怨，彷彿在氣對方明知故問，他壓低聲音在江寧軒耳邊說道，「我不是正在面試嗎？」

「是行銷企劃的面試？還是男朋友的面試？」隨著襯衫鈕子一一解開，江寧軒的吻落在林予澄細白的脖子上，而後沿著頸部線條一路往下至鎖骨。

孟卻白的吻很輕柔，畢竟是拍戲，沒有必要在祁洛郢身上留下痕跡，但這樣的碰觸對祁洛郢來說已經夠刺激了。他不僅覺得癢，同時還覺得有股酥麻感往四肢百骸流竄。

祁洛郢下意識想避開孟卻白的觸碰，可是理智告訴他，現在正在拍戲不能亂動，只好任憑身體不由自主地微微輕顫。

陌生的快感勾起祁洛郢平時壓抑的情慾，他的呼吸變得粗重，念臺詞的聲音不需刻意造作就甜膩誘人，「你想面試哪個職缺？」

「都想。」

祁洛郢身上的淡香水被體溫蒸散，氣味如雨後清晨般清新乾淨，淡雅花香混著麝香散發出迷人氣息，再加上言語挑逗，這一切足以讓孟卻白瘋狂。

儘管孟卻白不斷提醒自己祁洛郢是在演戲，但他正值血氣方剛的年紀，實在經不起撩撥，一眨眼某處就已半硬了……沒關係，他安慰自己，至少他貼了膠帶，看不出來，在導演喊停前得繼續演下去。

林予澄的金邊眼鏡不知道何時被拿下了，失去焦距的眼神迷濛，紅潤的唇一張一闔，「你先自我介紹。」

「我喜歡用行動證明自己，請林副理指教。」

「那你還不快點？」林予澄嗓音裡的期待和隱忍揉合成一股獨特的吸引力，聽起來性感得要命。

幾句話間，兩人一邊擁吻一邊往床上移動，祁洛郢身上的衣物只剩下白襯衫和貼身黑色三角褲。以一般戲劇作品的標準來說，這樣的裸露的尺度不算大，但還是頗具視覺衝擊。

白襯衫的釦子解開後露出祁洛郢鍛鍊有成的精實肌肉，胸前兩點粉色若隱若現，此外襯衫的長度勘勘遮住大腿根，走動時偶爾露出底褲的一抹黑，令人想一探究竟。而孟卻白的手恰到好處地放在祁洛郢後腰和臀部間，勾勒出他緊實挺翹的臀部線條，比全裸還讓人想入非非。

祁洛郢的手也沒閒著，他脫掉了孟卻白的襯衫，露出對方一直被衣服遮掩的飽滿胸肌和線條明顯的塊狀腹肌。祁洛郢瞄了一眼不禁暗暗驚嘆，不過臉上表情依然陶醉，媚眼如絲，兩隻手掛在孟卻白脖子上將他拉向自己。

孟卻白緩緩移動至彩排時說好的地方，斟酌力道將祁洛郢推倒在床上，順勢占據上方的優勢位置，他雙手撐在祁洛郢左右，低頭繼續吻祁洛郢。兩人身體間維持著一點空隙，孟卻白小心地避免半勃的下體碰到祁洛郢。

這個動作非常耗費體力，多虧了孟卻白平時紮實的鍛鍊，才讓他有足夠的肌力保持這樣的姿勢。

兩人在鏡頭前難分難捨……

「卡！」何平表情嚴肅地喊停，「你們過來看一下。」

孟卻白立刻起身，做了兩次深呼吸冷卻心情，接過萍姐適時遞上的冰水，道了聲謝便猛地灌一大口，身體的燥熱散去大半，這才和祁洛郢一起去找何導。

儘管室內溫度適宜，阿佑仍怕祁洛郢只穿著一件襯衫會著涼，盡職地幫他披上一件長外套，保暖之餘也防止春光外洩。薛凱鑫曾向阿佑說過，祁洛郢各種尺度的裸露都是明碼標價的，阿佑用自己的方式理解後就把祁洛郢當珍奇動物對待，不給人白看。

和祁洛郢並肩而行的孟卻白一路上都不敢低頭，就怕瞥見祁洛郢還裸著的長腿，讓他好不容易平息的慾念再次滋長。祁洛郢不清楚孟卻白的小心思，態度坦蕩沒特別避著孟卻白，反正自己身上裹著外套只剩大腿以下露出來，基本上和穿短褲差不多。

祁洛郢的目光落在孟卻白的八塊腹肌上，忍不住稱讚，「沒想到你身材這麼好啊！怎麼練的？」

「每天練。」

「半夜收工也練？」

「早上練，養成習慣早點起床就可以了。」與其說是孟卻白養成了健身習慣，不如說是他養成喜歡祁洛郢的習慣，但凡可以讓自己變得更好、更有機會靠近甚至被祁洛郢喜歡上的事物，都值得他花時間執行與研究。

「別說得那麼輕鬆啊！」祁洛郢瞬間放棄照抄孟卻白的健身計畫。

「你很好，不用改變。」

祁洛郢只當孟卻白在客套，笑著帶過這個話題。

一看兩位主演走近，何平就開始回放剛剛拍攝的成果，最後定格於兩人在床上親吻的畫面，他指著螢幕嘆氣，「小孟，不是我要爲難你，你自己看看你和小祁之間空出的一大段距離，這樣像做愛嗎？就算是借位也不能被看出破綻啊，觀眾又不是瞎了。」

何導開始思考是不是該建議演員多看幾支愛情動作片幫助學習，起初他以爲孟卻白在這方面不需要指導，然而從方才的表現推測，或許孟卻白對同性性愛沒有涉獵……

雖然一開始找他拍片的是孟卻白，建議主演人選的也是孟卻白，搞得他都偷偷懷疑孟卻白和祁洛郢之間不單純，不過現在電影都快拍完了，他們卻好像沒想像中曖昧不清？

孟卻白盯著螢幕默然不語，何導說的他懂，但祁洛郢是他最喜歡的人，他怕靠得太近控制不住生理反應導致祁洛郢留下壞印象，可是影響到拍攝進度也絕非他所願。

「那就靠近一點吧，我沒關係。」原本祁洛郢還想著如果看起來不太糟說不定何導會勉強採用，現在看到拍攝成品，他的心漸漸往下沉，剛剛那一段眞的不行，太污辱觀眾的智商了。

祁洛郢的想法很簡單，床戲只是工作的一部分，他們扭扭捏捏的可能導致這場戲越拍越久，放開來演反而能早點殺青收工，大家都開心。

孟卻白想了想，試圖和導演商量，「能拍特寫就好嗎？」

他的言下之意就是不要拍到脖子以下，這樣就沒人知道兩人的身體到底相隔多遠。

何導被問得吹鬍子瞪眼，多虧自身修養良好才沒罵人。他喝了一口保溫瓶裡老婆準備的決明子茶，緩了緩才開口，「這一幕是很重要的轉折，若沒拍好，或是關燈應付了事，觀眾看完電影出來八成都想退票了，到時候你要負責嗎？」

祁洛郢連忙出來打圓場，輕拍孟卻白的肩，「何導，我們再改進就是了。」

十分鐘後，這幕戲從江寧軒把林予澄推倒在床上後接著繼續拍，然而何平老覺得兩人的姿勢不太對勁，親自下場調整了幾次他們手腳和身體的位置，卻越拍越無法進入狀況，NG了十多次。

「再靠近一點！你們是相愛的！你們非常想要對方！」

「小孟抬一下小祁的腿，不是叫你這樣抬！動一動啊！怎麼就停住了？」

「小孟你的方向太偏了，這個角度根本不合理嘛！你的健康教育老師會哭的！還是你健康教育都翹課了？」

姑且不論現在的健康教育有沒有教男男性愛體位，就現實面來說反覆重來非常折騰演員，祁洛郢實在看不下去便舉手喊停，和孟卻白一起站到導演身旁再度討論。

「乾脆身體全貼著吧，我們又不是什麼都沒穿，只是能蓋件被子嗎？」祁洛郢微笑著主動提議。他惦記著社團裡期待床戲的粉絲們，覺得這段一定得拍好。

孟卻白詫異地轉頭看向祁洛郢，何導聞言怕孟卻白說些什麼推拒的話趕緊先一步答應下來，「好。」

祁洛郢環顧周圍幾十雙眼睛，猜測孟卻白可能不習慣被這麼多人盯著，太緊張以至於影響表現，遂又提議，「能清場嗎？」

拍攝激情戲時清場在影視圈不算什麼過分的要求，何導一向開明對此也表示理解，「可以。」

於是，何導一聲令下，工作人員再次確認燈光器材等設備沒有問題、演員妝髮沒有瑕疵後就紛紛離開現場，只留下兩位主演、何導和攝影師。

鏡頭前，江寧軒剛把林予澄推倒在床上，拉起和床單差不多薄的被子蓋上，俯下身親吻對方，林予澄雖然不得要領，但也笨拙地回應著。

兩人吻得投入，體溫逐漸升高，他們粗重的呼吸聲和唇舌吸吮聲在何導的耳機裡清晰可聞。倘若沒有特別需要調整的部分，現場收的音會在後期搭配畫面同步播出，直接以原音重現。

半晌，江寧軒開始解自己的皮帶，一陣衣物摩擦聲傳出，原本穿在他身上的西裝褲被丟到床下。

孟卻白渾身燥熱，臉頰、脖頸和上半身浮現淡淡緋色，耳邊都是自己急促的心跳聲。薄被下他的身體卡在祁洛郢兩腿之間，褪去褲子後他和他兩條腿肉貼肉，互相交換著體溫。

他從來沒有這麼靠近過祁洛郢。

孟卻白沒有多餘的心力去思考現在他在鏡頭前是什麼樣子，按著先前溝通好的步驟，手在被子下一陣活動，祁洛郢配合地屈起腿，並將腿勾上孟卻白的腰。接下來孟卻白做出脫自己內褲的動作，隨後把準備好的兩件道具內褲丟出。

在觀眾心裡，祁洛郢身上除了掛著一件敞開前襟的白襯衫外，他們下身已經什麼都沒穿了，而半脫半穿著衣物的祁洛郢通過目光犀利又挑剔的何導認證，比全脫還性感。

雖然兩人都穿著底褲，心理上似乎沒那麼尷尬，但輕薄材質的內褲基本上沒有提供太多的阻隔效果。

祁洛郢明顯感覺有個灼熱的硬物抵著他的大腿內側……是男人都清楚那是什麼，可是他既不能躲開，也沒辦法責怪孟卻白，畢竟他早就知道孟卻白是同性戀，而且還喜歡他。假設交換立場，他大概沒辦法比孟卻白更有定力。

祁洛郢只能裝作若無其事，繼續扮演林予澄勾引江寧軒。

孟卻白曉得自己下身那處充血了，暗戀十年的人就在懷裡，還對他露出情動的模樣，他實在無法沒有反應。不過更尷尬的是，儘管他下體貼了膠帶固定，卻因為時間太久又頻繁摩擦而鬆脫了，於是他瞬間僵住不敢動彈。

「別停。」祁洛郢發現孟卻白的停頓，啞著聲音催促，彷彿被情慾撩撥得急不可待。

祁洛郢暗忖，早點拍完就好了。

孟卻白收到邀請，最後一絲矜持立刻斷線，他俯身壓向祁洛郢，抓著祁洛郢的左腿膝蓋窩壓向胸前讓腰部抬起，這樣的姿勢更便於正面交合。

他模擬著做愛時的律動在祁洛郢身上起伏，性器在對方觸感結實柔韌的臀肌上磨蹭，祁洛郢配合動作頻率低低喘氣，偶爾從唇間溢出幾聲令人臉紅心跳的呻吟。

孟卻白知道他距離那個隱密的穴口很近很近，這種感覺像是有塊饞了很久的紅燒肉就放在嘴邊，肉香四溢讓人垂涎不已，他只要轉頭就能將其送入口中飽餐一頓。

額上滲出薄汗、正處於天人交戰中的孟卻白看著放心對他張開雙腿的祁洛郢，堅定了不能辜負對方信任的想法，用意志力戰勝邪念。

孟卻白再度低頭吻上祁洛郢溫熱柔軟的唇，即便先前親過很多次，仍感覺親得不夠。他的雙手上在祁洛郢白皙結實的身體上游移，由上而下，從臉頰往下至鎖骨，撫過胸前再到腰間和大腿。

祁洛郢本來不認爲自己會起反應，但這次的孟卻白有點不一樣，不再是克制的親吻和撫摸，無論表情或動作都較之前更投入。他有一種似乎眞的在和孟卻白做愛的錯覺，每一寸被摸過的肌膚在一陣酥麻後開始發燙。

名爲慾望的火苗以燎原之勢將祁洛郢包圍，他突然後悔自己托大沒有貼膠帶固定下體、沒有做任何防護措施，只有一件薄得和紙沒差別的內褲。

然後，他可恥地硬了。

祁洛郢的性器充血勃發後，抵在孟卻白小腹上。

孟卻白絕對發現了，卻完全沒挪開，導致他被壓在床上想往稍微避開都沒辦法。

祁洛郢既尷尬又委屈，他也不明白自己爲什麼對著孟卻白會起反應，明明他只當孟卻白是朋友啊！

這樣他以後要如何看待這段純潔的友誼？

他還有什麼底氣說自己不喜歡男人？

孟卻白下身輕輕撞向祁洛郢大腿呈現出交合的情境，染上情慾的聲音低啞又強勢，

「我喜歡你。」

「我也喜歡你。」祁洛郢腦袋一片渾沌記不清楚臺詞，反正差不多是這個意思，他現在慾火焚身只希望何導早點喊卡。

孟郤白郤聽得如癡似醉，恍如夢中，「眞的？」

「喜歡你、喜歡你，要說幾次？夠了嗎？」祁洛郢瞪了孟郤白一眼，暗暗期待何導叫停，無奈小螢幕前的導演無法聽見他內心的祈求。

「不夠，你再多說一點。」孟郤白親了親祁洛郢的額頭，方才祁洛郢那一眼含著大半委屈，氣勢盡失，他當下只覺得對方太可愛了。

「喜歡……喜歡你……」祁洛郢被孟郤白撫摸得氣息不順，一句話說得斷斷續續，任誰都能聽出他情動難耐。

孟郤白覺得自己的理智正在潰堤，天知道他忍得多辛苦！

祁洛郢則是有苦說不出，簡直快瘋了！孟郤白到底是怎麼發現他的敏感帶的？不要一直摸他的腰和大腿內側，不要親他的脖子！還有那些落在胸口有意無意碰到乳頭的吻……太可惡了！

祁洛郢的性器又熱又脹，頂端滲出的液體甚至把內褲打濕了一小塊，他掛在孟郤白腰上的腿繃得死緊。他已經不在意孟郤白下體蹭到他屁股的事了，祁洛郢現在充分理解這種狀態多難受、多想被撫慰。

想到這裡他不自覺順著孟郤白的動作挺腰蹭了一下孟郤白的小腹，蹭了第一下就不受控制地蹭了第二下，被內褲拘束著的性器傳來微微的癢意和刺激，然而這點撫慰對他而言宛如杯水車薪。

祁洛郢久未紓解的身體忍不住索求更多，順著身體本能一陣挺動後總算迎來高潮。

「啊……」甜膩又滿足的呻吟從他口中流洩而出，身體瞬間繃緊，酥麻快意在身體各處流竄，片刻失神間他只記得抱緊孟卻白並大口喘氣。

孟卻白也憋得很辛苦，在發現祁洛郢射了之後，便把頭埋在祁洛郢繃直後線條誘人的頸側，聲音溫柔繾綣地在他耳邊呢喃，「祁祁。」

這聲呼喚彷彿從耳膜直達胸口，祁洛郢猝不及防，心弦好像被輕輕撥動，繼而感覺到下身濺上一股熱液，從大腿內側淌向腿根，空氣中隱隱飄蕩的腥羶氣味更濃了。

孟卻白胸口劇烈地起伏，快感從性器蔓延至全身，儘管沒有眞正和祁洛郢做到最後一步，那個瞬間他卻產生了得到祁洛郢的錯覺。

兩人剛剛釋放完，皆四肢慵懶不想動。孟卻白伏在祁洛郢身上，討好地親了親他的唇角，祁洛郢還喘著氣，不閃不避任憑對方親。

沒多久，何導的聲音傳了過來。

「卡！過！你們這次的感覺總算對了。」何平說完笑了兩聲，似乎很滿意。

孟卻白聞言立刻從祁洛郢身上離開，背對祁洛郢坐在床沿，單手掩面，心情複雜。

祁洛郢自高潮後就躺在床上不知道該做何反應，他的人生從沒有遇過這麼尷尬的狀況。明明高潮後的餘韻那麼美好，全身無比放鬆，唯獨心境有如狂風暴雨。

孟卻白同樣很尷尬，何導的那聲「卡」就像把他從夢中敲醒的驚雷，醒來發現下身黏膩，他和祁洛郢的氣味交織在一起，分不清楚哪個是誰的味道。他對於自己的失控感到抱歉，低低說了句，「對不起。」

「眞要計較的話……還是我先的。」祁洛郢掩面苦笑，他簡直沒臉見人了。

曾有兩性專家說過，男人的愛情是通過性慾確認，祁洛郢對此一直都抱持著贊同的態度，所以他始終覺得自己不是同性戀，畢竟他沒有對男人產生過慾望——但是他抱著孟卻白高潮了。

以前的祁洛郢還能說自己不可能喜歡男人，今天過後他再也沒辦法這麼肯定了。一想到他曾經對孟卻白表示他不能接受抱一個男人，頓時懊惱到想挖個洞把自己埋了。

「你沒錯。」孟卻白抬起頭急急反駁，他也不知道該怎麼應對現在的情況，只能這樣安慰祁洛郢。擦槍走火這種事誰都不樂見，值得慶幸的是他們沒有做到最後，應該不至於做不成朋友？

祁洛郢不願多談，況且現在最重要的是收拾殘局，他們身上沾到的體液不能被人發現。他坐起身壓低音量對孟卻白說：「這套公寓有兩間浴室，趁其他人進來前先清洗一下吧。」

「嗯。」孟卻白看見祁洛郢和他對視後迅速別開視線，心中頗感失落。

祁洛郢身上還穿著襯衫，哪怕它已經皺得不行但多少能遮掩一些身上的痕跡。他從床上起來就直奔臥室旁的浴室，路過衣架時隨手拿了衣褲，以便沐浴後能換上，反正房裡的衣物都是道具，要殺青了沒有人會計較少一件，大不了他花錢買下來就是了。

孟郤白的動作比祁洛郢更從容一些，不慌不忙地撿起床邊他脫下的襯衫、西裝褲，怕沾上氣味就沒穿上，只擋在身前稍作遮掩。接著他站直了身體轉頭看向何導，把食指放在嘴唇前，做了一保密禁聲的手勢。

何平愣了一下才會意過來，連忙點頭，攝影師也趕緊跟著點頭。

兩人在開工前都簽過保密條款，孟郤白相信他們就算發現了什麼也不會說出去，不過爲了保險起見，他不免想再提醒一下，處理完這件事孟郤白走進另一間浴室。

何平從業經驗豐富，知道該怎麼處理這種情況，馬上拉著攝影師一起毀屍滅跡，確定現場毫無破綻才把工作人員叫回來準備收工。

浴室裡蒸氣氤氳，花灑當頭淋下細密的水幕。祁洛郢的心情混亂，溫熱的水珠沖掉了身上的黏膩、情慾的痕跡，卻帶不走孟郤白觸碰他時的留下的感受，他一閉上眼睛就能想起孟郤白的氣味、體溫和低聲的呢喃。

他被下蠱了嗎？

他不會眞的喜歡孟郤白吧？

爲什麼他拍個電影能拍到懷疑性向？

祁洛郢接連自問，然而沒有得出任何解答，最終不禁慶幸方才是最後一場戲，拍完就殺青了。

他以前也曾過於入戲和角色共情太深導致無法出戲，通常冷靜一段時間就會漸漸好轉，所以只要他別再和孟卻白見面就會恢復了吧？

祁洛郢沖澡一陣子才從浴室出來，外面一群工作人員忙著收器材、交換通訊軟體帳號、分享自己下一個工作劇組。

其間阿佑一直守在浴室外，看見祁洛郢開門立刻遞上毛巾，開心地宣布，「何導說殺青了。」

「太好了。」祁洛郢接過毛巾，臉上是反射性的職業微笑，他一邊擦頭髮，一邊往化妝間走，準備向梳化借吹風機。

阿佑在外面等了兩個小時，早就一肚子問題，「祁哥，你們床戲拍得順利嗎？」

「不順利能殺青？」祁洛郢開始吹頭髮。

阿佑欲言又止，想問又不敢問，「哦？那你有沒有……」

「有什麼？你不說我怎麼知道？」祁洛郢皺著眉頭關掉吹風機，怕漏聽了什麼。

阿佑環顧四周，確定沒人注意他們才小聲道：「你也曉得孟卻白是……我怕你被占便宜。」阿佑被薛凱鑫訓練了兩年，多少也明白「同性戀」這個詞在圈內比較敏感，就隱去不說，也避免有心人士意外聽見造成麻煩。

祁洛郢想翻白眼，現在擔心會不會太晚了？但想到助理惦記這件事也算盡忠職守，便按捺著性子故作輕鬆地開口：「放心，我也沒少摸他，不吃虧。」

他們彼此都射了對方一身，以這個角度來看，確實沒有誰吃虧。

阿佑聽見祁洛郢的話沒多懷疑就相信了，鬆了一口氣，「沒事就好。」

祁洛郢剛把頭髮吹乾，何導就走過來親自送上一把花束，「小祁，辛苦了，恭喜殺青。」

「哪裡，何導才辛苦。」祁洛郢笑著接過配色粉嫩的花束，花香縈繞鼻尖，總算有了工作結束的眞實感，這部不在原先計畫裡的電影歷經波折終於拍完了。

何平爽朗地大笑，拍了拍祁洛郢的背表示嘉許，「你很敬業，我很看好你，以後有機會再合作。」

「何導太客氣了，如果以後您有角色找我，我一定把檔期排出來。」

「到時候別忘了看在合作過的分上，片酬算我便宜一點？」儘管何導經常滿口文化藝術，可是談到拍片時仍斤斤計較，演員酬勞降一些，就能挪更多資源給美術、特效等等也很花錢的項目。

何導的算盤打得精，祁洛郢也不是初出茅廬的新人，他臉上掛著燦爛又討人喜歡的笑容，回答得滴水不漏，「我當然沒意見，不過這得看公司同不同意了。」

何導自然聽出祁洛郢的意思，也沒往心裡去，一笑帶過，轉頭發現另一位主演，

「哦？小孟過來了。」

孟卻白也已經吹乾頭髮換了一身乾淨的衣服，有別於螢幕和電影裡的造型，剛吹乾的瀏海蓋著額頭讓他看起來年紀偏小、沒那麼高冷。

萍姐走在孟卻白身邊略靠前的位置，兩人一起跟何導打招呼。

「這幾個月謝謝何導照顧小孟。」萍姐笑著道謝，態度禮貌周到，說完還拍拍孟卻

白，示意該他說話。

「謝謝何導。」孟卻白淡淡說了一句，即使萍姐帶他過來的目的是向何導致謝，但他走近後眼中只剩下祁洛郢的身影。

祁洛郢顯然也看到他了，兩人視線相觸，祁洛郢微微彎了彎嘴角，彷彿不經意似地挪開目光。孟卻白心裡很不好受，他能感覺到祁洛郢待他不如以往，甚至刻意和他保持距離。

「哪裡，小孟是可塑之材，未來前途不可限量。」何導客氣回答著，稍一停頓又道：「我原本想著要先送花給小孟，剛好沒看到人，就先來找小祁了。」

演藝圈裡眾人對孟卻白的來歷背景多有猜測，何平是最早一批察覺孟卻白出身不一般的人。畢竟別的新人是到處試鏡尋求演出機會，孟卻白從出道作就是自己帶著資金，親自挑選導演和劇本。

雖然孟卻白表示尊重專業，讓導演在片場怎麼對其他演員就怎麼對他，但何平當然沒有傻到眞的把孟卻白當一般演員看待。礙於簽了保密協議，關於這方面的事他不能透露半點風聲，更不能被看出端倪。

好在孟卻白演技還可以，稍加點撥就令人眼睛爲之一亮，個性上除了話少也算好相處。何導樂得有戲拍還有豐厚的報酬，連續兩部片都與他合作愉快。

孟卻白尚未做出反應，萍姐已經先代答，「沒關係，大家都是好朋友。」

何平心情好，熱絡地對兩位主演發出邀請，「小祁、小孟，晚上大家聚餐慶祝殺青，一起來吧！」

沒想到祁洛郢搖了搖頭，歉然一笑，「抱歉，我的身體不太舒服，今晚不能參加了。」

誰都沒看出來祁洛郢哪裡不舒服，一旁的阿佑聞言嚇了一跳，下意識摸上祁洛郢的額頭，「奇怪，沒發燒啊……」

祁洛郢瞥了阿佑一眼，思考下次薛哥又想換掉阿佑的時候是不是該推一把？

孟卻白眉頭蹙起，擔心地問：「不舒服？」

「大概是有點累。」不過不是身體累，是心累，祁洛郢覺得自己需要好好靜靜。

孟卻白愣了一下，分不清祁洛郢說的是實話還是爲了避開他的推託之詞，一時之間默然無語，多虧萍姐適時打圓場，「小祁這幾年工作排得很滿吧，要多注意身體，累了就多休息。」

「我會的，謝謝萍姐。」

「沒關係，你不舒服就別勉強。」既然祁洛郢這麼說了，何平也不堅持，關心兩句便轉向孟卻白，「那小孟你——」

「我還有事。」何導話都沒說完，就被孟卻白打斷。

何導有些糊塗，「我早上問過萍姐，她說你後面沒有行程了不是嗎？」

萍姐尷尬又不失禮貌地對何導笑了笑，久經歷練的她自然不會當場拆孟卻白的臺，只是投去探尋的目光，柔聲問：「怎麼了？」

「私事。」孟卻白此刻臉上已經恢復淡漠的表情，明顯不想細說。

「那就沒辦法了。」何導不再追問，省得自討沒趣，主演沒空並不妨礙工作人員們聚一聚呀。

✦

《上班要專心》比原定時間提早了將近一週殺青，代表祁洛郢多了六天假期，他還沒來得及高興就接到薛凱鑫的電話。薛大經紀人這陣子辛勤工作，接洽了好幾個雜誌專訪以及廣告代言，正愁沒檔期不知道該推掉哪個行程就收到電影提早殺青的好消息。

「你想累死我嗎？」祁洛郢望著薛凱鑫傳來的行程表，好心情頓時消失殆盡。

「我不是留兩天假給你了嗎？」薛凱鑫的聲音裡沒半點愧意，理直氣壯地提醒對方行程表上兩天的空白。

「那是本來就說好的假期。」祁洛郢記得很清楚，在確定接演《東方夜行記》前他就和經紀公司約定好拍完電影讓他休息兩天。

薛凱鑫知道自己理虧，加上祁洛郢最近工作認真、沒鬧出什麼大事，他也不好逼得太緊，「好吧，那就把口紅廣告的拍攝行程提前一天，運動飲料的廣告我問問看能不能不要出外景，這樣各花八小時應該能完成。」

到頭來經紀人只是把工作壓縮，勉強多擠出一天假。

祁洛郢習慣了這樣的工作強度，也不抱怨，不過他對於代言的商品有些疑惑，「我正想問你怎麼會有口紅廣告？」

「我聽說何導誇你唇形好看，和幾個品牌的窗口碰面的時候順便提了一下，剛好有個品牌正在找今年的代言人，他們覺得你很適合，就談了這次的合作。」

「眞的只是順便？」祁洛郢懷疑薛凱鑫根本動機不良。

謊言被戳穿的薛凱鑫也不心虛，「不然你以爲你戶頭裡的錢怎麼來的？」

薛凱鑫身上一套換過一套，且越來越昂貴的定製西裝還不是祁洛郢認眞拍戲、接廣告的成果？祁洛郢懶得提，他打著呵欠，敷衍地誇獎經紀人，「是，不愧是薛哥。」

於是，祁洛郢在《上班要專心》殺青後又忙了幾天，每天都過得昏天暗地，穿梭在不同攝影棚中。

其間因爲電視臺檔期調整，突然接獲通知將提前上檔他主演的電視劇《願世界待妳以溫柔》，導致薛凱鑫忍痛推掉一個專訪，改去該電視劇的記者發布會。

祁洛郢雖然不樂意但仍敬業地配合電視劇的宣傳行程，把假期挪出一天，接受各家媒體的訪問，爭取曝光機會、製造話題炒熱度。

祁洛郢的官方專頁爲宣傳電視劇，把大頭貼照片換成劇中角色的造型，同時也把頁首的封面相片換成電視劇海報，最新的貼文則是電視劇劇照和播出的時段通知。大部分的媒體和他的圈內友人都分享了那篇貼文，盡可能地觸及潛在受眾。

祁洛郢在一串分享名單裡瞧見孟卻白的名字，隨即點開孟卻白的官方專頁，發現他分享時還附了一句話。

「祝收視長紅，大家有空記得看。」

貼文下方孟卻白的粉絲紛紛熱情響應，同時也訝異偶像難得分享圈內相關消息。他們不禁猜測這次孟卻白和祁洛郢應該合作愉快，甚至還有些交情，畢竟過去《妳和我的小清新》女主角新電影上映時孟卻白並沒有特地分享資訊和祝賀。

「我家萌萌總算有個圈內好友了！」

「不知道祁洛郢怎麼和萌萌聊天的？好擔心萌萌話少被誤會是冷淡的人。」

「我朋友在《上班要專心》的劇組裡，聽說他們感情很好，萌萌交上朋友後話都多起來了！」

「話多的高冷男神？難以想像啊！希望電影早日上映，好想看兩人互動！」

祁洛郢看著孟卻白粉絲的留言不由失笑，這些人根本就把孟卻白當孩子看了吧？除了追星還要擔心偶像交友不順？

說起來他和孟卻白將近一週沒聯絡了，本來拍電影時兩人私下就極少傳訊息，殺青後就更沒有聯繫了，一來是祁洛郢工作忙碌，二來是不知道該對孟卻白說什麼。

都怪那場床戲太尷尬，尷尬到他永遠都不打算說出擦槍走火這件事，也尷尬到他最近三天兩頭就會夢見當時的情景。不過和拍戲不同的是，在夢的最後他們總是一絲不掛，該做的、不該做的都做了。

祁洛郢醒來後完全不能接受！

他不至於飢渴成這樣吧？

無奈他用了再多的舒眠祕方，或是自我紓解再入眠依然會夢到孟卻白，只是場景變成了海邊、遊樂園等等適合告白的地方，而且還是他對孟卻白告白！

這簡直快把他逼瘋了！

戲都拍完了，他一直想著孟卻白幹麼？

他都快相信自己喜歡孟卻白了。

孟卻白明明不符合他的擇偶條件啊！

他理想中的伴侶應該個性溫柔體貼、對他的工作理解並包容、長得好看順眼、相處起來沒有壓力……呃，孟卻白好像都符合？

可是孟卻白是男的！是男的啊！

他們都已經分開六天了，他怎麼還無法出戲？他以前和女演員對戲怎麼就沒遇過這種情況？

在恢復正常前，他眞的不能再和孟卻白見面了。

祁洛郢雖然已經下定決心要跟孟卻白保持距離，但他也不知道自己爲什麼要用分身帳號追蹤孟卻白的官方專頁，甚至還加入了孟卻白的後援會社團。

「孟想成眞？」祁洛郢念著孟卻白後援會的名字，突然有些哭笑不得，「喜歡孟卻白是夢想成眞，喜歡我就是誤入歧途？」

果然，沒有比較沒有傷害。

除此之外，網路上一出現和孟卻白有關的消息，他就就忍不住點進去看……

祁洛郢剛用水各一方的帳號快速按讚孟卻白加入綜藝節目擔任助理主持的貼文，便愣了一下，回過神認眞檢視自己的行爲——這只是關心朋友，很正常吧？

如果是姚可樂的消息他也會……呃，偶爾看看？

✦

結束忙碌的日程後祁洛郢終於迎來珍貴的假期，他打算這兩天都待在家裡，哪裡都不去。

他很想放空、什麼事都不做，然而在責任心的驅使下依舊拿起下一部電影的劇本，盡量在進劇組前熟悉角色和臺詞。

《幻網》是一部由影音串流平臺投資的現代科幻片，故事帶著詭譎的氛圍。他在片中飾演一位名叫安森的科學家，意圖透過電子控制手段消滅各國政府組織，進而消除國界建立沒有戰爭的烏托邦。

安森看似溫文儒雅、不失風趣，實則內心瘋狂又偏執，他的一連串縝密計畫橫跨百年，在知道自己時日無多後製作了複製人，進而置換記憶和意念來延續理想。

祁洛郢當初一看到劇本就很喜歡這個故事，尤其特別喜歡反派科學家的角色。他飾演過很多正派人物，一直沒嘗試過反派，只因爲公司希望他維持正面形象以利於接廣告與代言，這次他好不容易才說服星河娛樂和薛凱鑫。

原本想找祁洛郢演英雄角色的導演得知消息大吃一驚後，也覺得這樣能增加電影可看性，便默默地和編劇修改了劇本，增加反派科學家的戲分，故事主軸也變成雙男主互相鬥智分庭抗禮。

祁洛郢爲了融入安森這個角色，除了熟讀劇本和既有人設，還利用工作空檔額外寫下角色小傳。補充劇本沒提到的細節，讓人物更加完整、有血有肉，他和《幻網》的導演確認自己對角色的理解沒問題後就開始專心揣摩。

祁洛郢累了的時候就會點開誤入祁途，看看粉絲們的動態已經成了一種習慣。

這幾天誤入祁途裡很熱鬧，大家都在討論祁洛郢即將播出的電視劇《願世界待妳以溫柔》。他在這部電視劇裡飾演世人眼中的冷血律師，和女主角因爲一件謀殺案有了牽扯，後來兩人一起在各個離奇案件的翻案過程中拼湊眞相並且收穫愛情。

女主角是剛以一部甜寵電視劇爆紅的許芳柔，她長相甜美清秀、身材穠纖合度，被譽爲新生代國民女神，再配上人氣如日中天的祁洛郢，這部電視劇可說是眾所矚目，上檔消息一發布就引起無數粉絲的期待。同時電視臺也下了不少廣告，讓電視劇頻繁在電視和新媒體上曝光，掀起一波話題。

祁洛郢往下滑了好一陣子都沒看到孟白白的貼文，心裡覺得奇怪，特別找了一下孟白白這幾天的動態，發現他除了定時上線處理社團事務外，幾乎沒有參與討論。

祁洛郢總覺得孟白白有些不對勁，點開好友欄傳了個訊息。

水各一方：「最近在忙？」

孟白白：「還好。」

水各一方：「心情不好？」

孟白白：「可能有一點。」

水各一方：「你喜歡的人不理你？」

祁洛郢把之前的對話翻出來看，認為最有可能的原因只有這個。

在化妝室等待錄節目的孟卻白拿著手機愣了愣，不知道祁洛郢怎麼突然會讀心術。他從殺青後就惦記著祁洛郢那天不冷不熱的態度，導致一直有些鬱鬱寡歡，空暇時拿著手機想打破沉默傳訊息給祁洛郢，卻總是打滿了字又全部刪掉沒傳出去。

祁洛郢沒等到孟白白的回應，覺得對方就是默認了，他不擅長安慰人，但孟白白是他的忠實粉絲，孟白白的支持和理解曾經帶給祁洛郢信心和力量。時日至今，每當他很累很想放棄的時候，便會把孟白白的貼文翻出來讀一讀。

所以，此刻的他也想為孟白白做點什麼。

水各一方：「天涯何處無芳草，那個人不喜歡你就算了，下一個會更好。」

孟白白：「沒有人比他更好了。」

祁洛郢嘆了一口氣，這孩子怎麼這麼死心眼呢？他暗忖情傷應該不是幾張照片能撫慰的，不如……

水各一方：「別難過了，我讓祁洛郢錄段語音給你？」

孟白白：「不用，這樣太麻煩他了。」

水各一方：「你是忠實粉絲嘛，他會同意的，反正他剛好有空。」

祁洛郢沒等孟白白回訊息，立刻錄了一段加油打氣的話傳了過去。

孟卻白沒想到眞的會收到語音訊息，趁化妝室裡沒人注意他，趕緊拿出耳機接上，手指顫顫地點擊撥放。

祁洛郢低沉又帶磁性的溫柔嗓音立刻響起，彷彿就在耳邊對著他說話，「白白，謝謝你一直支持我，知道你心情不好我也很難過。你很聰明、體貼、溫柔、善解人意，我相信一定會有人發現你的優點並且喜歡你，不要太傷心。加油，打起精神！祝你每一天都有好心情。」

孟卻白一次又一次重新播放，聆聽祁洛郢親暱地喊著他的名字，怎麼都聽不膩，只是聽著聽著他的眼眶就濕潤了起來。

就是這份溫柔讓他喜歡了十年。

怎麼辦？他還是好喜歡他。

孟卻白幾近無聲地輕輕說著，「我不會放棄的。」

孟白白：「謝謝你，祁祁。」

過了片刻，祁洛郢才收到孟白白的回覆，他唇角一勾，下意識在輸入欄打上「不用客氣」，在送出前驀地察覺不對趕緊重新編輯訊息。

水各一方：「我幫你轉達了，祁洛郢說希望這能幫上你。」

孟白白：「這對我很有幫助，我會每天聽的。」

……也不用這樣吧？

祁洛郢不曉得是否該阻止孟白白，這孩子似乎太沉迷追星了，如果走偏變得跟孟卻白一樣把偶像當對象就不好了啊！一個孟卻白就夠他受的，再來一個孟白白他絕對會瘋掉！

思緒至此，祁洛郢的手機忽然響了，見來電者是薛凱鑫便接通電話，「薛哥？」

薛凱鑫的聲音中氣十足，「這陣子辛苦你了，假期開心嗎？今天有睡飽吧？」

祁洛郢知道薛凱鑫會在休假時打來八成和工作有關係，儘管一開始的客套和關心不是虛情假意，卻也只是為了後面的談話做鋪墊，他頓時有些意興闌珊，「有事就直說吧。」

聞言，薛凱鑫不再客氣，「你今天晚上能和許芳柔吃個飯嗎？」

「沒空。」祁洛郢想都沒想，果斷拒絕。

「這是工作。」薛凱鑫這麼說就是沒得商量的意思，「用不了你多少時間，一個小時？不然半個小時也可以。」

祁洛郢對此感到煩躁，「又要炒緋聞？我的緋聞女友人數多到都能組籃球隊了！」

以前不是沒做過類似的事，但他實在不想再配合了。目前網路上對《願世界待妳以溫柔》的討論度很高，不必用這種手段吧？他老是和女明星牽扯不清，他的粉絲會怎麼想？

「你太謙虛了，如果加上謠言曾提及的，應該能組足球隊了。」薛凱鑫涼涼地說著。

「現在是清點人數的時候嗎？你還沒解釋這次是怎麼回事。」祁洛郢需要經紀人給出理由。

薛凱鑫傳了一張圖片，「這是明天即將出刊的雜誌。」

那是《星週刊》的最新一期封面，標題是〈許芳柔夜會祁洛郢，過夜八小時發現跟拍花容失色〉，照片中是戴著口罩的許芳柔，背景則是在他住處大樓的門口，她進出大樓的時間都被標示了出來。

「我怎麼不曉得她來找過我？你該不會相信了吧？」祁洛郢盯著手機螢幕差點氣出一口血來，他是清白的好嗎？

許芳柔被拍到的這幾個日期他正在拍攝《上班要專心》，每天收工都累得不行，哪有心情偷情？

「社會大眾的眼睛從來都不是雪亮的，看圖說故事、捕風捉影的事還少了嗎？要不是我清楚你的行程，當下看到我都差點以爲是眞的了。」

祁洛郢冷冷地問：「所以現在是要將錯就錯嗎？」

薛凱鑫知道祁洛郢不高興便沒回答他的問題，直接反問：「你知道宋秉恩和你住同一棟大樓嗎？」

「什麼？我住了三年怎麼都沒聽說？」

「他上個月剛搬進去，你們那棟的住戶一個比一個神祕，你不知道滿正常的。」

祁洛郢和宋秉恩自從《霜華》的合作結束就沒再說過話，外面都謠傳他們有心結。後來隨著兩人慢慢躍居一線更是王不見王，就算同臺也是出席頒獎典禮的場合，彼此的座位中間隔著好幾個人。

祁洛郢對宋秉恩其實心無芥蒂，年少時的無心之言被媒體扭曲他很無奈，該解釋的他也解釋過了，不信的人還是不信。他不討厭宋秉恩，唯一有些困擾的是有部分宋秉恩的粉絲同時也是他的黑粉，因此對他存有敵意。

不過他也沒辦法說什麼，因爲他的粉絲裡也有一部分特別討厭宋秉恩，儘管他已經盡量約束粉絲，仍偶有小規模衝突。

「宋秉恩和這件事有什麼關係？難道許芳柔是來找他的？宋秉恩不是已經有個圈外女友了嗎？」

宋秉恩曾被拍過和一名年輕女子在大街上擁吻，那時這則消息在娛樂新聞上炒了一週鬧得人盡皆知。

「沒錯。」薛凱鑫這些年對宋秉恩不約束粉絲的作風頗看不慣，想到得幫他的忙心裡也煩，頓了頓便開始解釋，「宋秉恩和許芳柔正在談地下情，我不清楚他和圈外女友分手了沒，反正宋秉恩的經紀公司不同意這件事情曝光。」

「他們談戀愛找我當煙霧彈？莫名其妙！我爲什麼要幫他們啊？」祁洛郢很想罵髒話，「他的公司不想曝光就把照片買下來啊！」

「照片沒拍到宋秉恩，所以他的公司不打算出錢。」薛凱鑫嘆氣，「許芳柔的經紀人找我商量，希望這件事處理成你們倆的緋聞，讓觀眾以爲是爲新戲炒作，就不會當眞。」

「照片也沒拍到我，爲什麼《星週刊》寫我的名字？」祁洛郢知道自己可以袖手旁觀，薛凱鑫不可能不清楚。

「因爲《星週刊》覺得你的嫌疑最大，順帶一提，我們的老闆也覺得沒必要花錢買照片，所以明天依舊會刊登這則報導，除非有其他照片可以替換。」薛凱鑫苦口婆心，「這對你來說就是多一個緋聞女友，清者自清，時間久了就沒人追究了，若是任人繼續往下挖，把宋秉恩和許芳柔交往的事曝光，她八成會被當作小三。就算澄清了清純形象也會受損，進而影響電視劇的收視率，你們現在都在同一條船上，救了她也是救你自己，誰叫許芳柔是在你家樓下被拍到的，換一棟大樓就不會找你幫忙了。」

「照片多少錢？」祁洛郢心想，公司不想買，他買總可以了吧？

「《星週刊》最近幾年經營不善欠了很多債，所以照片開價越來越高，不到天價，差不多就你半部電影的片酬。」薛凱鑫明白祁洛郢的打算，「你如果錢沒地方花就給我，至少我還會向你說謝謝。」

祁洛郢被噎了一下，果斷妥協，「你們的安排是什麼？」

「晚上你和許芳柔吃個飯，讓《星週刊》補拍幾張照片，換掉過夜的那幾張。你們態度自然點，越大方就越不像眞的，幾個月後旁人問起就說那天是朋友聚餐。」

「我怎麼覺得會越描越黑呢？」原本沒在同一張照片裡他可以打死不認，現在這樣一拍反而有點瓜田李下。

「你有更好的方法嗎？難道比起說好朋友吃飯，你寧可被記者追問許芳柔是不是在你的住處過夜？」

「最後一次。」祁洛郢即便不願意終究還是心軟了，他和許芳柔不算熟，但拍戲時相處了三個多月，有點情分在，只是在通話結束前他不免再次強調，「足球隊要解散了，以後都不收人了！」

「知道了，你以爲我想當球隊經理？」

演員的職業操守十：下了戲就不要演戲

祁洛郢按照約定的時間把自己打理好、換上外出服，等待經紀人把他送到餐廳。

薛凱鑫已經訂好位子，唯恐《星週刊》照片拍得不夠清楚，特別貼心地選了窗邊的座位。沒多久，許芳柔也抵達餐廳，兩人客套地寒暄幾句後就陷入沉默，點的菜都已經上桌，然而他們皆食慾不振甚少動筷。

彼此都知道這一頓飯的目的是什麼，爲了讓《星週刊》拍到的照片夠上相，而且不會編造出他心情不好和許芳柔吵架之類的劇情，祁洛郢臉上盡量保持著微笑。

「如果妳不想吃，至少笑一笑讓自己看起來開心點。」祁洛郢暗暗嘆了口氣，他們都不願意演這一齣戲，但誰說只有在工作時才需要演戲？演藝圈本來就是個大戲臺。

「抱歉，聽說你原本在休假。」許芳柔低垂著頭乾巴巴地道歉，她臉上妝容精緻，卻依稀可見微紅的眼眶，應該是剛哭過。

「不用說抱歉，等我的電影上映，妳再幫我包場宣傳就好。」

許芳柔抬頭，語氣遲疑，「那部同性戀電影？」

前陣子祁洛郢的中毒事件讓《上班要專心》免費刷了一波媒體曝光，雖然眾人不一定記得片名，可幾乎每個人都知道祁洛郢拍了部同性戀電影，宣傳效果比正式的開鏡記者會還好。

「對啊，我和孟卻白吻戲、床戲都拍了，犧牲很大啊。」祁洛郢是真心感嘆，不過在外人眼裡比較像自我解嘲，又帶點無所謂的豁達。

許芳柔總算被逗得嘴角上揚，「好，到時候我會去電影院捧場，我該說我很期待嗎？」

「妳已經說了。」祁洛郢故意睨了許芳柔一眼，隨即想起一件很重要的事，語氣包含幾分焦慮，「說起來我還沒看過床戲的樣片，希望何導手下留情。」

聞言，許芳柔已經徹底笑開了。

半個小時過去，祁洛郢和許芳柔離開餐廳，故意併肩站在街上逗留一會兒，等經紀人發來消息確定《星週刊》拍好照片了，才各回各的家。

祁洛郢一回到家就泡了碗泡麵，好好的一頓飯吃得讓人胃痛，還不如一碗香氣逼人又能果腹的泡麵。

填飽肚子後，祁洛郢心情還是有些鬱悶，明明今天這種事在他的職業生涯裡已經發生好幾次了，他依舊無法習慣。演戲是工作也是興趣，他喜歡表演帶給他的歷練和成就感，但涉及私人領域就是另一回事，下了戲還得扮演另一個自己也太折磨人了吧？

吃完泡麵內心充斥滿滿罪惡感的祁洛郢，正覺得該把自己丟上跑步機，手機提示音冷不防響起——是孟卻白的訊息。

孟卻白：「我加入了《娛樂最前線》這個節目，負責外景訪問，下週會去《幻網》的劇組探班，先和你打個招呼。」

他的文字禮貌又客套，且傳訊理由充分，正好可以打破兩人一段時間沒有互動的僵局。

一眨眼，他們都一週沒見了，沒想到孟卻白會突然傳訊息給他。

祁洛郢站在客廳裡，環顧空無一人的寬敞空間和窗外漆黑的夜空，驀地有股寂寥和蕭索之感湧上心頭。

他不是容易悲秋傷春的個性，大概是方才勉強做了不喜歡的事導致心情低落，以至於他現在想和人說說話，這個人不一定得回應什麼，只要能傾聽、理解，並且相信他就夠了。

薛凱鑫、阿佑和姚可樂都不在他的選擇名單內，家人更不適合，他進入演藝圈後不想讓家人擔心，所有的委屈和不順遂向來是獨自承受……這時恰巧看見這則訊息，就想著也許孟卻白是個可以談話的對象。

祁洛郢：「能說話嗎？」

這句話傳送出去後，祁洛郢瞬間後悔，他還來不及收回這則訊息，孟卻白就撥電話過來了。

祁洛郢坐到沙發上放鬆四肢，接起電話後沒怎麼思考便脫口而出，「我們好像很久沒見了。」

「嗯，七天。」孟卻白嗓音依然清冷聽不出情緒，只有他知道自己內心忐忑不已。

祁洛郢輕笑，哪有人在問候好久不見後回答幾天沒見？這會讓對方誤會你每天都在數日子！

「還在工作嗎？」

「現在是休息時間，正好在等換布景。」孟卻白看著還有些時間，隨即拿著手機走進一間無人的休息室。

祁洛郢想像了一下孟卻白主持節目的畫面就忍不住笑出聲，「你轉綜藝還習慣嗎？」

「新的工作很好玩，節目的工作人員都很好，不用擔心我。」實際上孟卻白仍不太上手，站在主持人旁邊經常接不上話，但是他不想讓祁洛郢擔心。

「那就好，我後天才進劇組，不確定那邊情況如何，過兩天再跟你說。」祁洛郢心想先讓孟卻白心裡有個底，去片場訪問前才能做好周全的準備，至於冷場？他覺得這個鐵定會發生。

「好啊。」孟卻白很開心，因爲這樣他們就有理由繼續聯繫。

祁洛郢猶豫片刻，最後還是決定開口，「明天雜誌會刊登一些照片……那些只是做做樣子，你不必當眞。」

祁洛郢不曉得自己這樣的行爲代表什麼意思，他爲什麼要跟孟卻白講這些？難道只是因爲今天配合公司製造緋聞而感到委屈？

孟卻白敏銳地察覺祁洛郢的不對勁，立刻追問：「什麼照片？」

祁洛郢把許芳柔的事情說了，他相信孟卻白會保密，然而細節越少人知道對許芳柔越好，便不提宋秉恩的名字。

孟卻白聽完，毫不遲疑地道，「我相信你。」

「為什麼？」

「因為你是祁洛郢。」因為我喜歡你十年了，即使孟卻白隱去了後半句沒說，光是前半句就足以讓祁洛郢語塞，不過他現在已經學會不動聲色適時地把話接下去，「這件事你告訴別人了嗎？」

被全然信任的感覺很好，祁洛郢心中略微忿忿的情緒完全散去。

孟卻白又重複了一次問題，才把祁洛郢的思緒喚回。

「沒有。」祁洛郢也不常和人分享這種事。

「謝謝你告訴我。」孟卻白的語氣很是認真。

「為什麼道謝？」祁洛郢覺得有趣，該道謝的人不是自己嗎？

「我很開心，因為這表示你把我當朋友。」語畢，孟卻白突然覺得有些不好意思，他其實不確定祁洛郢的想法。停頓幾秒後，他用不太肯定的語氣問了句，「我們還是朋友嗎？」

祁洛郢實在搞不懂，為什麼孟卻白的態度要如此小心翼翼？他有說他們不當朋友了嗎？

雖然他想和孟卻白保持距離，但那是因為拍完《上班要專心》後他變得有些不正常。

等他完全脫離他在劇中飾演的角色，且不會再做奇怪的夢後，他和孟卻白仍可以像正常朋友一樣相處。

祁洛郢輕咳，用嚴肅的語氣鄭重聲明，「你以後別再問這種問題，我們當然是朋友。」

「嗯。」孟卻白臉上揚起笑容，籠罩在他心上的陰霾終於完全消散。

隔天，祁洛郢放任自己睡到中午才被電話鈴聲吵醒。爲了提高辨識度，這個鈴聲是他幫薛凱鑫單獨設定的，讓他可以在該接電話的時候接，不想接電話的時候不接。

祁洛郢掙扎著接起電話，睡眼惺忪、口齒不清，字和字都黏在一起，「什麼事？」

「好消息！《星週刊》宣布休刊！」薛凱鑫的聲音有些激動，半是開心半是後悔，「要是能早點知道這個消息，昨天我們就不用白忙一場。」

「爲什麼休刊？」祁洛郢懷疑自己是不是沒睡醒產生幻聽。

「據說《星週刊》的老闆找到買主，把雜誌社賣掉了。」

「誰啊？買一間快破產的八卦雜誌社做什麼？」

「不知道，買主很神祕，《星週刊》好像簽了保密條款，不能透漏相關資訊。」

「我不用和許芳柔炒緋聞了吧？」祁洛郢如釋重負。

「不用了，不過許芳柔說她答應你的事還是會做到，你和她交換了什麼條件？」

「答應我的事……」祁洛郢剛睡醒的腦子慢慢運轉，想起那天開玩笑要許芳柔包場電影的事，臉上表情僵了僵，幸好薛凱鑫看不見，他趕緊若無其事地說：「不是什麼重要的事。」

「是嗎？」薛凱鑫有些狐疑，然而祁洛郢不說他也問不出來。

「沒別的事情我就掛電話了。」

聞言，薛凱鑫立刻切換成工作模式，「《幻網》劇組傳了新的日程表，我把和你有關的部分都上色了，剛傳過去，你確認一下。」

「好。」

自從破冰後，祁洛郢和孟卻白成了幾乎每天都會用通訊軟體聊兩句的關係，偶爾也會打電話。

一開始都是聊祁洛郢的工作。

「這個劇組眞有錢，一天供應五餐，這樣下去我肯定會變胖。」

「沒關係，你太瘦了。」孟卻白暗暗想著，祁洛郢胖了也好看，他都喜歡。

「不行，我現在一天拍十幾個小時，有一半的時間都在等戲，沒時間運動。」

「等戲無聊就打給我。」孟卻白說完怕祁洛郢不答應，又補了句，「我最近工作不忙，就算錄節目也有很多時間在等彩排和換布景。」

「那好吧，說說話確實能打發時間。」

後來也會聊到孟卻白的工作。

「最新一集的《娛樂最前線》我看了。」

「第一次錄節目表現得不好。」

「沒關係，慢慢來，高冷也是一種節目效果。」祁洛郢一邊說話，一邊讀著影片下的評論，不禁笑出聲，「有個人說你都沒說話應該扣主持費。」

「知道，我會改進。」這類的評論孟卻白看了不少，他都記著。

「我覺得滿好的，不說話能領主持費也算一種本事。」

孟卻白默然片刻，不太確定地問：「你是認眞的？」

「我這是在誇你。」祁洛郢這話說得沒半點心虛，他也很想不說話就能賺錢。

孟卻白有點無語……不要亂教啊！雖然他對祁洛郢是抱持著近乎盲目的喜歡，不過還是能分辨是非黑白。

於是，孟卻白「認眞」思考後回覆：「你說得都對。」

祁洛郢聽得有些輕飄飄又有些不自在，他怎麼就聽出了幾分寵溺的意味呢？

幾週後，孟卻白去《幻網》劇組訪問兼探班的影片播出了。

孟卻白擔任主持人後的造型和以往時尚不羈的風格略有不同，這集節目中他的上半身是一件開著兩顆釦子的白色立領襯衫，搭配不對稱剪裁的黑色西裝外套，外套上別著亮燦燦的銀飾和銀鍊，在正式與休閒之間取得平衡還帶點貴氣，他精緻深邃的五官化點淡妝和眼線就足以引人注目。

他手上拿著麥克風，麥克風上的牌子寫著這個單元的名字——就想偷偷去看你。

祁洛郢則是一身《幻網》裡安森博士的造型，穿著襯衫、西褲，外面套了件白色外袍，袍子胸口處別了張識別證。他微長的瀏海全梳到一側並戴著黑框眼鏡，整個人看起來溫文儒雅、充滿書卷氣。

兩人一起站在鏡頭前和觀眾打招呼並且稍微介紹了電影後，孟卻白拿起事前準備好的小卡片，開始一個個念出節目組準備的問題。

「拍完《上班要專心》後沒多久就接著拍《幻網》，你的行程排得這麼滿，累不累？」孟卻白一字一句念著，語調平緩而認眞。

「還好，我這幾年的工作狀態差不多都是這樣。」說不累是假的，說習慣了才是眞的。祁洛郢臉上看不出疲憊，不過大概是怕粉絲擔心，他對著鏡頭補充說明，「我還是有在休息的。」

「你已經從當時的角色脫離了嗎？」

「一定要脫離啊，這樣才好進入現在的角色。」祁洛郢接著道，「但我總感覺每拍完一部戲，那部戲的角色就會和眞實的我融合在一起，成爲我生命裡的一部分。」

孟卻白點頭，對於祁洛郢的回答不意外，「能跟我演一段《上班要專心》裡的戲嗎？」

「哪一段？我不確定自己還記不記得。」祁洛郢這句話進可攻退可守，屆時要不要配合都可以。

「江寧軒晚上去找林副理那段。」孟卻白徐徐說著，視線落在別處就是沒看祁洛郢。

「不行。」祁洛郢了然，他對這一幕特別有印象，是江寧軒和林予澄在客廳互訴衷情接著滾床單的情節，那場床戲讓他現在的夢還不太平靜呢。所以祁洛郢才會戒心十足地拒絕，而後他狡黠地笑了笑，「是不是要誆我說喜歡你？」

這個單元以前是另一個人主持的，祁洛郢在訪問前特地撥空看了一集，知道其中有這樣的橋段，並從剛剛便暗自留心。

孟卻白用眼神向鏡頭外的工作人員求助無果後，尷尬地把手上的任務牌轉向鏡頭，上面寫著他的訪問任務——讓受訪者說出「喜歡你」。

眞的讓祁洛郢猜對了。

重新整理心情的孟卻白低頭看了一眼手上的小卡片，正經八百地繼續問出下一個問題，「《幻網》中有吻戲嗎？」

「沒有，今年和我親最多的人就是你了。」反正是據實陳述，祁洛郢說起這話一點包袱都沒有。

孟卻白無法招架定格在原地，無助的眼神又一次飄向鏡頭外的工作人員。

一旁的祁洛郢倒是顯得躍躍欲試，眼神充滿期待，「還有問題嗎？」

這集節目上傳至網路後，孟卻白的粉絲在下面刷了一排愛心，祁洛郢的粉絲更是尖叫不已，按讚數和分享數快速增加。

「萌萌無助的表情好可愛，這集我給滿分！」

「這兩人的互動太有愛了，我已經開始期待《上班要專心》上映了，到時候肯定會有吃不完的糧！」

「大家看到他們的眼神交流了嗎？好有愛啊！他們沒有點什麼我才不相信！」

「警察叔叔，這裡有人光明正大調戲主持人！」

「看完上一集我以爲這個單元叫做『孟卻白的冷場時間』，沒想到這一集直接甜翻天啊！不行，我得去掛急診，要被甜死了……」

由於兩位男神在螢幕前展現出好交情，留言區裡兩人的粉絲們也是和樂融融，一起追星一起吃糖。

✦

《願世界待妳以溫柔》順利播畢，其收視率不僅創下同時段節目的新高，這段期間祁洛郢和許芳柔也成了近期討論度最高的螢幕情侶。在大量的曝光下，兩人人氣都更上一層樓，接獲了許多節目和廣告邀約。

電視劇熱播同時，誤入祁途裡不少粉絲討論劇情之餘連帶關心起祁洛郢和許芳柔的互動，發現祁洛郢這次和合作的女明星沒半點曖昧，哪怕是握手這樣簡單的身體接觸都沒有。儘管鏡頭前他們有說有笑，彼此間卻總隔著一段距離，而被問到擇偶條件時都堅持對方不是自己的理想型。

「雖然知道祁祁的緋聞都是炒話題用的，但突然不炒總覺得少了點什麼？」

「聽說許芳柔私下人不錯、沒有公主病，原本還以爲祁祁可以找到好對象，沒想到兩人戲外眞的沒火花。」

「是不是欲蓋彌彰啊？越不可能的越有可能？」

有人理性挖八卦，堅持要看到證據才相信，也有陰謀論的說法……這則貼文出現在誤入祁途才一個晚上就成了這陣子討論度最高的文章前三名。

孟白白在這個討論下面留下了一段話，獲得了近千個讚。

「以祁祁的實力本來就不需要靠緋聞炒熱度，這種行爲只會讓大眾失焦，進而忽略他的努力。我相信祁祁也不喜歡這些多餘的炒作，我們作爲粉絲應該多支持他的作品，不是把心力放在挖掘八卦上面。有看劇的人就能懂這部劇製作用心、畫面很有質感，每一集的劇情都引人入勝沒有冷場，此外祁祁的臺詞特別多，其中涵蓋大量艱澀的法律條文，但是他依然駕馭得很好，成功撐起每一場戲。我很開心看到大家對這部作品的討論集中在劇情和演員的表演上，希望包含評審在內的更多人注意到祁祁的演技，我不想再看到頒獎典禮時祁祁不能上臺領獎的畫面，以上。」

「其實我也沒那麼在意獎項，而且小螢幕的我已經拿過了。」趁拍戲空檔滑手機的祁洛郢看到這則留言，嘴硬地喃喃自語，卻又默默點讚並截圖作紀念。

「有什麼好事嗎？」薛凱鑫剛講完電話走回來，一眼就望見祁洛郢眉開眼笑地盯著手機。

「沒什麼，在看粉絲留言。」祁洛郢裝作若無其事地關閉誤入祁途，然後切換帳號。

薛凱鑫點點頭，嘉許道：「很好，你本來就該多看看支持你的粉絲，那些攻擊你的黑粉直接無視就對了。」

「嗯。」祁洛郢懶懶地應了一聲，然而不得不說這的確是個好方法，自從加入誤入祁途、認識孟白白之後，他就很少在意那些黑粉的訊息和留言了。

另一方面孟卻白繼續著擔任綜藝節目的助理主持人，這份毅力跌破不少人的眼鏡。他從一集說不上十句話，到後來能和主持人互相拋接哏、訪問來賓時偶爾調侃幾句，雖然高冷氣質改不了，螢幕形象終歸親切不少。

除了綜藝節目的固定曝光外，他空著檔期快五個月後總算接了一部電競題材的電影。

祁洛郢一看到消息出來，第一時間傳了訊息過去。

祁洛郢：「你是為了可以在工作時打遊戲才接演的嗎？」

孟卻白：「這麼明顯？」

祁洛郢：「猜的。」

祁洛郢這個猜測也不是沒有根據，畢竟孟卻白的綜藝節目一週只錄影兩天，等於他還有五天空著。以孟卻白現在的人氣來說不可能沒有戲劇邀約，卻遲遲沒聽見他接新工作的消息，那只可能是他挑戲。

孟卻白挑中的這部電影投資不高，話題性也一般，如果不是找了孟卻白演主角，大概沒什麼人會注意到。

孟卻白：「小時候我一個人在家，無聊的時候常打遊戲，手速夠快打得還不錯，上過排行榜。」

兩人熟了之後，祁洛郢都能從這則訊息的字裡行間想像孟卻白有多得意了，他嘴角跟著彎起，配合地傳了個你真棒的貼圖給孟卻白。心裡卻想著，手速快除了打遊戲還能帶來什麼好處？網路搶票？

祁洛郢：「能拍想拍的戲，你的日子過得太愜意了。」

祁洛郢表示羨慕。

孟卻白手指頓了一下才把訊息送出去。

孟卻白：「你還需要拍不想拍的戲嗎？」

祁洛郢：「你不懂。」

祁洛郢輕輕一笑，孟卻白是富家子弟背後資金雄厚，不懂很正常。即便祁洛郢拚出成績後，星河娛樂給予他盡可能的自由，仍不免對他的工作指手畫腳。當兩方意見相左時必須有一方退讓，有時是公司、有時是他，祁洛郢理解公司有公司的考量，但他有時候真的很不開心。

祁洛郢：「等合約滿了我也要學你，自己開工作室。」

孟卻白：「你的約到什麼時候？」

祁洛郢：「明年。」

祁洛郢是拍完《對月長歌》後才簽進星河娛樂，開始接受正規的演員培訓和規畫演藝生涯。

如今，他在經紀公司的十年長約即將屆滿。

✦

日子過得很快，時間在一個接一個的工作行程中不斷流逝，期間祁洛郢又入圍了一次金影獎並且再次落馬，轉眼就到了年末。

這天天空飄著小雨，祁洛郢拖著步伐從片場離開，此時剛過午夜十二點，這還是最近一週裡算早收工的了。阿佑負責開車，祁洛郢身心俱疲，半躺在後座，接起薛凱鑫的電話時聲音充滿厭世感，「喂？」

「你那部《下屬整天都想推倒我》下個月上映，比原先預定的日期早一天，只要你現在這部片順利殺青就能趕上宣傳活動，其他的工作我一併標注在行事曆上了，你記得更新。」

祁洛郢現在待的劇組進度延誤，他每天都在加班趕拍進度，最後能不能如期殺青實在不好說。

而何平那邊爲了趕上寒假和新春檔期，也是忙了好一陣子，從殺青後就抓緊時間作業，把後續的剪接、調色、配樂等工作完成，然後協調完電影院檔期，才將上映時間訂下，並且安排相關的宣傳行程。

「我什麼時候拍過那部片了？」祁洛郢依稀覺得片名有點耳熟，無奈他太累不想動腦，一時之間沒想起來自己在哪裡聽過。

「和孟卻白合作的那部電影啊，你該不會忘了吧？」

「不是叫《上班要專心》嗎？」

「哦，對了，那部片其實本來就還沒確定名字，當初劇本上寫的只是暫定片名。後來原著粉絲連署希望沿用小說書名《下屬整天都想推倒我》，電影公司因此辦了一個投票活動，結果原著名還眞的得了最高票。」

祁洛郢覺得有點崩潰，光是想像宣傳時會產生的對話就感到羞恥，比如「請大家一定要去看《下屬整天都想推倒我》」、「對，我就是演那個被推倒的角色」、「什麼？被推倒的心情……」等等。

「我怎麼不曉得有辦投票？」祁洛郢暗忖如果自己早點知道，就能煽動他的粉絲投個正常點的名字……不對，他的後援會名字也是投票選出來的，以「誤入祁途」的取名風格偏好，他的粉絲八成會投「下屬整天都想推倒我」吧，一點幫助都沒有。

「我記得那陣子你挺忙的，跑到山裡拍戲，手機收訊不太好，講電話都斷斷續續的，所以不是太重要的事情我也懶得說。」薛凱鑫一點都不認爲換片名是多大的事情，「這個片名很有趣，多聽幾次就記起來了，還不錯啊！」

薛凱鑫的安慰向來單薄，很難起到任何效果。

祁洛郢揉了揉隱隱作痛的額角，「算了。」

木已成舟，他再怎麼掙扎也沒有用。

祁洛郢打了個呵欠，這件事好像讓他更累了，他現在只想馬上閉眼睡覺。今天忙到早上孟卻白傳來的訊息還沒看，就連忠實粉絲孟白白的動態他也已經好幾天沒關注了。

「你早點休息，不要熬夜滑手機了，再被媒體拍到黑眼圈，我又要被你的粉絲罵了。」薛凱鑫想起往事簡直不堪回首。

祁洛郢愣了兩秒，「你怎麼發現的？」

「你前天凌晨兩點五十分分享了孟卻白出外景的花絮，大前天凌晨三點半按讚他的貼文，我能不發現嗎？」薛凱鑫沒好氣地說著。

「我最近常常超過十二點才收工，洗完澡差不多就兩三點了，我睡前關心一下朋友也沒花多少時間。」祁洛郢對於這樣的作息感到很絕望，畢竟他六點就要起床，就算趁拍片空檔小睡，加總起來的睡眠量還是遠遠不足。

聞言，薛凱鑫又道：「我還看到你們越來越常分享對方的消息，孟卻白分享你的消息都快比他自己的貼文多，我點進他的官方專頁差點以爲是你粉絲的專欄。你們這是在經營好朋友人設還是眞的成爲朋友了？我怎麼記得你當初不是很喜歡他啊？」

「我哪有不喜歡他？我們是朋友啊，和姚可樂差不多的那種朋友。」儘管嘴上這麼說，但祁洛郢其實很心虛，因爲他已經兩三個禮拜沒和姚可樂聯絡，卻幾乎每天都有跟孟卻白聯繫。

「好好好，你沒不喜歡他，我又沒說不讓你交朋友。」薛凱鑫的聲音裡也滿是倦意，「時間不早了，到家就早點睡，晚安。」

「晚安。」

《下屬整天都想推倒我》的電影發布會和開鏡記者會選在同樣的場地，一間寬敞明亮且有著大量白色裝飾和綠意點綴的藝廊。

祁洛郢和孟卻白先後抵達，他們被安排在同一間休息室，許久沒有碰面的兩人一見面都分外開心。

祁洛郢爲配合上一部電影的拍攝工作剛剪過頭髮，原本五官就深邃柔美不失英氣，配上俐落短髮頓時多了幾分俊挺。一身剪裁合宜的西裝把他的身形襯托得越發挺拔帥氣，衣料上花朵狀的淡彩印花沖淡不少西裝給人的嚴肅感，氣質顯得更加優雅、紳士。

「卻白，這邊！」祁洛郢坐在沙發上，聽見聲響便回頭笑著對孟卻白揮手。

祁洛郢的眼形本就略長顯得多情，眼神輕輕往上挑時最讓人招架不住，孟卻白甚至直接看呆了。

休息室門口，孟卻白聽聞祁洛郢的呼喚，腳步頓了頓，接著立刻彎起嘴角大步走近，「好久不見，洛郢、阿佑。」

「太久沒見認不得了是吧？說我變帥了就放過你。」祁洛郢看見孟卻白動作有些遲鈍就笑著揶揄兩句，也沒忘跟孟卻白身後的萍姐打招呼。

一旁的阿佑也熱情地招待兩人，問他們要不要茶水點心之類的。

孟卻白眉頭微蹙，顯得有些爲難，「本來就好看，沒辦法更好看了。」

這話孟卻白說得輕輕淡淡的，祁洛郢反倒有些不好意思地拍了孟卻白一下，「去綜藝節目轉一圈後越來越會說話了。」

「小孟說話實在，說你好看就是好看。」萍姐面容依然和藹，眼尾幾許笑紋，給人親切好親近的感覺，語速不快卻特別有說服力，「小祁去年的電視劇口碑一如既往很好，這下算是站穩一線了。」

「萍姐，我開玩笑的，妳這樣誇我會得意忘形的。」祁洛郢趕緊討饒，就怕隔牆有耳有心人聽了會說他耍大牌不夠謙虛。

萍姐呵呵笑了兩聲，「小薛沒跟你說嗎？外頭現在都在猜你的合約期滿會不會續約？不少公司已經在備餌打算釣你這尾大魚。」

演藝圈裡沒有不透風的牆，誰簽了哪間公司幾年、誰的經紀約快到期從來不是祕密，通常沒人知道消息的都是些名不見經傳的小明星，本來就沒有打探的價值。

祁洛郢這陣子當然收過其他公司的暗示，薛凱鑫也問了他兩次續約的意願，只不過都被以還不急當藉口打發了。此時他聽見萍姐問起這件事，笑得特別天眞無害，「如果我是大魚，當然不喜歡被養在水族箱裡。」

聞言，萍姐理解地點點頭，放輕了聲音，「想清楚再決定，反正不急，你的未來還長，若需要人幫你琢磨可以聯繫我。」

她現在和孟卻白是合作關係，不效力特定經紀公司，所以也不用幫公司拉人。之所以提起這件事，只是單純覺得祁洛郢未來可期，加上他和孟卻白兩人交好，便好意提點。

「謝謝萍姐。」

幾句寒暄後，導演抵達會場，何平看起來精神奕奕，聲音宏亮有朝氣，一聊起這部電影就滔滔不絕，其間不忘稱讚兩位主演的表現。休息室裡頓時氣氛熱絡，直到工作人員提醒準備進場，眾人才意猶未盡地停下。

外頭藝廊大廳裡的配置和上回的開鏡記者會差不多，唯獨舞臺上的背景板換成了正式的電影宣傳海報。

海報中的場景在JC辦公大樓的走廊上，一側是白牆，一側是玻璃帷幕，一名穿著全套西裝的年輕男人將另一名西裝革履戴著金絲邊眼鏡的男人壓向牆壁。

年輕男人的眉宇間有著初入職場的朝氣，他輕輕閉上眼簾，表情深情而投入。而即將被吻上的男人則是一身菁英氣質，他一隻手放在胸前想阻擋親吻落下，另一隻手卻搭在對方腰間似乎在將人往懷裡帶，姿勢欲拒還迎，眼神帶著嗔怪又不失柔情蜜意，猶帶幾分縱容。

他們兩人的雙唇靠得極近，將觸未觸的畫面讓觀者心癢難耐。陽光斜斜灑落，把玻璃帷幕的框影打在灰白色的大理石地板上，也把兩人的影子映在白牆上，整個空間洋溢著戀愛的幸福氛圍。

這一幕是電影接近尾聲時，兩人交往後在職場你儂我儂的橋段，當初江寧軒強吻林予澄並告白也是在這條走廊，正好可以起到前後呼應的效果。

現在同性題材的影視作品其實不少，但主演皆像孟卻白和祁洛郢這樣外型極爲出色般配、充滿CP感，且人氣蒸蒸日上的卻不多。

這張海報一公開就吸引無數網友瘋狂轉傳，眾人的期待度不斷刷新。官方社群專頁的留言處充斥著愛心和尖叫，雖然其中參雜著路人表示噁心，但也很快就被更多的正面評價淹沒。

發布會現場的舞臺下整齊排列著椅子，每個椅面上放著公關新聞稿、電影宣傳海報和周邊小物。此外，椅背上都別著一朵鮮花和粉紫色緞帶，從小細節就能看主辦單位的出用心。

會場內座無虛席，媒體記者們有的認眞翻閱新聞稿畫重點，有的拿著相機對著場地拍照收集素材，也有湊在一起談話對電影表示期待的。

主持人收到指令後拿起麥克風，提醒大家先回到座位，沒多久，一段悅耳的豎琴聲響起，如雀鳥輕啼、如清風穿過樹林，接著是一陣鼓聲。

場間細碎的說話聲頓時消失，緊接著場內燈光瞬間全暗，舞臺上的大螢幕亮起，並開始播放《下屬整天都想推倒我》的正式預告片。

開頭便是林予澄冷酷地把江寧軒的面試資料扔進垃圾桶，兩人一冷一熱的臉部表情特寫交錯，再來是會議室裡對峙、僵持不下的他們，氣氛緊繃得彷彿要大打出手。

下一個畫面卻是江寧軒強吻林予澄，以及短短兩秒鐘的肉體交纏，誘人的喘息聲和淫靡的撞擊聲突然迴盪在場內，讓人不住臉紅心跳。

最後則是江寧軒對著林予澄大吼「我怎麼會喜歡你這種人」，接著螢幕一黑，留下一絲懸念。

影片播放完畢，大廳的燈光重新亮起，臺下的媒體記者們紛紛報以掌聲，導演和兩位主演順勢進場。

臺上的祁洛郢看起來神色自若笑容充滿魅力，只有他自己知道方才和大家一起看預告片的床戲片段時他有多難為情。那個當下，拍床戲的回憶瞬間湧上他的心頭，臉頰也變得異常躁熱。

於是祁洛郢下意識用手搧風試圖冷靜，站在旁邊的孟卻白見狀還貼心地問他是不是空調溫度不夠低……

這場記者會氣氛活絡，三人都對記者的提問有問有答。由於祁洛郢和孟卻白都是高人氣的明星，所以記者大部分的問題也都集中在他們身上。

有記者舉手發問：「請問兩位男神拍吻戲時的心情如何？」

祁洛郢面色鎮定，臉上維持著迷人的微笑，「想不起來了，可能在想拍完要吃什麼吧？」

「很緊張，怕拍不好耽誤進度。」孟卻白的表情沒什麼波動，回答也非常樸實，但能從超過三個字的回應裡發現他很認眞應對。

記者又追問：「後來你是怎麼緩解緊張的呢？」

孟卻白看了祁洛郢一眼，隨即收回視線，靦腆得可愛，「他是前輩，會帶我，很敬業。」

「祁洛郢吻起來感覺怎麼樣呢？」

孟卻白沉默，放下麥克風一度不想回答，但是祁洛郢卻在一旁起鬨，「我也很想知道。」

孟卻白無奈，只好開口，「很軟。」

祁洛郢立刻扯後腿，反問他：「誰的嘴唇親起來不是軟的？」

好事的記者轉而追問祁洛郢，「孟卻白的嘴唇吻起來是什麼感覺？」

祁洛郢故意停頓很久，像是在認眞思考，讓人翹首以盼，連孟卻白都不禁有些期待他的回覆，沒想到最後他說了和孟卻白一樣的答案，「很軟。」

記者們立刻不約而同地給了噓聲，一陣笑鬧聲後，祁洛郢又拿起麥克風補充一句，「很甜，是我喜歡的味道。」

孟卻白瞬間收到數十道打量的目光，一旁的祁洛郢也在偷偷竊笑，他無奈澄清，「我們開拍前吃了糖果。」

記者們恍然大悟，同時也很高興有個話題可以當作新聞素材，此外電影中最受矚目的床戲當然也被提及，「拍攝床戲前你們有特別做什麼準備嗎？」

孟卻白先答，「會做好防護措施。」

「一定要的。」祁洛郢點頭附和，並暗暗提醒自己下次拍床戲不能掉以輕心。

這位記者似乎不太滿意兩人方才的答案，又再問出了更露骨的問題，「你們有不小心擦槍走火……咳，我是指對對方產生生理反應嗎？」

孟卻白不曉得該怎麼回答，面無表情地將目光投向祁洛郢，臺下的媒體們沒有起疑，畢竟大家都很習慣孟卻白在採訪時用眼神找祁洛郢求救。

祁洛郢知道記者愛問這種問題，所以早就做好準備，他笑容神祕，眼神帶著曖昧，「我只能透露這場床戲拍了很久，我們都很投入，剩下的就請大家進電影院看囉。」

眾人將目光投向孟卻白，不過他這次的回答更簡潔了，「同上。」

記者不死心繼續追問：「還有想說的嗎？」

孟卻白聞言拿起麥克風，頓了頓才說：「請大家支持這部電影。」

「請大家支持這部電影。」祁洛郢跟著複誦，而後兩人相視而笑。

今天這場記者會氣氛融洽，導演和主演們都侃侃而談，儘管孟卻白的答案普遍皆很簡短，但比起開鏡記者會時的冷場已經好上百倍！

接下來三人又分別回答了幾個問題、拍了各種合照與獨照後，記者會總算圓滿畫下句點。

活動結束後，何導和祁洛郢、孟卻白回到休息室，何導正滔滔不絕分享他陪著剪輯師剪片子到天黑又剪到天亮的故事。

孟卻白默默聽著，祁洛郢則是一邊回應兩句，一邊打量熟悉的擺設，忍不住打趣地問，「上次開鏡記者會也是在這裡，難道不用場地費嗎？」

何導和孟卻白異口同聲。

「不用。」

「不用。」

祁洛郢訝異，「這麼好？」

何導和孟卻白再次同時開口，這次兩人說出來的解釋卻有了差異。

「投資方的。」

「我家的。」

祁洛郢的眼睛瞇了起來，一手在胸前撐著另一手的手肘，修長的手指抵著下頷，一副在思考的模樣，「如果我沒理解錯，你們應該是同樣的意思？」

何平笑了笑沒說話，將視線投向孟卻白，這個問題應該交給孟卻白回答。

孟卻白黑白分明的眼眸中沒有半點閃躲，「嗯，家裡給了點資金，讓我投資幾部電影。」

他覺得這些事情不用隱瞞祁洛郢，於是輕描淡寫地承認自己就是投資方。

祁洛郢依此推測，孟卻白的第一部電影很可能也是這樣拍的。

驚訝的情緒在祁洛郢的眼裡停留不超過半秒鐘，就被他很好地藏了起來，轉而自然地綻開笑容，「我是不是知道了什麼祕密？」

有錢就是任性，想拍電影就拍電影，眞好……沒別的意思，他純粹感嘆罷了。

「不想瞞你。」孟卻白輕聲說道。

何平面帶微笑地安靜望著他們，孟卻白自己講出來就不算他破壞保密協議了。

祁洛郢拍拍孟卻白的肩，曉得孟卻白對他坦承這件事是把他當朋友，然而得知對方就是投資方後，他的思緒很快地動了起來。

孟卻白爲什麼要拍《下屬整天都想推倒我》呢？

按常理來說，剛出道的新人演員第一個目標得先站穩根基，比如孟卻白的第一部電影《我和妳的小清新》就是個很好的例子。該片的題材爲大眾普遍能接受的校園愛情故事，其中主角男帥女美、劇情感人，只要行銷得當不出大問題，都有基本票房。

孟卻白挾著資金優勢，可以挑的劇本很多，第一部作品成功後更需小心謹愼，爲什麼他要選擇可能會被貼標籤、吃力不討好的同性戀電影？

這對他的形象或演員事業並沒有明顯的幫助，甚至還有曝光他性向的風險。

此外，能和孟卻白對戲的演員那麼多，爲什麼那麼剛好找上他？

孟卻白曾經告訴他，他是因爲喜歡某個演員才踏入了這一行。

後來孟卻白向他告白，承認喜歡自己很多年的演員就是他……

如此一來，找他合作似乎合情合理？

但是這部片中兩人有不計其數的肢體碰觸以及多場吻戲，還有何導堅持拍的床戲……在這個圈子裡待久了就清楚金主的話語權有多大，祁洛郢很難不揣測堅持要拍親密戲的人到底是導演還是孟卻白。

「是你找我演林予澄的？」祁洛郢仍舊笑著，只是眼裡的笑意已褪去大半。

「是。」孟卻白回答得很快，沒有絲毫遲疑，這件事他既然打定主意坦白，就不會說謊。

祁洛郢心中冷不防浮現一個猜測，他沒多想便直接開口，「你事先看過劇本？」這個問句本身不難回答，但搭上前一個問題後就產生不同意義，祁洛郢等於在問孟卻白是不是打從一開始就心懷不軌。

孟卻白的嘴角弧度下沉不少，他知道祁洛郢正往最壞的方向想，但他無力阻止。他沒辦法說他不喜歡祁洛郢，也沒辦法說和祁洛郢親吻時他不心動，更無法說自己找祁洛郢共演沒有私心。

在片刻的沉默後，孟卻白選擇誠實，他語調沉重，「是。」

聞言，祁洛郢臉上的笑容再也無法維持，失望之情溢於言表，「你打從一開始就別有用心？」

「工作的時候我只想著把角色演好而已。」孟卻白試圖解釋，即便他找祁洛郢共演的動機是出於愛慕，可是在拍戲時他沒有爲了占祁洛郢便宜而耍心機。

祁洛郢不接受這個說詞，「你只要告訴我是或不是。」

他需要一個明確的答案來驗證過去那三個月，甚至是這一整年他把孟卻白當好友的心意是不是全建立在一場刻意安排的計畫。

孟卻白的眼神轉為黯淡，彷彿知道兩人的情誼即將瓦解，他不想迎來這一刻，然而祁洛郢銳利的目光讓他無處可逃。

孟卻白心中很是煎熬，彼此的關係好不容易修復，加上他花了十年才把他們之間的距離縮短，他實在不想再把祁洛郢推開。一旦友情再次決裂，他不知道是否還能和好如初，只知道自己依然會繼續喜歡祁洛郢，繼續那漫長沒有期限的單戀。

孟卻白全身發涼、喉頭乾澀，背脊冒著冷汗，開口講話對他而言似乎也變得無比艱難。

「為什麼不回答？」祁洛郢不耐地催促。

聽見祁洛郢的話，孟卻白先是露出一個哀傷的笑容，最後才小聲地說了一個字，「是。」

這個字宛如驚雷，落在祁洛郢耳中既震撼又刺耳，他一直按捺著的怒氣瞬間爆發。

他不喜歡踏進別人設好的陷阱。

他是因為喜歡演戲才和同性接吻、肢體交纏，他不能接受有人利用他這份熱忱和執著來達成其他的目的。

況且，他還因此產生了喜歡同性的錯覺，至今無法擺脫。

他用心揣摩角色、照顧對戲的孟卻白、給孟卻白打氣、和孟卻白交朋友……他的付出、體貼、善意，一切的一切都像個笑話。

「你這個騙子！」祁洛郢心灰意冷，覺得自己識人不明，氣得一隻手抓住孟卻白的西裝外套領子，大力將他往後推抵在牆上。另一隻手緊緊握拳並抬起，像是準備往對方身上招呼。

此時休息室裡的氣氛劍拔弩張，明明祁洛郢凌厲凶狠地瞪著孟卻白，眼裡卻慢慢浮現一層盈潤的水光。他吸了吸鼻子，緊緊抿著唇，死死撐著不讓淚水落下，表情憤怒委屈到了極點。

孟卻白沒有半點掙扎，連閃躲拳頭的動作都沒有，一副任憑處置的模樣。他難過地望著祁洛郢，他知道他個性獨立，平常不會輕易求援也不隨便示弱，更別說是當著別人的面落淚。

自己能把祁洛郢逼成這樣，他到底有多令他失望？

何導、萍姐和阿佑都被祁洛郢突如其來的舉動嚇了一跳。

「好好的怎麼突然動手？」何平以為兩個人聊天沒他的事，到旁邊喝了口水，沒想到一轉頭人就準備打起來了。

「小祁，小孟沒有惡意。」萍姐離他們不遠，本就有聽到一點對話內容，便把祁洛郢的想法猜了七七八八，不過這件事孟卻白確實站不住腳，一時之間她也不曉得該如何解套。

「祁哥，有話好好說，別打架，打起來我們都要被扣錢。」阿佑搞不清楚狀況，想上前勸架又無從著手。

旁人的勸慰祁洛郢都聽進耳裡了，他很想把孟卻白狠狠地揍一頓，然而他已經不是熱血衝動的少年，也早已過了做事不需瞻前顧後的年紀。儘管他的怒氣尚未平息，仍是恨恨地把拳頭放下。

如果他眞的打了孟卻白，這消息肯定瞞不住，會造成什麼後果他可以想像得到。

首先，這部主打男男戀的電影在主演反目的新聞傳出後，幾乎可以宣告失敗，幕後許多人的心力頓時付諸流水。

不論孟卻白會不會對他求償，負面報導一刊出緊接而來的便是眾多廣告商、代言品牌的天價違約金，星河娛樂肯定會要求他自行支付，屆時他就算不破產也和破產差不多了。最後，他會因爲這次的暴力行爲被貼上標籤，很高機率再也沒有戲約與相關工作可以做，從此墜入泥淖，消失在演藝圈。

祁洛郢抓著孟卻白領子的手握得死緊，幾個深呼吸後才勉強平撫自己怒不可遏的情緒，「孟卻白，我不想再看見你。」

「祁哥，我們接下來有很多電影宣傳活動，你們還得同臺。」阿佑忍不住提醒，這句狠話很難實行啊，這陣子兩位主演的通告都是一起安排的，倘若臨時少一個人出席，肯定會被媒體記者大做文章，進而衍生出更多後患。

「那就當我沒你這個朋友！」祁洛郢只好改口，語畢，他鬆開手甩門而出。

阿佑見狀立刻離開休息室追上祁洛郢，何平看場面有些尷尬，和萍姐說了一聲有事後也走了。

孟卻白自從回答完最後一個問題後就再也沒開口，他呆立在原地，眼神失去了焦距。

祁洛郢說的話他都聽見了，他知道祁洛郢說他是騙子，他知道祁洛郢不想再見到他，他知道祁洛郢不當他是朋友了。

他不氣祁洛郢，他只氣自己。

祁洛郢泫然欲泣的表情讓他難受，他從沒這麼討厭自己。

他怎麼能傷害他最喜歡的人？

「小孟，把眼淚擦一擦。」萍姐嘆了口氣，把面紙塞進孟卻白手裡，語氣滿是心疼，「等你心情平復一點我們再離開。」

孟卻白木然地接過面紙，抬手一擦，這才發現他早已潸然淚下。

演員的職業操守十一：收到匿名爆料表示你紅了

一輛黑色保母車從藝廊旁的車道駛出，開著車的阿佑知道祁洛郢心情不好，說了幾個笑話後發現後座的人根本沒在聽，便自討沒趣地閉上嘴。他雙眼直視前方看似專心開車，其實正琢磨該怎麼向薛哥報告祁洛郢和孟卻白鬧翻的事。

阿佑摸不清祁洛郢為什麼突然就生孟卻白的氣，對方是幕後的投資者又如何？孟卻白在片場看起來沒有特殊待遇，也安安分分地拍戲不是嗎？而且孟卻白經常準備飲料、點心給劇組的大家，應該是個好人吧？

但祁洛郢待他更好，祁洛郢會發獎金給他、在薛哥面前幫他說話……加上他不認為祁洛郢會無緣無故胡亂生氣，所以結論只能是孟卻白不好。

可是阿佑實在想不透孟卻白哪裡做錯了，不過他生性豁達，想不清楚的事就不再想了。

方才走得太急，後座的祁洛郢依舊穿著電影發布會時的服裝，唯獨沒了先前在鎂光燈前的神采飛揚。他上車後就不發一語，直直盯著窗外街景卻什麼都沒看進眼底，那雙漂亮眼睛裡的淚水已經抹去，其中的怒意和委屈也暫時散去，只是看上去仍心情不佳。

祁洛郢原本期待電影宣傳期能和孟卻白好好敘舊，因為行程忙碌一直沒機會碰面的兩人總算可以當面聊聊、交流工作和日常點滴，沒想到重逢的第一天他們就鬧翻了。

他一想到接下來還有活動必須和孟卻白同臺就意興闌珊、煩躁不已，甚至覺得頗爲厭煩。

這下他們眞的連朋友都做不成了吧？

電影殺青後他和孟卻白幾乎每天聯繫，彷彿認識許久似的極爲投契，興趣、喜好都有交集。孟卻白像是打消了追求他的念頭，祁洛郢也不提告白的事，兩人如同普通朋友般輕鬆自在地相處，他還以爲他們會是一輩子的好朋友。

沒想到孟卻白一開始接近他就動機不純，看似善良無害卻瞞著他這些事。

祁洛郢回憶起那些吻和碰觸，還有和孟卻白在床上的耳鬢廝磨、肢體交纏，以及當時勃發的情慾，他就覺得臉頰發熱、渾身不對勁。原本以爲是自己的問題，結果一切卻像是孟卻白設的局。

他宛如被盯上的獵物。

沒有人喜歡當獵物。

朋友之間應該坦蕩磊落且心無芥蒂，不該是心懷不軌、別有所圖。

這時候祁洛郢的手機發出一聲提示音，把他的思緒拉回——是孟卻白傳來的道歉訊息。

祁洛郢光看到訊息開頭的「對不起」，他好不容易平息的怒氣就沒來由地再次浮現。

現在道歉有用嗎？

他被孟卻白騙了一整年，像個傻子般對孟卻白好，想說自己是前輩就該體貼地配合不擅長吻戲和床戲的後輩。誰知道這個後輩原來是大金主，目的就是爲了占他便宜，根本就是被賣了還幫人數錢！

祁洛郢現在不想看到和孟卻白有關的任何東西，他用力地點擊孟卻白的頭像，忿忿地按下封鎖，同時解除自己當初設置的聊天室置頂。

眼不見爲淨！

吃了啞巴虧的祁洛郢認爲這件事太丟臉，他完全不想讓別人知道，所以他現實中的朋友都不是合適的談心對象。

祁洛郢盯著手機忽地靈光一閃，登入了水各一方的帳號，點開空蕩蕩的好友欄，傳送訊息給孟白白。

水各一方：「你有沒有被朋友騙過？」

孟白白剛好在線上，秒讀後很快回覆。

孟白白：「是那個人不好，你不要難過。」

祁洛郢經常覺得孟白白非常了解他，比如現在，他明明沒說是自己遇上這樣的事情，也沒說自己心情差，但孟白白就能準確地感受到。

水各一方：「我才不難過，就當作是看清了一個人。」

孟白白：「也許他不是故意要傷害你。」

祁洛郢望著孟白白傳來的這句話停頓好一會，眼裡閃動著情緒。

認識孟卻白這一年來，他對他的人品還是有一定的把握。孟卻白看似冷淡，其實心思細膩，對朋友很體貼，需要說話的時候他在，需要人陪的時候他在，需要幫忙的時候他在……但也因為這樣，祁洛郢得知自己被孟卻白設局時才會如此生氣。

水各一方：「誰知道呢？難道不是故意的就沒有錯嗎？」

對話框裡孟白白的狀態顯示輸入訊息中，祁洛郢等一陣才收到訊息。

孟白白：「他該怎麼做，你才願意原諒他？」

祁洛郢知道孟白白善良，會想勸他是人之常情，然而這個問題的答案他也不知道。

要怎樣自己才願意原諒孟卻白欺騙他、設計他的事呢？

人與人之間的信任一旦遭到破壞就無法輕易修復，就算勉強修復了還是會在心底留下痕跡，這道痕跡將時刻提醒著他，自己曾經被對方欺瞞和設計。

就在祁洛郢思考時，他的手機電話鈴聲響起，來電者是薛凱鑫。

難道薛凱鑫收到他和孟卻白鬧翻的消息了？

祁洛郢有些意興闌珊，但仍舊把電話接起，「薛哥，有事？」

薛凱鑫語氣急躁地說了一大串話，「你現在直接回家，哪裡都不要去！不要接任何電話、不要在網路上發文、不要手滑點讚、不要被盜帳號！其他的事情交給我！」

祁洛郢聽出不對勁，心中生出一絲不妙的預感，「發生什麼事了？」

「你看一下網路新聞吧，現在那則消息應該已經登上即時熱門新聞了。」薛凱鑫嘆了口氣，同時又有些擔心祁洛郢的反應，於是再次叮嚀，「千萬不要評論、不要發表任何聲明，之後路上遇到記者也什麼話都不要說，阿佑也一樣。」

重。

「明白了。」多年的合作默契，讓他從薛凱鑫嚴肅的語氣裡聽出這次的事件可能很嚴

祁洛郢掛斷電話，把薛哥的話轉達給助理，阿佑儘管疑惑仍立即照薛凱鑫的指令辦事，車子在下一個路口轉彎，改變方向送祁洛郢回家。隨後，祁洛郢打開網路新聞，很快就在即時頭條上看見自己的名字。

〈知名演員祁洛郢涉及校園霸凌事件。〉

〈祁洛郢被國中學弟指控霸凌？〉

〈原來祁洛郢是校園惡霸？良好螢幕形象都是假的？〉

祁洛郢看到這一排排標題差點沒氣到摔手機，他什麼時候霸凌過別人了？

他按捺著極度不爽的情緒勉強點開其中一個網頁，讀完報導後，才知道原來是一份新出刊的八卦雜誌《眞相放大鏡》刊登了一位匿名人士的爆料。

爆料者自稱是祁洛郢的國中學弟，在學時曾經被祁洛郢霸凌，並且毆打到腳骨骨折，拄了三個月的枴杖。當年遭受霸凌的共有三人，分別受到不同程度的外傷，爆料者還有附上當時的診斷證明、受傷的照片以及國中時的畢業照。

爆料者指證歷歷，文章下方的留言處群情激憤，眾人紛紛指責霸凌行爲是校園毒瘤，祁洛郢不配當偶像，應該退出演藝圈。比這些更難聽、更帶著惡意的話當然也有，每個字

都像鋒利的刀扎得祁洛郢的心陣陣抽痛，然而他被經紀人告誡不能做出任何公開回應。

他只能承受著、忍耐著。

祁洛郢的官方專頁最新貼文是今天電影發布會的消息，短時間內下方的討論區出現近百則憤怒群眾的留言，且不斷增加中。其內容不外乎怒罵與拒看，同時粉絲專頁的追蹤人數像沙漏似的快速減少。

雖然祁洛郢的手機設置了白名單，僅有通訊錄裡儲存的電話號碼可以撥通，不過仍可以看到通話紀錄裡被掛掉的電話不斷增加。有許多人試圖撥打這個號碼，同時他也收到了黑粉幸災樂禍的簡訊。

爆料者拿著似是而非的證據控訴他霸凌人，根本是空穴來風，偏偏視聽大眾是嗜血的，他們本能地追逐那些充滿腥羶色的聳動八卦，時常不明就裡地隨意批評。

現在他才是被霸凌的人吧？

祁洛郢突然覺得去年談論網路言論應該受到規範的事很可笑，人們總是如此健忘，於是歷史不斷重演。

孟白白：「在嗎？」

祁洛郢看著訊息提示跳出來，這才把注意力放回孟白白身上，發現自己尚未回覆那句「他該怎樣做，你才願意原諒他」。

祁洛郢心亂如麻，孟卻白的事情足以讓他心煩，如今又來一個爆料抹黑，導致他實在沒心情繼續聊天，匆匆送出一句話想就此結束對話。

水各一方：「工作上有點事要忙，先不聊了。」

孟白白：「我看見新聞了，我相信祁洛郢沒有霸凌別人。」

祁洛郢的目光在這句話上停了好一會，心裡有點酸澀，眼前逐漸起霧。他突然很慶幸，在眾多罵聲裡還有一個堅定相信他的人。

水各一方：「謝謝。」

祁洛郢心情很複雜，除了道謝外一時之間也不知道該說什麼。

約莫十五分鐘後，車子停在祁洛郢家大樓前。

阿佑不是不想把車開進地下室，實在是因爲有太多媒體記者擋在車道前方不讓開。那些人宛如末日電影中的喪屍，拍打著車窗及車門，還把臉和相機鏡頭貼在車窗上，試圖藉此拍到祁洛郢的照片。

兩名大樓保全則淹沒在人群裡，幾乎無法起到任何阻攔作用。

「祁洛郢，你是不是霸凌過學弟？」

「祁洛郢，你對霸凌指控有沒有什麼話想說？」

「祁洛郢，你不反駁是默認了嗎？」

他們的車窗貼了單面不可視的隔熱紙，在靠近大樓前也已經拉上駕駛座和後座邊的布簾，不用擔心被拍到照片。只可惜這些都無法隔絕惱人的高聲質問，每一個問題車上的人都聽得清清楚楚，尖銳得讓人不舒服。

祁洛郢沉著臉，拿出手機撥了通電話給大樓櫃檯的物業管家，禮貌而嚴肅地表示希望每個月繳的高昂管理費物有所值。沒多久，穿著制服的管家帶著十多名人手半拖半請地將記者們趕到車道外，阿佑見狀趕緊開車進入地下室。

脫離了讓人窒息的媒體們，祁洛郢稍微鬆了口氣，下車前拍拍阿佑的肩，「你先回去吧。」

阿佑剛把車子熄火並解開安全帶，聞言有些擔心，「祁哥，需不需要我陪你？還是你缺什麼東西，我幫你買？」

「沒關係，我已經習慣了。我家裡該有的都有，你就先回家休息吧。」祁洛郢客氣地婉拒了，他不是第一次遇上類似的陣仗，儘管無奈又煩燥，但這種事只能自己調適。

阿佑見祁洛郢臉色還好，加上薛凱鑫沒特別交代他要跟著祁洛郢，便不再堅持，道了聲再見後看著祁洛郢走進電梯便開車離去。

祁洛郢回到家中，此時外頭還亮著，柔和的陽光透過落地窗照進屋裡，室內不用開燈就很明亮。他脫下鞋襪，赤腳踩上柚木地板，將外套隨手扔在沙發上，邊走邊扯開身上襯衫的領結、解開領口的釦子與袖釦，並順手把袖子捲到靠近手肘處，這才舒服自在了點。

他走到窗邊開了扇窗，涼爽的風把白色窗紗吹得翩翩飛舞，也輕拂在祁洛郢的臉上，他不知道自己有多久沒好好享受一段寧靜的午後時光了。

祁洛郢掏出口袋裡的手機，不斷閃動的提示燈讓他心煩，這代表有很多人正試圖打通這支電話，他索性將其關機後擱在茶几上。

由於行程取消，眼下也沒有什麼需要緊急處理的事情，祁洛郢就坐到窗邊的設計款單人椅上，把長腿放在椅凳，望著陽臺上一株剛開花的洋紫荊、偶爾飛過眼前的鳥，一切景物襯著藍天白雲好不愜意。他靜靜欣賞了一陣子，彷彿忘記了孟卻白，也忘記了霸凌的指控，撐著頭迷迷糊糊地睡著了。

最後祁洛郢是被電話鈴聲吵醒的，他睜開眼發現天色暗了，窗外已是霓虹閃爍。

他起身摸黑走去接電話，途中還不小心踢到沙發椅腳，吃痛地叫了一聲。

鈴聲很有耐心地持續響著，祁洛郢先按了牆上的電燈開關，然後按下同意通話。

他家中沒裝市內電話，只有建商標配的室內對講機，它的外型就像是一個掛在牆上的平板電腦。對講機接上社區網路，能直接和大廳櫃檯的值班管家通話，也能預約大樓物業提供的各種服務。

「喂？」

「祁先生，您好，您的經紀人希望和您通話。」輕柔女聲有禮貌地詢問著。

「好，接過來吧。」看來是經紀人打不通他的手機，改爲打給大樓管家，請管家透過內線轉接。

一個輕微的提示音後，電話那頭的人沒好氣地說著，「你總算接電話了。」

「反正你有辦法找到我。」

「你手機不是設了白名單嗎？有必要關機嗎？這樣我怎麼聯絡你？」薛凱鑫說話又急又快，一接通就連問三個問題。

「看到就煩。」祁洛郢認爲現在這樣安安靜靜挺好的，宛如什麼事都沒發生，要是打開手機他會忍不住去看那些評論、忍不住說些什麼，進而把事情弄得更糟，讓經紀人和星河娛樂難以處理。

薛凱鑫嘆了口氣，他畢竟跟祁洛郢合作好幾年了，明白他現在沒有立刻和人理論、發文反駁已經算極爲忍耐且克制了，「明天我去辦個新門號，你先用別的號碼一段時間，不然像這樣聯絡不上你也不是長久之計。」

「好。」祁洛郢無所謂地應下。

薛凱鑫清了清喉嚨，語氣有幾分凝重，「小祁，我們認識那麼久了，我個人是相信你的，可是我作爲你的經紀人有些事情還是得問——」

祁洛郢聽薛凱鑫的開場白就知道他要問匿名爆料者的事，沒等經紀人說完他就直接打斷，「國中的事情我記不清楚了，但我不會無聊到去霸凌人，這又不是多有趣的事情。」

祁洛郢回答的語調有些高亢也帶著憤怒，他明白薛凱鑫爲了工作不得不弄清楚眞相，然而沒有人可以在莫名其妙被冤枉抹黑後還能保持心平氣和。

薛凱鑫曉得祁洛郢的品行，霸凌、欺負弱小這樣的事情他是不屑做的，偏偏爆料者言之鑿鑿，說得煞有其事般。他思考片刻，換個角度詢問：「你在學校打過架嗎？」

祁洛郢愣了愣，不以爲然地反問，「打過又怎樣？」

男生在學校裡打過架很奇怪嗎？年少輕狂時和人有點小打小鬧再正常不過了吧？

「那就是有了。」

「我出手有分寸，小傷我認，但絕對不可能把人打到腿骨骨折。」

「可是對方有診斷證明，就算不是你打的，現在也賴在你頭上了。」薛凱鑫頓了頓，「你不記得對方，對方卻記得你，而且還與你就讀同一所國中……事情過去這麼久了，沒做過的事情該如何證明？」

經紀人的這段話把祁洛郢心中的鬱悶說了出來。

國中時的祁洛郢個性比現在火爆許多，往往沉不住氣衝動行事，此外男孩子間本來就免不了因爲一些衝突而打上一架，不過通常最後都是由師長教育一番，彼此互相悔過和認錯事情便過去了。

然而祁洛郢現在是公眾人物，這種事情被翻出來就很難說得清，就算他出面解釋那只是一般的打架，澄清效果也有限，大眾可能還會以爲祁洛郢在狡辯。尤其對方咬定了自己被霸凌，他被扣上這頂帽子後，白的也很容易被大家當成黑的。

祁洛郢挑了挑眉，「你要我怎麼辦？」

「我已經透過《眞相放大鏡》聯繫上那名爆料人，他很小心，沒有透漏身分和所在地。他說他可以出面解釋，可是有條件。」

祁洛郢靜靜聽著，他知道事情肯定不會那麼順利，若薛凱鑫能談妥，早就讓他馬上復工並且叫他不用擔心，而不是用著一籌莫展的沉重語氣打電話給他。

「公司開的價碼他都不滿意……」薛凱鑫特別說這句話是想告訴祁洛郢，星河娛樂不是沒幫他處理這件麻煩事，無奈對方獅子大開口，雙方一直沒有達成共識，「他要一億或者你退出演藝圈。」

「這簡直是勒索！」祁洛郢憤恨地用力捶了一下牆壁。

「是啊，這些噁心事在你紅了之後就是會層出不窮。」

祁洛郢實在是氣不過，「你把他的聯繫方式給我，我親自問他，我到底什麼時候霸凌過他了？」

「你就不怕被他錄音，反過來再指控你惱羞成怒，打算恐嚇威脅他嗎？」薛凱鑫立刻阻止祁洛郢的想法。

「不然我該怎麼辦？就這樣任他潑髒水嗎？」

「沒錯，你現在最好什麼都不要做，避免做錯導致雪上加霜。」薛凱鑫斬釘截鐵地說著。

祁洛郢聞言罵了聲「可惡」。

薛凱鑫繼續道：「總之，由爆料者親自澄清的方法行不通了，老闆要我先弄清楚你到底有沒有做，晚點我還要應付守在公司外面的媒體們。公司的態度很明確，不管有沒有做過都要當成沒做過。」

祁洛郢聽到這裡不輕不重地哼了一聲，什麼叫做「不管有沒有做過都要當作沒做過」？這擺明就是不相信他！

薛凱鑫安慰祁洛郢兩句後又說：「這個事件現在正處於風頭上，爲了避免模糊焦點，這段時間你的活動全部暫停，電影公司那邊表示理解，接下來的宣傳就交給何導和孟卻白。至於代言廠商那邊我盡量安撫，等事情冷卻後應該就沒事了。」

「冷卻？」祁洛郢不是很滿意這種做法，如此一來他的名字肯定就和校園惡霸、霸凌者脫不了關係，而他的黑粉就有更多素材可以拿來抹黑他了。

「不然你有辦法澄清嗎？有證據還是證人嗎？你什麼都沒有我也很爲難，想幫都幫不上忙啊！」薛凱鑫今天忙得焦頭爛額一肚子火氣，天知道他花了多少時間與力氣才聯繫上那名爆料者，進而與之周旋。

他也想要找出更好的解決方式，但是現在是講求證據的時代，沒做過的事本來就很難證明。更何況祁洛郢應該是眞的和人打了一架，因此被對方記恨多年，在缺錢的時候把消息賣給雜誌社，將當年的事扭曲成霸凌，趁機敲詐一筆。

祁洛郢明白出了這種事薛凱鑫也不好過，他雖然氣憤卻沒有責怪經紀人的意思。他深吸一口氣，儘量讓語氣和緩些，「我和以前的同學都沒有聯絡了。」

祁洛郢出道後就專注在演藝工作上，被迫早熟的他必須用盡全部精神鑽研演技，實在沒有多餘的心力維繫和同學之間的情誼。

祁洛郢的回答在薛凱鑫的意料之中，畢竟祁洛郢當年的狀況他都看在眼裡。他頓了頓，轉達了公司的處理辦法，「公司會讓律師擬一份聲明稿，晚點你讀過沒有意見我就發布出去。」

「知道了。」

祁洛郢掛斷電話沒多久，室內機再次響起。

他原以爲又是薛凱鑫打來的，勉強平息的煩躁感再次浮現，接起電話時語氣有些不耐，「怎麼了？」

聽筒那端的人安靜了兩秒，溫柔有禮的女聲不疾不徐地說著，「祁先生您好，孟先生拿了東西要給你。」

祁洛郢聽出這聲音是大樓管家之一，瞬間收斂情緒，「哪位孟先生？」

「孟卻白，您的朋友。」

「朋友」這個詞彙中性妥當，關係可近可遠，加上管家有印象孟卻白曾來找過祁洛郢，便這麼稱呼了。

祁洛郢驟然聽見孟卻白的名字，下意識脫口而出，「不見。」

他曾交代管家只有薛凱鑫、阿佑和姚可樂可以直接上樓，其他人要找他都得經過自己的同意。

管家出於職業道德不能探詢住戶隱私，儘管訝異祁洛郢的反應，依然也沒有多問，「孟先生已經離開了，他留下一袋物品希望轉交給您，稍後爲您送上去好嗎？」

孟卻白拿東西給他？而且彷彿預料到他可能不會想見他，所以留下東西就走了？

「好吧。」祁洛郢也想知道他拿來什麼東西，既然人已經離開了，看看無妨。

幾分鐘過去，祁洛郢家的門鈴響起，穿著黑色合身制服、別著領巾的管家把一個牛皮紙袋送了上來。

祁洛郢道謝著接過，管家鞠躬說了聲再見後便離去。他關上門拎著袋子坐在客廳沙發上，紙袋有點沉，他猜不到裡面頭裝了什麼，索性直接打開。

祁洛郢從裡面拿出一支和他現在使用的手機是同一品牌的最新款旗艦機，最底下有一個保溫袋，其中裝著兩個不同的餐盒，拿出來時還微微散發著熱氣。

他認得餐盒上的LOGO，分別是一間中式和西式餐廳，兩者都是知名的店家，同時也是他曾經說要帶孟卻白去吃的店。

原來孟卻白都記著他說過的話？

這只是一件很小的事，然而就是這樣的小事讓祁洛郢意識到孟卻白對他似乎過於上心……

這個念頭一升起就像燎原之火似的止不住，祁洛郢有些坐立難安，他不禁懷疑孟卻白是不是還在追他？

祁洛郢不是沒被人追過，男的女的也都遇過，就是沒有像孟卻白這樣的，一點一滴地慢慢融入他的生活，在他需要的時候適時出現，表現得坦蕩磊落，像普通朋友般互相幫忙；在他忙碌的時候又會適當地淡出他的視線，不吵不鬧也不刷存在感。

孟卻白告白過，祁洛郢沒有接受，他尚未把拒絕的話說出口，孟卻白就主動退回朋友的位置，分寸拿捏得恰到好處。後來兩人相處時對方若有似無的親近，將之當成友情稍嫌曖昧，說是愛情又太平淡，以至於祁洛郢失了戒心。

如果沒有發生早上電影發布會後的事，說不定他此刻正跟孟卻白有說有笑地共進晚餐，說不定他也不會懷疑孟卻白是不是還沒放棄追他。

紙袋裡還有一張精緻的燙金小卡片，卡片裡寫著：

> 我想你或許需要一支新的手機和號碼，在你先打給我之前，我不會撥這支電話，你可以安心使用。記得吃飯，吃了也不代表你要原諒我，所以放心吃掉沒關係。

下方署名是孟卻白，字跡稜角分明、剛硬有力、整齊方正又好看，正如他本人一樣。

孟卻白就是這麼貼心和細緻，怕他賭氣不用、不吃他送來的東西，還特別聲明這些和他們吵架的事情無關。

他眞的不知道該拿孟卻白怎麼辦才好……

祁洛郢瞥了一眼餐盒裡擺盤精緻、香氣誘人的食物。現在已是晚餐時間，而他連午餐都沒吃，剛剛睡醒時沒感受到飢餓，這時候被美食勾起了食慾，只覺得飢腸轆轆。

祁洛郢再讀了一遍卡片，非常認同孟卻白的話，就算他吃了孟卻白送來的東西也不代表原諒孟卻白。況且餐點已經送到面前，不吃很浪費，他沒理由拒絕。

孟卻白大概是摸不清楚祁洛郢今天想吃什麼，所以兩間餐廳的套餐都買了一份。

其實祁洛郢不太挑嘴，更多的時候是想吃不能吃，不過他最近瘦了一些，放縱一餐還是可以的，反正未來幾天應該都不用工作了。

飽餐過後，把剩下的食物收拾進冰箱，祁洛郢才回到客廳拆開孟卻白買的手機，其造型時尚且功能齊全，拿起來的手感很好，沒什麼可以挑剔的。他打開通訊錄，上面只有孟卻白一個聯絡人，彷彿怕祁洛郢想打電話給他卻沒記住號碼，自己就先把號碼輸入好。

「我才不打電話給你。」祁洛郢瞪著那一串號碼不甘示弱地低聲道，最後卻沒有刪除。

祁洛郢拿著手機安裝了幾個常用的APP，接著玩了兩個小時的遊戲，但他的心情不僅沒放鬆反而更加煩躁。

儘管他表面裝作不在意，可是這次的匿名爆料關係到他的名譽和事業，他怎麼可能一點都不在意？祁洛郢在片刻的遲疑後還是打開了社群軟體，登入了水各一方的帳號。

「沒關係，你們就算罵我也是無心的。」祁洛郢做好心理建設，咬牙點進誤入祁途。

社團裡只有幾則關於今天上午電影發布會的討論，大家更關心突然冒出來的校園霸凌指控。倘若這個事件繼續發酵，接下來的宣傳活動將處處受限，電影上映後八成會被抵制，票房慘澹也會是理所當然的結果，孟卻白這次的投資有很高的機率要賠錢收場了吧？

祁洛郢瞧見置頂貼文在下午換成由孟白白張貼的三位管理員的聯合聲明。

「致誤入祁途的成員們：

管理群相信大家都是因爲對祁洛郢的喜愛才來到這裡，祁洛郢有許多值得我們喜歡的優點，當然也有缺點，畢竟沒有一個人是完美的。於是，有人懷著惡意抓住他的不完美來攻擊他，意圖讓社會大眾誤以爲祁洛郢劣跡斑斑不可饒恕。

雖然目前尚未澄清霸凌事件的眞相，但請堅信我們一直以來支持的祁洛郢並不是這樣的人，請成爲祁祁的力量，就像他成爲我們的力量一樣，不要在他最需要我們的時候離開他。

我們不能阻止大家退出社團，可是也請不要相信他人憑空捏造的罪名，進而對祁洛郢感到失望，甚至抹去曾喜歡過祁洛郢的自己。請再給他一點時間，眞相最後一定會水落石出。」

祁洛郢有點感動，更多的卻是難過，因爲他很清楚眞相並非都會水落石出。

方才他和經紀人通過電話，曉得薛凱鑫這次可能眞的沒什麼好辦法了，便認爲事件後續發展不樂觀，所以實在無法像孟白白一樣有信心。

祁洛郢繼續讀著貼文下方的各種討論。

「我不是不相信祁祁，不過還是希望他能早點出面澄清，我的好幾個朋友說我喜歡的是做過壞事的明星，搞得我心情好差。」

「我跟樓上一樣，新聞這樣報導，我都不好意思說自己喜歡祁洛郢了，只好偷偷把祁祁的頭貼換掉，等澄清後再換回來。」

留言中有懷疑的粉絲、有覺得丟臉的粉絲，同時也有堅定支持他的人。

「不管別人說什麼！堅決支持祁洛郢一輩子！」

「拿個驗傷單就能確定是被誰打了嗎？說不定是他自己摔傷的啊！沒想到居然有人相信是祁祁弄的，那個爆料者爲什麼不露臉啊！」

除此之外，當然也有果斷脫粉的，這些帳號的名字顯示爲灰色，表示對方已經離開社團，只是留言未被刪除，那一句句話表達了一種態度。

「會霸凌同學的人長得再帥我都不能接受，你們要繼續支持不關我的事，總之我要退出了。」

祁洛郢看到那些呈現灰色的帳號心裡多少有些難受，他曾經看過他們其中幾個人熱烈地表示對他的喜歡、點讚分享和他有關的貼文，或是在社團裡討論他的作品，沒想到如今一個還沒證實的醜聞指控就可以讓這些人改變心意。

他相信當初他們說的喜歡是眞的，但現在他們選擇離開也是事實，他沒有想要挽留，人氣本來就如浮雲，說散就能散。即便他早做好心理準備，還是會感概、會覺得心裡悶悶的。

縱使知道離開社團的人已經看不到社團裡的資訊，仍待在後援會的部分粉絲還是在這些留言下方回覆。

「慢走不送！你去找你的男神們吧！祁祁不缺你一個粉絲！」

祁洛郢此時才注意到社團成員數約莫減少了兩成，顯然是受到這次風波的影響。而他的官方專頁……祁洛郢連點開確認都不用，肯定被退了很多追蹤，那邊的留言大概也只會比社團裡的更不客氣。

祁洛郢不想點進自己的官方專頁，但卻莫名點開了孟卻白的，可能是慣性，也可能是眞的有點想他了。他們曾經無話不談，然而在翻臉後他就沒辦法和他聊這件事，也沒有其他可以討論的對象。

薛哥得應付各家媒體之外還得安撫廣告主，以保住祁洛郢的代言且不會被額外求償，他光是調整早就安排好的工作行程已經夠費心神了，鐵定沒空開導祁洛郢。孟白白畢竟是粉絲，就算和他討論也只是徒增對方無謂的擔心，至於姚可樂……應該是個合適的人選，可是他說了又能怎樣？

思緒至此，祁洛郢突然就沒了訴苦的心情。

他本來就不太會到處找人說心事，爲什麼剛剛會湧起想找孟卻白說話的念頭？

祁洛郢搖了搖頭，甩掉奇怪的想法。

孟卻白的官方專頁上午的貼文是《下屬整天都想推倒我》上映記者會的消息，除了電影故事介紹、上映資訊外，還有好幾張孟卻白和祁洛郢的照片。照片裡兩人相視而笑，有時是互誇吹捧、有時是互糗打趣，當時他們說了些什麼祁洛郢幾乎都還記得。

這篇動態的下方多半是粉絲對電影表示期待的留言，或是支持偶像並幫他打氣的鼓勵字句。不過因爲祁洛郢霸凌傳聞的關係，其中不免參雜幾個人提醒孟卻白愼選合作對象，也有不少人爲孟卻白抱屈，拍第二部電影就遇上這樣的事情，當然也有人罵祁洛郢拖累了孟卻白。

這半年多來祁洛郢和孟卻白在社群網站上互動頻繁，不少粉絲都知道兩人是好朋友。於是也有顧慮孟卻白心情的人出面緩頰，勸那些爲偶像抱屈的人別激動，眞相不一定就是爆料者說的那樣。

這則留言被孟卻白點了讚，接著很快就被粉絲和圍觀群眾推到討論串的最上面。孟卻白表明態度後，粉絲也跟著收斂許多，不再批評祁洛郢。

祁洛郢並非鐵石心腸，他不會看不出來孟卻白在維護他，此刻他打定不再見孟卻白的念頭似乎鬆動了一點。

孟卻白晚上發了一則新的貼文，內容只有寥寥幾個字。

「放心，我在。」

配圖是兩顆糖果，一顆是草莓口味的，另一顆則是葡萄口味的。祁洛郢多看了兩眼才想起這是拍攝吻戲那天他去便利商店買的水果糖，同樣的牌子，同樣的口味。

當時不是已經吃完了嗎？

孟卻白是特地去買的吧？

祁洛郢對糖果的品牌沒有偏好，當天純粹是店裡有什麼就買什麼，這糖果的口味一般，不算特別好吃，他不明白孟卻白爲什麼又再買了？

祁洛郢福至心靈，瞬間想到答案，大概是爲了他吧？

祁洛郢冷不防覺得室內溫度升高，整個人都熱了起來——此舉對看懂意思的祁洛郢而言無異於公開示愛。

假設只有那一句話，他還能當作和他無關，但孟卻白偏偏搭配了水果糖的照片，那兩顆糖果放在一起彷彿是一對的。

人的思考模式就是這樣，一旦你認爲對方只是朋友，任何稍微親暱的行爲都能當作好朋友之間的互動。一旦有了丁點懷疑，那些親近的舉動就頓時變了味，怎麼看都像是情侶間的小動作。

孟卻白怎麼能在社群上公開說這樣的話？不會太大膽嗎？若是被發現怎麼辦？他想和他一起退出演藝圈嗎？

祁洛郢回過神後只想打電話罵孟卻白一頓，然而目光落回那四個字上，他所有的煩躁與羞恥都消失無蹤了，心裡宛如被熨貼過，只剩柔情和安心。

怎麼辦？

他好像真的沒辦法把孟卻白當朋友了。

那要當什麼？

一年過去了，他已經脫離林予澄這個角色，沒有入戲太深的問題，可是心裡那股悸動明顯難以忽視，他該不會也喜歡孟卻白？

祁洛郢不敢再想下去，他還沒原諒孟卻白騙他的事……

不過明明他們還在吵架，孟卻白怎麼知道他會去看他的動態？不對，孟卻白應該不知道。

祁洛郢瞪著照片裡的糖果，越看越覺得曖昧，「反正我當作沒看到就好了。」

孟卻白這則貼文下方不斷冒出新留言，有人開始猜測孟卻白是不是在對誰喊話？自家偶像是不是談戀愛了？最有可能的對象是誰？或者他也沒有別的意思只是想給粉絲一點鼓勵？

祁洛郢滑過一則則留言，心裡莫名有些得意，因為只有他看懂了，除此之外竟然還產生一種背著大眾萬千雙眼睛眉來眼去的刺激感。

「你們還是不要知道比較好，說出來保證嚇死你們。」祁洛郢說完就笑出了聲，心情放鬆不少。

✦

他謹慎地確認自己現在使用的是分身帳號，然後默默地對那則貼文按讚，這樣應該不會被發現吧？

隔日，天空萬里無雲，是個好天氣。

祁洛郢難得沒有賴床，大概是那些指責的留言一點一滴地匯聚後壓在心頭，讓他一早睜眼後就睡意全失。他起床梳洗後，進廚房泡了杯咖啡，切了片即食雞胸肉用蘿蔓夾著就送入口中。

客廳有扇窗能看見樓下大門，祁洛郢撥開窗簾往下望，看見守在門口的記者比前一天少了一些，不過只要還有人守在那就代表事件沒有落幕。祁洛郢不相信他們沒看到星河娛樂發出的聲明稿，想必是尚未死心，等著拍幾張他露臉的照片，或者乘隙訪問他幾句，而後加油添醋寫一篇報導。

祁洛郢不想被樓下的記者發現，瞧了兩眼就收回視線放下窗簾並離開窗邊，把莫須有的指控和想勒索他的匿名爆料人拋在腦後，走進健身房開始鍛鍊。

鄰近中午，薛凱鑫和阿佑一起來到他家。

薛凱鑫穿著大尺碼的訂製西裝走在前面，臉上有著掩不住的疲憊，後面的阿佑則提著兩袋蔬果，一進門他打了聲招呼後就自動自發地進廚房把食材放進冰箱。

祁洛郢瞄向助理手上的袋子，挑了挑眉，這些東西的分量差不多夠他吃兩個禮拜吧？

祁洛郢勾起嘴角，語氣帶點自嘲地說：「看來我能放個長假了？」

薛凱鑫瞪了祁洛郢一眼，「你還笑得出來？」

兩人邊說邊走到客廳，薛凱鑫逕自走到長沙發靠外的老位子坐下，祁洛郢給經紀人和自己倒了杯水後，坐進離他較近的單人沙發，慢條斯理地喝了口水，不以為然地回嘴，

「難不成我要哭著宣布退出演藝圈？」

薛凱鑫一口就把水喝完，揉著疼痛的太陽穴，「你別咒自己了，我正在避免這件事發生好嗎？」

「有這麼嚴重？」

「你剛好趕上三天前有個學生被霸凌自殺的新聞熱度，輿論現在對『霸凌』這兩個字特別敏感，才過一個晚上，這件事的討論度就登上網路話題第一名，還有人把你的網路百科資料加上『校園惡霸』這四個字。你的黑粉簡直樂壞了，趁機把過去那些沒有根據的黑料翻出來冷飯熱炒，你別看比較好，連我看了都氣得睡不好。」薛凱鑫越說越憤慨，「這個爆料者也太會挑時間了，該不會對方跟你有深仇大恨？」

祁洛郢輕輕聳肩，「我怎麼知道？」

經過一天的沉澱，他不是沒猜到爆料者可能的身分，無奈事隔多年記憶模糊無法確定，畢竟他的記憶空間都拿來背臺詞了。

薛凱鑫嘆了口氣，放棄從祁洛郢身上挖掘更多線索，「反正公司已經發律師函了，至少有一些理性的人轉爲觀望的態度。如果《眞相放大鏡》沒有其他證據，那這場風波應該就到此爲止了，之後我們再重新出發吧。」

祁洛郢長腿交疊，手肘放在沙發扶手上以手支撐下巴，垂著目光看著眼前的茶几桌面，漫不經心地聽著，不發一語。

薛凱鑫明白祁洛郢此刻的心情肯定不好，便也沒有挑他態度上的毛病，從公事包裡拿出一個信封遞給祁洛郢，「我幫你辦了新門號，你不想用原本的號碼就用這個號碼來聯絡。」

祁洛郢抬眼，「不用了，孟卻白已經給我一個新的了，我等下把號碼給你。」

薛凱鑫面露訝異，「孟卻白？你們和好了？」

祁洛郢轉頭望向正往客廳走的阿佑，兩人四目相接，阿佑立刻心虛地別開眼，他和孟卻白鬧翻的事是誰告訴薛凱鑫的不言而喻。

祁洛郢懶得多做解釋，他和孟卻白私底下那些事實在難以啓齒，所以對於經紀人的問話他都輕描淡寫地帶過，「反正沒什麼事了，你不用管。」

實際上薛凱鑫現在也忙得管不來，從進門到現在，他的手機起碼收到十通來電，有幾通不得不接的電話儘管被他以正在開會爲由掛斷了，稍晚還是得回電。但他既然來祁洛郢的家了，依舊慣性地勸祁洛郢幾句，「你不要太衝動……孟卻白品行不錯，不是姚可樂那樣的損友，値得深交。」

「嗯。」祁洛郢努力維持平靜的表情，略微低下頭避開薛凱鑫的視線，內心哭笑不得。

薛哥啊薛哥，倘若你知道孟卻白在打什麼算盤，肯定不會允許我和孟卻白「深交」。

薛凱鑫稍微坐起身，拍了拍祁洛郢的肩膀，語重心長道：「你這幾天就多休息，好好待在家不要亂跑，等風波過去之後你就有得忙了。」

祁洛郢不置可否，目光淡淡的，臉上神情沒有變化，腦中卻思考著薛凱鑫說的深交和孟卻白想要的深交的差別。

「對了，這是《下屬整天都想推倒我》的正式版檔案，和院線播放的是一樣的，你就不需要再溜出去看電影了，這陣子你若是在外面被認出來會很麻煩。」薛凱鑫從公事包裡拿出一個上頭寫著片名的透明光碟盒。

這是祁洛郢的習慣，無論工作多忙，他總是會抽空檢視自己演出的作品，思考導演爲什麼最終用了這個片段而不使用另一段，琢磨哪裡還能改進。他先是從頭到尾看一遍，接著反覆重看某幾幕。

雖然他常常低調地進戲院看電影，但電影院不可能讓他一直重播某些片段。

薛凱鑫得知他這個習慣後，都會在合約階段和電影公司談好提供正式播放檔案的條件。謹慎點的公司會再加個不能外流的保密條款，或者將交付檔案的時間定在電影下檔後，其中當然也有比較好說話的公司，例如這部片的製作公司就願意在首映前提供影片給薛凱鑫。

聞言，祁洛郢總算打起一點精神，立刻接過光碟，「謝謝薛哥。」

「明晚的首映會取消了，先跟你說一聲。」薛凱鑫又拍拍祁洛郢的肩膀，勸慰道：「不是你的原因，孟卻白好像臨時有行程配合不了，於是主辦單位乾脆取消影人出席的部分。不過電影還是照常播放，民眾的入場費則會退款。」

祁洛郢原本很期待這個行程，昨天接到停工通知後心裡有些難受，他向來很喜歡首映會這種的活動，也很珍惜在大螢幕上播放自己作品的機會。

他一直默默享受著那種難以言喻的成就感，可惜他現在只能輕輕應了一聲並接受這一切的安排。

薛凱鑫交代祁洛郢好好照顧自己，叮嚀他謹慎使用社群，不要手滑更不要發表評論，又讓阿佑搜了一遍祁洛郢家中櫃子裡的違禁品，沒收兩包沒藏好的泡麵才離開。

✦

祁洛郢度過了只能在家裡健身、看電影、追劇的一天，他原本以爲自己會和以往休假一樣身心都感到放鬆愜意，然而僅僅過了三天他就覺得渾身不對勁，做什麼都沒有興致。樓下的記者仍沒完全散去，薛凱鑫也尚未讓他復工，打開社群依舊會不小心看到有人說他死不認錯太可惡，或是發起拒看他的作品。

誤入祁途裡仍有堅定支持他的忠實粉絲，卻也無法否認後援會成員正持續減少。

孟白白這幾天不曉得在忙什麼，很慢才回覆訊息，甚至偶爾還有點心不在焉。

至於孟卻白，他的官方專頁這幾天陸續發布了幾則電影宣傳的貼文，然而那則「放心，我在」的貼文設成置頂實在耐人尋味。似乎是爲了讓誰一點進去就能看見，又或者是覺得這篇動態意義非凡，非得這樣高調地展示著。

此外，孟卻白依然每天送晚餐給他，而且都只送到大廳，從沒要求上樓，彷彿在兼職做外送般。明明孟卻白除了固定的綜藝節目主持工作外，還要跑電影宣傳行程，並不是閒到沒事做。

孟卻白送的餐點有五星飯店的法式料理，也有需要提前半年預約的無菜單料理，基本上都是祁洛郢不吃會感到可惜的美食。裝著餐點的紙袋裡總會附一張精緻的燙金小卡片，上面通常都寫著類似的字句。

這家餐廳還不錯，你試試。
剛好路過買的，趁熱吃吃看。

沒有文青小語或曖昧的詞句，反而是一些平鋪直敘、直白簡要的訊息，好像眞的只是美食推薦沒有別的意思。但其手法又粗糙得讓祁洛郢看出端倪，不由得又羞又氣地罵上兩句，「提前半年都不一定能預約到的餐廳你剛好路過？就不能想個更沒破綻的藉口嗎？」

若是有旁人在，肯定會發現此刻祁洛郢的眼角、眉梢都是笑意，白日裡的無精打采一掃而空，他唇角彎起，心情愉快，哪有半點生氣的樣子？

祁洛郢剛說完就動筷將食物送入口中，迫不及待地享用名廚的精湛廚藝。做成凍狀精緻又漂亮的開胃菜入口即化，醃製的青梅帶著恰到好處的酸味和桂花淡雅的香氣在口中綻放，勾起他的食慾。

這間餐廳他預約好幾次都失敗，不是預約不到就是預約了卻被臨時安排工作。

「好吃！」祁洛郢滿足地瞇起眼睛，忍不住再次望向那張放在一旁的卡片，誇讚道：

「沒想到你這麼懂吃。」

不過孟卻白的懂吃和一般老饕不同，卡片裡的字句看來並不刻意，像是一般人總會有幾家喜歡又經常光顧的餐館，很自然地推薦給朋友。

「隨便弄點普通的東西我也不會不吃啊。」祁洛郢用手指戳了戳卡片，似乎把它當作了某個含著金湯匙出生的富家少爺。

祁洛郢家境小康，吃穿用度都不缺，但祁父家教嚴明，不允許孩子任性耍脾氣，挑食更是他的大忌。他甚至曾經爲了兒子不吃紅蘿蔔這點事把小孩餓上一整天，餓了許久後等著祁洛郢的是一碗滿滿的紅蘿蔔，年紀還小的祁洛郢邊吃邊哭，從此不敢挑食。

以至於劇組訂的便當再難吃他也能面不改色地嚥下，當時便當剩下大半的阿佑還曾懷疑祁洛郢的味覺可能有問題。

「你明天還會來嗎？」雖然這句話是問句，可是祁洛郢很清楚答案是什麼——會的。孟卻白在他拒絕前都會用這種方式關心他，沒有任何理由，他就是知道，就像那句「放心，我在」一樣，孟卻白始終溫柔而堅定地在他身邊。

祁洛郢從十五歲開始被迫獨立，十一年來他習慣了獨自面對工作、獨自生活，然而這不代表他不需要關心、不需要陪伴，不得不說每天都被人惦記著的感覺很好。

美食固然讓人無法抗拒，但最打動他的還是那份被孟卻白放在心上的掛念。

這幾天，滲進祁洛郢心裡的那一點暖意逐漸擴散，全身都被這片柔情蜜意包裹，將冬日的寒意和外界的惡意都隔絕在外。

「這招他是從哪裡學來的？」祁洛郢越想越沒辦法招架，有些東西一旦嘗試過就會上癮似的離不開。

孟卻白根本不像連初吻都沒親過的情場生手，這種追求手法哪裡有追不到的對象？

「別想了，吃飯。」祁洛郢趕緊打斷自己的思緒，不敢再往下想。他從來沒有想過要喜歡男人，他怎麼可能接受孟卻白？這個想法太瘋狂了。

祁洛郢解決完晚餐，孟卻白送的新手機冷不防傳來一聲提示音。

他拿起手機一看，是孟卻白的專頁發出的直播通知，這三天他只登入了水各一方的帳號，而這個分身帳號只追蹤了孟卻白的官方專頁。

祁洛郢立刻點開社群軟體，發現孟卻白參加了某個直播節目。

《酸辣直播間》是最近很熱門的重量級訪問節目，其邀請的來賓都是頗具知名度的各界人物，基本上能上這個節目就是一種人氣指標。

其標榜訪問內容葷素不忌，觀眾好奇什麼主持人就問什麼，尺度不受限制。加上它採用線上直播的方式在電視臺、串流平臺上同步播出，主持人和嘉賓說出口的話都沒辦法靠後期剪輯挽回，該節目也因此有著「話題製造機」的稱號。

參加這個節目是《下屬整天都想推倒我》的宣傳行程之一，原本預定是孟卻白和祁洛郢一起上通告，但因爲祁洛郢臨時暫停活動，如今只有孟卻白出席。

祁洛郢找出薛凱鑫之前給他的行程表，發現訪問日期本來應該是安排在下週，怎麼突然提前了？

雖然有些好奇，不過通告調動也不算是太罕見的事情，祁洛郢便沒有特別在意，倒是孟卻白獨自上談話性節目這點比較讓他擔心。

祁洛郢看過幾集孟卻白主持的《娛樂最前線》，儘管孟卻白的表現已經進步很多，可是在兩位助理主持人裡還是偏話少，不曉得他上《酸辣直播間》會不會冷場？

祁洛郢拿著手機，倒了杯氣泡水走回客廳坐進沙發，他啜了口氣泡綿密的液體，點進直播連結，等待節目開始。

演員的職業操守十二：重看演出作品是好習慣

節目開始的時間一到，祁洛郢的手機螢幕就跳出觀眾熟悉的開場音樂和動畫，五彩斑斕的線條交織成《酸辣直播間》的節目LOGO。畫面接著切換到攝影棚內，穿著紅色斜肩小禮服的主持人風姿綽約地從舞臺後方走出，並朝現場以及螢幕前的觀眾打招呼，「各位觀眾大家好，我是程玥，歡迎來到今晚的《酸辣直播間》。」

程玥年近三十，保養得宜外型明豔動人，平時穿著性感作風開放，主持風格以真性情著稱，時而跟著來賓一起大罵，時而陪著來賓落淚，是位很有觀眾緣的主持人。

一陣掌聲和燈光變化後，程玥朝鏡頭燦爛一笑，「各位美女們一定不能錯過這一集，今晚的嘉賓是無數女性的夢中情人，他的粉絲曾說過『雖然他的話不多，但是光看著他就夠了，誰還在意他說了幾個字呢』。」

程玥說到這裡時現場觀眾已經按捺不住地鼓譟，她停頓一下等聲音稍歇後高聲介紹，「讓我們歡迎孟卻白。」

在澎湃激昂的背景音樂襯托下，孟卻白徐徐走出，他今晚穿著菸灰色休閒西裝，裡頭白色襯衫的領口處開了三顆釦子，露出鎖骨和若隱若現的胸肌。腳上穿著限量款球鞋，雅痞和潮流混搭揉合成專屬他的風格。

孟卻白的長相原本就輪廓深邃、劍眉挺鼻，因此他一頭黑髮隨便抓個造型就很好看，再加上寬肩窄腰、身高腿長，甫一出場便引起現場女性觀眾連綿不斷的尖叫聲。

不確定是不是祁洛郢的錯覺，孟卻白看起來好像瘦了一點，雖然他正朝著鏡頭微笑，臉部線條卻有些緊繃彷彿有些悶悶不樂。

由於孟卻白上節目的目的是宣傳電影，一開始不免俗地和程玥談了一小段和電影有關的趣事。孟卻白對於主持人的問題有問有答，表現中規中矩沒有冷場。

祁洛郢剛放下心就聽見程玥話鋒一轉，「原本今天祁洛郢應該一起出席，沒能看到兩位帥哥同臺實在很可惜……最近《真相放大鏡》有一位匿名者指控祁洛郢是校園霸凌的加害者，不曉得孟卻白對此有什麼看法？」

孟卻白收起淡得可以忽略的微笑，認真回答，「他是清白的。」

程玥語帶訝異，「你怎麼知道？」

「我想告訴大家一件十一年前發生的事。」孟卻白朝主持人投以一個探詢的眼神。

程玥做談話節目很久了，這點敏感度自然是有的，她立即察覺到寡言的孟卻白突然主動開啓話題肯定是要說一件很重要的事。今晚的收視率，以及未來幾天的點閱率很可能就看這一段了，於是欣然同意，「你說。」

孟卻白點頭，轉過頭面向攝影機，表情嚴肅，「我剛上國一時，個子不高，話也不多，和班上同學不太熟。有次不小心掉了錢包被發現我的零用錢不少後，就有三個比較高壯的同學開始找我拿錢。當時的我覺得吵架和打架都很麻煩，所以選擇給錢了事，久而久之，他們便習慣每天找我要錢。某天，我忘記帶錢包出門，跟他們說自己沒錢，他們不相信就把我帶到學校的角落，路上經過的學生見狀都躲得很遠。」

儘管孟卻白一直被叫高冷男神，但以前他的冷是心情沒什麼起伏所以才面無表情，今天的冷則是周遭彷彿籠罩著低氣壓且隱隱帶著憤怒。觀眾們受到氣氛感染，個個屏息凝神，在聽見孟卻白曾經被霸凌時紛紛倒抽一口氣。

主持人沒想到孟卻白居然說了這麼多話，而且過去還是校園霸凌的受害者，立刻放軟了語調，同情又關切地問：「那時候你一定很無助吧？」

孟卻白微微偏頭思索，「還好，其實我不怎麼害怕，那時候覺得雖然自己會被打，卻也能打個兩拳作為反擊。」

程玥心疼地望著孟卻白，催促著他繼續往下說，「後來呢？」

「當時只有一個三年級的學長見義勇為地幫我擋住那三個同學，還要我趕快走，不過我沒走，我不想丟下學長自己先逃跑。而那些人被攔住覺得沒面子，罵了幾句髒話，我們就打起來了。那位學長大概怕我受傷，也可能是覺得我礙事？總之，他把我推開並擋在我前面，狠狠揍了那三個人，也因為對方人多勢眾被打了好幾拳受了點傷。」

「這個學長人眞好。」

聞言，孟卻白微微有了笑意，「確實。」

主持人點點頭，「接下來呢？」

孟卻白的笑容瞬間斂起，眼中閃過一絲厭惡，語氣冰冷，「後來那三人中有人缺錢，就扭曲事實找了雜誌社爆料，賺取報酬後還想再勒索一筆錢。」

程玥似乎猜到了孟卻白提起這件事的原因，驚疑不定地問，「你說的難道是最近《眞相放大鏡》的爆料？」

孟卻白點頭，「祁洛郢就是那位幫助我的學長。」

「所以祁洛郢沒有霸凌同學！」程玥恍然大悟。

現場的觀眾頓時一陣鼓噪，網路直播的聊天室裡網友們則紛紛開始向祁洛郢道歉。

祁洛郢看見這些留言，三天來積壓在心頭上的鬱悶一掃而空，他不怪那些誤會過他的人，抹黑澄清了就好。只是乍然聽見這件往事讓他心中五味雜陳，他沒想到出面幫他闢謠的人會是孟卻白……原來他們在多年前就有過交集。

訪問持續進行中，孟卻白正在回答程玥的問題，「……當然不是，那時候的他很有正義感，長得又高又帥，是學校的風雲人物。」

「這樣說來，你們早就認識了？」

「算不上認識，我記得他，可是他似乎沒有把這件事放在心上。」孟卻白苦笑，「後來他就去拍戲了，待在學校裡的時間不多，加上不同年級會在不同樓層上課，我很少遇見他，接著他就畢業了。」

「這次的合作是你們相隔多年後的再次相遇嗎？」

孟卻白搖頭，「不是，由於我一直很想當面跟他說謝謝，所以我選擇就讀和他同一所高中，我們在學校見過幾次，但最多就是擦身而過，他沒認出我，可能是我那段時期在長個子，身高和過去差了很多。我當下也不好意思承認我就是那個沒用的學弟，三番兩次地錯過後，依舊沒找到機會向他道謝。」

程玥扼腕地說了聲可惜，隨即想起自己爲了節目做的功課，「不過我記得你們好像是同一所大學表演系畢業的？」

「對，然而大學時他因爲工作的關係更忙碌了，導致我幾乎沒在學校見過他。」孟卻白無奈地補了一句。

程玥馬上就被逗笑了，「緣分眞的很奇妙，你和祁洛郢從國中、高中到大學都是同一所學校，卻不斷錯過，還好你們後來一起接下了這部電影。聽說你們私底下是好朋友，那你們應該已經相認了吧？」

孟卻白再度搖頭，尷尬地笑了笑，「這畢竟不是太光彩的事情，或許今天節目播出後，他才會認出我來。」

孟卻白低聲問了主持人一句，「我能跟他道謝嗎？」

程玥立刻做了一個請的手勢。

孟卻白對著鏡頭有些躊躇，然後深吸一口氣，把藏了十一年的話說出口，「學長，謝謝你。」

程玥莫名有些感動，眼眶裡有些濕潤的反光，她對著鏡頭眞切地呼籲，「原來祁洛郢和孟卻白是學長和學弟的關係，而且祁洛郢在許多年前還幫助過孟卻白免於遭受霸凌。關於不實的爆料和未經查證的報導，我們都該予以譴責。」

孟卻白沒有附和，而是又徵求了程玥的同意，「我想給大家看一段影片。」

「什麼影片？」程玥一點也不在意自己準備的問題還有幾個沒問，她知道這橋段的話題性比她準備的那些訪談資料還高，也更具意義。

「當時我們五個人多少都受了點傷，這件事情還鬧到訓導處去，是訓導主任親自處理的。爲了證明眞的有這件事，我請當時的訓導主任錄了一段影片。」孟卻白拿出手機點開一部影片，工作人員上前一陣操作後，將影片投放到攝影棚裡的大螢幕上。

畫面背景是校園一角，遠處隱約還可以看見操場上有人正在打球。已經長出白頭髮的訓導主任抬了抬粗黑的塑框眼鏡，眉宇間依稀還有當年不怒自威的風采，「這件事情我記得，張國豪那三個孩子特別調皮，一年級就會勒索同學。有一天他們被一個國三的學生見義勇爲打了一頓，打輸了還哭得特別慘……哦？那個見義勇爲的孩子後來跑去當明星了。」

影片外有人問了個問題，訓導主任頓了頓說：「張國豪骨折這件事情，我記得是他某次放學騎腳踏車闖紅燈造成的，當時救護車還是我叫的。」

這段影片不長，光是這幾句話就足以證明孟卻白所言不假，以及爆料者的指控純屬栽贓抹黑。

萍姐私下向程玥打了招呼，告知孟卻白在節目上有件重要的事要宣布，程玥此時見孟卻白準備如此充分，自然明白了他今天上節目的主要目的就是幫祁洛郢澄清。

她向來熱心，加上這是個順水人情，沒理由不幫忙，影片播畢她就接過話，「這件事已經有兩位證人了，我相信謠言已經不攻自破，請大家不要再冤枉祁洛郢，也希望祁洛郢能恢復活動，繼續帶給我們更多作品。」

孟卻白沒有說話，只是點頭。

訪問至此時間已經差不多了，程玥最後輕鬆地和孟卻白聊了幾句，打趣他看起來高冷其實很長情。同時對著鏡頭向不知道什麼時候會看到這期節目的祁洛郢喊話，要他下次來上她的節目。

《酸辣直播間》結束後，祁洛郢立刻接到薛凱鑫的電話。

「你沒事了！孟卻白出面幫你澄清了！你快去看今天《酸辣直播間》的重播！幾家娛樂新聞媒體的快訊也出來了！」薛凱鑫興奮地大吼。

祁洛郢語帶笑意，「我知道。」

「如此一來，復工絕對沒問題了！明天就可以繼續原定的工作行程，我去安排一下晚點調整行事曆，你睡前記得更新。」

「這麼快？」儘管祁洛郢心情不錯，乍然聽到馬上要復工還是表示抗議。放假的時候他想著工作，現在突然能上工了才發現自己這三天根本沒有好好放鬆休息到的感覺，「我怎麼還想再多放幾天假呢？」

薛凱鑫像是被澆了一盆冷水，沉默片刻，「……你認眞？」

「開玩笑的。」祁洛郢暗暗嘆氣，他還是好好認眞工作吧。

「那就多給你半天假吧，中午我讓阿佑去接你。」

祁洛郢笑了，看來抗議偶爾也會發揮作用，「謝謝薛哥。」

「我剛才得知一件事，上次那個《星周刊》是雲揚集團買下來的，你知道孟雲揚嗎？他十幾年前就英年早逝，有三個兒子，老大與老二經常在財經商管雜誌上露臉，唯獨小兒子沒有在媒體上曝光過。」

「你指的是孟卻白？」祁洛郢瞬間懂了薛凱鑫的意思。

「我猜的，不然雲揚集團收購一間破雜誌社幹麼？」薛凱鑫對自己的推理頗爲自信，「孟卻白和你簡直是眞兄弟啊，連續兩次遇上困難都有他的幫助。」

「他沒跟我提過《星周刊》的事。」

「那你就當作不知道吧，他可能不希望你心裡產生負擔。這件事在圈子裡沒公開，大概也是不想引起討論。」

「嗯。」祁洛郢忽然有種欠了孟卻白太多的感覺，他當時不過是心情鬱悶稍微提了兩句，沒想到孟卻白會暗地裡幫忙。

薛凱鑫掛斷電話後，《酸辣直播間》的直播影片已經自動上傳可以重頭播放了，祁洛郢便把孟卻白提起往事的那段重新看了一遍，「原來你是那個學弟？」

祁洛郢記得國三時的確發生過這一件事，他只當舉手之勞，也沒有想要對方報答，所以很快就被他拋到腦後，他甚至已經想不起來當年孟卻白的臉了。

他只想起孟卻白那次猝不及防的告白。

我是追你。

孟卻白眞的一直追著他，從高中、大學到演藝圈，多年後總算來到他的身邊，他們在工作上合作愉快，私底下也成爲無話不說的好友。

可是，有個地方不太對……

「你原本不是要說謝謝的嗎？怎麼變成告白了？」關於這一點，他實在想不通。

祁洛郢的交友方針向來簡單——合則來，不合則去。

他不喜歡勉強人更不會勉強自己，所以儘管他待人禮貌客氣，誰都不得罪，但也和誰都保持著距離，唯有孟卻白讓他無法決斷，導致他心情很複雜。

孟卻白如今是公眾人物，大可不必把過去被霸凌的黑歷史說出來，這樣對他的形象不僅沒有幫助，還會被記得很久很久。從此之後大眾都會知道孟卻白以前被霸凌過，也不清楚這影響對他是好是壞……相信萍姐一定和孟卻白分析過利弊，然而爲了幫祁洛郢澄清，他還是義無反顧地公開了。

「你根本不用做到這樣。」祁洛郢長嘆一聲，閉上眼睛，他需要冷靜。他不是冷血的人，不可能無動於衷，他只是越來越不明白自己對孟卻白抱持著什麼樣的感情。

祁洛郢再嘆了口氣，睜開雙眼拿起手機撥打通訊錄裡唯一的號碼。

電話很快接通，孟卻白很輕的聲音帶著幾分不敢置信，「喂？」

「你怎麼不直接說你是我學弟？我又不會笑你！」祁洛郢沒心情寒暄，劈頭就問。

雖然祁洛郢的語氣不是很好，孟卻白聽來卻宛如天籟，幾秒的沉默後孟卻白開口：

「我以為你不會再和我說話了。」

祁洛郢被孟卻白的答非所問給難住了，他現在到底是要把想說的話說完，還是和孟卻白討論他們吵架的事？

「那次不是特地幫你的，我沒那麼好心，是因為我之前在國外被欺負，回來去學了防身術，又正好看見那幾個人很適合當練習對象，才和他們打了一架。」祁洛郢最後選擇說他想說的。

孟卻白不太相信祁洛郢的話，不過這次他的回應總算能對上了，「你的好我知道。」

「都說了是碰巧，是我多管閒事，你不必放在心上。」祁洛郢有點頭痛，那件事他早已遺忘也沒要孟卻白報答，沒想到對方會記這麼久。

「我一直都放在心上。」把你放在心上，孟卻白堅持不退讓這件事。

「喂！你怎麼講不聽啊？」祁洛郢拿他沒辦法，只好佯怒掩飾自己的無所適從。

孟卻白知道祁洛郢不是真的生氣，心中暗忖，他錯過祁洛郢太多次了，這次祁洛郢主動打電話給自己，他不能再錯過，「對不起，我當時送出電影劇本只是想和你一起演戲，得知你願意接下角色我真的很開心。我甚至想著，就算你要求刪掉吻戲和床戲也沒關係，你提出的條件我都會盡量配合。」

祁洛郢一時之間說不出話來，他還沒準備好談這件事。

孟卻白繼續說：「對不起，是我沒有顧慮到你的感受，沒有在一開始就對你坦承。我怕你知道投資方是我就不想和我合作了……我也不想用那樣的身分出現在你面前。」

祁洛郢此刻很是焦躁，他們剛剛不是還在談十一年前的事嗎？就不能先敘個舊？

「對不起，你可以不要生氣嗎？」孟卻白的聲音隨著一句句自白，越來越低，越來越輕，也越來越落寞和自責。

儘管孟卻白知道祁洛郢容易心軟，可是他沒把握祁洛郢會原諒他，畢竟對祁洛郢來說欺騙就是欺騙，他只能不斷道歉。

孟卻白的每一句話祁洛郢都聽見了，他的確動搖了，也已經不生氣了，不過依然忍著不發聲。

這件事當初被他重重提起，現在卻輕輕放下是不是顯得他很沒原則又沒面子？

孟卻白沒等到祁洛郢的回答，電話尚未掛掉代表還有希望，便鍥而不捨地持續道歉，「對不起，我不會再做那樣的事情了，我承認我對你確實心懷不軌。」

祁洛郢瞬間懷疑自己幻聽了，孟卻白居然承認對他心懷不軌？

喂！你可以不要直接說出來嗎？這樣被心懷不軌的人很難回答啊！

祁洛郢十分無奈，孟卻白才剛幫他解決一場風波，這時又不好發脾氣罵人，左思右想後只能乾巴巴地說一句：「不要再說對不起了。」

孟卻白降到冰點的一顆心瞬間回溫，祁洛郢終於肯理他了！他按捺著激動的心情，順從地回應道：「那就不說。」

祁洛郢有些無言，孟卻白什麼時候這麼聽話了？

安靜幾秒後，祁洛郢想起自己打電話的動機，清了清喉嚨，語氣認真，「謝謝你。」

他一開始就是來道謝的，怎知卻被孟卻白一連串的道歉弄得心亂不已差點忘記。

「不用謝。」孟卻白的聲音充滿笑意，他頓了頓又說：「你可以原諒我嗎？」

祁洛郢深呼吸，實在狠不下心給出否定的答案，遂放棄掙扎，「可以。」

原諒啦！他能說不原諒嗎？原則和面子能吃嗎？反正沒人知曉這些事就算了！

✦

薛凱鑫說話算話，隔天祁洛郢的行程是從下午開始。

所以祁洛郢不用太早睡，剩下的時間夠他看場電影。

於是，祁洛郢來到有著全套頂級家庭劇院設備的視聽室，拿出《下屬整天都想推倒我》的光碟，坐進舒適的皮質沙發裡，開始欣賞這部他去年拍攝的電影。

祁洛郢和往常一樣，從開頭就目不轉睛地盯著大螢幕，全心投入電影劇情中。但他發現今天的自己很不對勁，他始終無法專心，總會忍不住想起和孟卻白對戲時的情景，想起鏡頭下和孟卻白的眼神交會與肢體碰觸，想起鏡頭外孟卻白高冷外表下的靦腆和體貼。

他仍記得故事情節，也因爲如此讓他更不受控制地把注意力都放在孟卻白身上。電影第一幕有個幾秒的特寫鏡頭，他這才發現孟卻白一開始看他的眼神不太對，那短暫的瞬間觀眾大概不會發現，祁洛郢作爲一個專業演員卻能分辨出其中的差異。

孟卻白的目光太深情了，儘管像是收斂過情緒，但最初江寧軒對林予澄尚未產生情愫，不該是這樣的眼神。到了後來，江寧軒在辦公室裡狀似隨意地朝林予澄投去的一眼都可輕易窺見其中包含的情意，炙熱又努力壓抑著。

孟卻白把江寧軒喜歡林予澄的神情演繹得太好了……如今看來，那根本不是演技？

原來孟卻白都是這樣看著他的嗎？

爲什麼在拍攝的時候他沒發現？

祁洛郢眞想借臺時光機回到過去，把當時的他敲醒，並告訴他有人想對自己心懷不軌！

劇情繼續發展，很快就來到兩位主角初次接吻的鏡頭。

公司走廊上，兩人說完臺詞，江寧軒猛然將林予澄推向牆壁，接著低頭強吻。

祁洛郢看得口乾舌燥，手指不自覺摸向嘴唇，彷彿還能感覺到當時的觸感和熱度。

光是這麼一回想，他的臉頰就莫名發熱。

他在想什麼呢？這都已經是過去多久的事情了？

儘管祁洛郢心不在焉，卻仍注意到何導在這部片上投注了很多心力，電影畫面的色調明亮又帶點文藝質感，分鏡俐落、劇情節奏明快。加上何導特別擅長捕捉的光影和角色動作細節，這一切配上恰到好處的剪輯和音樂，他相信這部片的評價和口碑應該不會太差。

祁洛郢喝了口水試圖降溫，只不過接下來會議室裡那場吻戲讓他的臉更熱了，螢幕上的林予澄西裝筆挺，氣質冷冽優雅，神情驕傲又自信，儼然一副企業菁英的模樣。他強勢地拉住另一名男人的領帶，生澀笨拙地蹭著或輕輕抿著對方的唇，然後被更強勢、更具侵略性地回吻。

那個一開始主動，後來被親得節節敗退的人是誰啊？

那個被親得眼泛淚光還不願示弱，故意更熱烈親回去的人好像有點眼熟？

那個無措又情動，看起來有點可憐卻格外誘人的人眞的是自己嗎？

雖然他曾經在小螢幕確認過拍攝畫面，現在在大螢幕上觀賞卻是完全不一樣的衝擊，演員的每一個表情都被放大，還有那宛如身歷其境的收音，都讓他想起拍攝時的回憶。

祁洛郢面紅耳熱，瞪著一年前的自己，又羞又躁的同時也覺得不可思議，「我當初是怎麼親上去的？我哪來的勇氣？」

他這簡直是羊入虎口啊！

就算是爲了工作，他的犧牲也太大了吧！

這個吻持續很久，兩人彷彿沉醉其中，貪戀著唇舌交纏時勾起的愛意和滿足，他們的氣息越來越亂，也越來越急促……

祁洛郢這次把杯子裡的水喝完了依舊驅散不了身體的熱度，只好把冷氣溫度調低。他心裡暗暗叫慘，吻戲就讓他如此心浮氣躁，接下來的床戲還得了？

然而下一幕就是床戲了，那部分他連毛片都沒看過，不知道最終成果會是什麼樣子，一點心理準備都沒有。

於是，他如坐針氈地盯著螢幕，江寧軒在下班後來到林予澄家進行「面試」，試著試著就試到床上去了。

祁洛郢此刻彷彿能聞到孟卻白身上的氣息，感受到對方身體傳來的熱度、壓在他身上的重量、在他身上游移的手指、還有落在他身上的吻。

「別停。」林予澄因染上情慾而變得暗啞的嗓音很是性感。

祁洛郢頓時被嚇了一跳。

丟臉死了！

他根本不記得自己曾發出那樣的聲音，更不記得自己居然表現得那麼飢渴難耐、情動難抑，甚至如此挑逗誘惑……

祁洛郢從沒有遇過這樣難熬的狀況，視聽室裡的冷氣溫度已經調得很低了，他還是覺得熱，尤其是他的臉頰，整個都是燙的。

螢幕裡林予澄解開了襯衫釦子比全脫了誘人，江寧軒則脫去礙事的上衣露出結實精壯的身材，兩人肉貼肉，雙手互相在對方身上探索、撩撥。即便他們身上蓋著一件薄被，仍可以看到隱約的身體輪廓，林予澄的腿勾上了江寧軒的腰，而江寧軒的下身在林予澄身上起伏著。

「該死。」

視聽設備弄得太好也是一種困擾，他們的每一個喘息、後製加上的肉體碰撞聲、水聲都清晰可聞，這讓他想起孟卻白當時在他耳邊說的話。

祁洛郢渾身燥熱，不用低頭就知道自己起了反應，性器熱脹難受急欲紓解。都怪眼前孟卻白的神情深情又誘惑，無論是壓抑的低喘，還是性感結實的身體線條，每看一眼都把他往慾望的深淵拉一點。

他的手不受控制地解開褲頭和拉鍊，急不可待地握住充血的性器，發出了和電影裡相差無幾的喘息聲。他的手指熟練地在莖身上下擼動，祁洛郢刻意壓低的呻吟和電影裡的聲音交織在一起，讓人分不清戲裡戲外。

祁洛郢很清醒，卻也很迷亂。

他到底在做什麼？

他怎麼會代入場景，產生了正在和孟卻白做愛的錯覺？

他怎麼會心懷不軌地望著孟卻白，渴望擁抱他、獨占他？

此時他的性器頂端滲出些透明液體，理智告訴他應該停下來，但是他依舊持續著撫慰的動作。

電影畫面中，孟卻白抱住他，不斷地說喜歡他，而他已眼神迷濛無暇回應，雙唇呈現出被吻過後泛著水光的嫣紅色，頸間也染上潮紅。兩人的肌膚皆冒出薄汗，這場性事即將到最後關頭，孟卻白的動作變得更大，祁洛郢跟著加快手上的動作。

祁洛郢曉得薄被下他們身體緊貼無縫，彼此都性慾勃發，然而也僅僅是磨蹭著對方，並未到假戲真做的地步。

可是他仍舊有種被孟卻白占有的錯覺。

祁洛郢冷不防想起孟卻白在高潮前在他耳邊輕輕地喊了聲「祁祁」。

原來這場戲的最後，在孟卻白的眼裡他不是林予澄，他就是祁洛郢。

相隔了一年，祁洛郢驀地想通許多事……如觸電般的快感猝不及防地襲來，他的手上一濕，酥麻感從腳尖蔓延至頭皮，耳邊不斷重複著孟卻白那聲親暱的呼喚。

還停留在高潮餘韻裡不想動的祁洛郢，被空氣裡明顯的腥騷氣味喚回了一點理智，他低頭瞪著下身和手上沾上的白濁液體，打從心底感到崩潰。

慘了，他對孟卻白產生慾望了。

這下祁洛郢不得不正視自己的心，深切地意識到自己想要孟卻白，他的身心都想靠近孟卻白。

宣洩過後，身體仍殘留著情慾帶起的熱度，他聲音暗啞，「祁洛郢，你完蛋了。」

祁洛郢用了好幾張衛生紙收拾殘局，渾渾噩噩地放任身體陷進沙發裡，目光呆滯地望著螢幕等待電影播畢，直到工作人員名單出現才乍然回神，奔進浴室沖了很久的澡，可惜溫熱的水流沒有帶走他腦中紛雜的思緒。

從浴室出來後祁洛郢只匆匆把頭髮擦了半乾，穿著浴袍坐在床沿失魂落魄地思考良久，最後拿起手機打給姚可樂。

「喂？」姚可樂滿是睡意的聲音從聽筒傳來。

祁洛郢看了一下時間，現在是凌晨三點，確實該睡了，不過既然姚可樂接了電話就表示能說話吧？好朋友不就是在這種時候派上用場的嗎？

祁洛郢緩緩開口，語氣認眞，「問個問題。」

兩人認識快十年，熟得不能再熟，姚可樂立刻聽出祁洛郢有些不對勁，態度甚至有幾分凝重。他直覺對方有重要的事情要說，便按捺下罵髒話的衝動，揉了揉臉，把睡意驅散大半，「說吧。」

「如果有人別有用心地接近你……」祁洛郢躊躇著，儘管他原諒了孟卻白，他仍不確定孟卻白別有所圖的感情是不是可以被接受，他能喜歡孟卻白嗎？

「爲財？」

「不是。」祁洛郢馬上否認，畢竟孟卻白家底殷實，沒必要爲了錢接近他。

「那就是爲色了？」

祁洛郢沒回答，孟卻白都承認自己心懷不軌了不可能不爲色，不過孟卻白追著他這麼多年的起因是爲了道謝……這和單純爲色好像不太一樣？

姚可樂直接當祁洛郢是默認，「就算是爲色好了，她強迫你了？」

聽見是感情方面的問題姚可樂隨即來了興致，在心中把祁洛郢最近合作過的女演員列出來，暗暗推測幾個可疑的對象。

「沒有。」祁洛郢很煩惱，也就不計較姚可樂把假設性問題的主角代入成他了。

「她占你便宜了？」

「不算。」祁洛郢細想孟卻白做過的事，還眞不好判定是誰占誰的便宜。

雖然他被孟卻白藉著拍吻戲親了好幾次，但在拍攝床戲時是他先不專業地射在孟卻白身上。除此之外，孟卻白在他中毒時比所有人都著急，抱著他跑了好一段路；後來爲了擺平他的緋聞，孟卻白買下《星週刊》；爲幫他澄清不實指控，特地上直播節目坦承自己曾被霸凌……

想著想著，祁洛郢都懷疑自己才是占便宜的那個了。

感情諮商是門高深的專業，姚可樂當然沒受過相關訓練，勉強和顏悅色地聽了幾句便開始不耐煩，嘖了一聲後就是一串連珠炮，「你這人就是毛病太多，要人喜歡你的內心還要人不看外表？喜歡和情慾本來就脫不了關係，哪對情侶不打炮？打炮也得找個看對眼的啊！對你有慾望又怎樣？長得帥還不准人意淫會不會管太多？什麼叫『別有用心地接近你』？人家那是追你啊！重點是你喜不喜歡對方？」

祁洛郢被說得啞口無言，而且越想越覺得姚可樂的話很有道理。

至於最後一個問題，他已經有了答案——他喜歡孟卻白。

姚可樂停頓了一下，覺得祁洛郢實在沉默太久，該不會睡著了吧？趕緊問了一句：「你在嗎？」

祁洛郢沒好氣地回：「還在。」

聞言，姚可樂的八卦魂就醒了，「她漂亮嗎？你硬了沒？」

祁洛郢又是一陣沉默，他何止硬了，不久前他還想著孟卻白射了。

姚可樂又沒等到回應，再度當祁洛郢默認，「硬了就對了，嘰嘰歪歪的，你是不是沒談過戀愛？」

祁洛郢對姚可樂的口氣很有意見，他確實沒談過戀愛，明明姚可樂也半斤八兩。

「那你談過嗎？談幾次了？我怎麼都沒聽說？」祁洛郢冷冷地反問。

姚可樂立刻唉聲嘆氣，聲音有氣無力，「不跟你聊了，爲了節目的極限挑戰我已經兩天沒睡，累死了。」

語畢，不等祁洛郢回應他就把電話掛斷。

祁洛郢無語地盯著著手機螢幕上結束通話的字樣，他還有個最重要的問題沒問啊！

「如果他是男的怎麼辦？」

難道也是硬了就對了嗎？

就當作是吧，不然還有別的解釋嗎？

✦

隔日早上，祁洛郢睡醒後研究了一下孟卻白送給他的手機，確定是雙卡機，便找出了原本的手機，取出SIM卡放進新手機。如此一來他兩個門號都能使用，孟卻白給的號碼別具意義他不想丟。

當他重新開機時，未讀訊息和未接來電鋪天蓋地湧入，光是一一簡單回覆就花了他兩個小時。其中的一個小時是用來安撫母親的，他好不容易才讓已經在收行李的母親把機票退了。

出門前，祁洛郢拍了一張天空的照片，發了一則最新動態：

「謝謝，我回來了。」

從霸凌事件開始，祁洛郢的粉絲們就焦慮得無時無刻都在刷新頁面，就爲了第一時間看到祁洛郢的消息。好不容易在律師函後等到了新的貼文，而且用詞遣字不像官方冷冰冰又制式，他們便知道這是祁洛郢親自寫的，無不興奮地在底下留言，其中包含各種加油、鼓勵、告白、道歉，該篇貼文的讚和愛心的數目急速增加。

當祁洛郢坐上保母車時，發現孟卻白分享了他的貼文，配字寫著：

「歡迎回來。」

祁洛郢原本就心情不錯，此時更是眼角、眉梢都染上笑意，他立刻點了個讚，對親愛的學弟表示嘉許。另外，他注意到孟卻白的置頂貼文沒有更換，兩顆水果糖的照片實在太惹眼，下方的留言已經歪樓變成業配了。

一開始有人詢問糖果在哪裡可以買，好心人貼了好幾個購買糖果的連結，接著下面跟著曬出買到糖果的照片。最新的留言是好幾個人都說糖果缺貨買不到了，不過也有粉絲很困惑，孟卻白明明沒有接這個品牌的代言，爲什麼要幫忙宣傳？

這一串留言把祁洛郢逗笑了，沒想到他之前一個無心的舉動會讓這個糖果現在賣到缺貨，正如同十一年前的一個小忙造就了他和孟卻白的緣分。

黑色保母車平穩地行駛著，阿佑一邊開車，一邊和祁洛郢說話，「祁哥，我這幾天沒偷懶，都在網路新聞的討論區和社群上幫你澄清，還跟那些黑粉、路人大戰好幾百回合，其中說服了幾個人，他們最後都願意相信你的人品沒那麼差。你放心，我有匿名，不會給公司和祁哥惹麻煩。」他頓了頓，「我原本還以爲要再奮戰幾個禮拜，沒想到孟卻白一出手就把這件事擺平了，那一集的《酸辣直播間》我看了好幾遍，孟卻白太夠意思了！對了，我出門前發現那支影片的點閱數已經破百萬，甚至上了熱門發燒影片排行榜，網友們刷了好幾千則的道歉留言。還有一個人自稱是你的國中同學，留言說你在學校熱心助人，而且大家都沒想到原來你和孟卻白是學長和學弟的關係啊！呃，那個……你們眞的和好了嗎？等一下碰面會不會尷尬啊？」

阿佑興致高昂，一開口就停不了，祁洛郢心情很好，便沒打斷助理的話也沒把它當耳邊風，微笑聽著，最後回了句，「嗯，和好了。」

何止是和好了？他還打算和孟卻白有更進一步的關係。

這個決定祁洛郢不想告訴任何人，一來是失敗了很沒面子，二來是肯定沒人贊成，他完全可以想像薛凱鑫得知後會有多生氣。

他昨晚和姚可樂聊完後就有種豁然開朗的感覺，他知道自己是喜歡孟卻白的，這些年來能讓他心動的人不多，而心動到按捺不住的，只有孟卻白。

他沒道理不試試看。

祁洛郢滑著手機切換帳號，點開和孟白白的聊天視窗，接著送出訊息。

他今天睡醒後就有些亢奮，按捺不住雀躍又不安的心情。這是他認清自己感情的第一天，意義非凡，他有無數的話想說卻找不到傾訴的對象，唯有不知道他的眞實身分的孟白白是目前最適合的人選。

水各一方：「跟你說個好消息。」

他煩惱了很久的事情總算釐清了，應該算是好消息。

孟卻白也在前往攝影棚的路上，他和祁洛郢今天要一起拍一個宣傳電影的雜誌封面並接受訪問。

孟白白：「你說。」

水各一方：「我有喜歡的人了。」

祁洛郢能聊天的時間不多，就不賣關子直接開門見山地說了。

孟卻白剛揚起的嘴角瞬間僵住，他指尖發涼，機械性地打出禮貌的祝賀詞。

孟白白：「恭喜你。」

水各一方：「你一定想不到，連我也沒想到……」

祁洛郢莫名有些緊張，他現在才意識到要坦承喜歡同性不是一件容易的事，但連這點事都做不到，他有什麼資格和孟卻白在一起？深吸一口氣，他果斷把下一句話送出。

水各一方：「他是男的。」

訊息傳出後，孟白白的狀態顯示爲輸入訊息中，祁洛郢卻一直沒有收到回覆。

另一頭的保母車中，萍姐正要交代孟卻白今天行程需要注意的地方，一轉頭，敏銳地發現孟卻白的表情有些異常，於是關心地問：「怎麼了？你臉色怎麼這麼差，昨晚沒睡好嗎？」

「我沒事。」孟卻白聲音乾澀，眉頭深鎖，看起來不像沒事。

「沒關係，你想說的時候再說，萍姐一定站在你這邊。」萍姐知道孟卻白有心事，也曉得孟卻白的個性，逼迫他是沒有用的，倒不如溫言關懷。

孟卻白垂下目光，語氣裡盡是不甘願又莫可奈何，「我想過，如果他有喜歡的人，我會祝福他。」

孟卻白口中的他是誰不言而喻。

萍姐嘆了口氣，「傻孩子。」

喜歡一個人喜歡了十一年能不傻嗎？當她知道這件事時也是驚訝於孟卻白的長情，然而該說的她都說了，各種情況也分析給他聽過了，剩下的只能等待，等孟卻白想通或者是等這段戀情開花結果。

孟卻白畢竟是好友的孩子，看著他這樣爲情所困，萍姐心中還是不捨，「一時難過是難免的，這世界上還有很多適合你的對象，沒必要非要他不可。」

「嗯。」孟卻白不想討論，只是應了一聲表示聽見了。

他暗戀祁洛郢這麼多年了，對祁洛郢的喜歡幾乎已經融入生命，他不願意強迫祁洛郢，所以他若有了喜歡的人，他願意祝福，可是不代表他會就此放棄。

他從沒想過除了喜歡祁洛郢之外還能喜歡誰。

孟卻白的手機響起訊息提示音。

水各一方：「怎麼了？嚇到了嗎？」

孟卻白這才查覺到自己讓祁洛郢等太久了，他神情落寞，指尖微動準備發送訊息。

水各一方：「沒關係，突然跟你說這些會嚇到也很正常，連我也很意外。那是我的一個朋友，嗯……他很好，雖然有一些小缺點，但是我一點都不在意，我們很聊得來，喜好也很相近，簡單幾句話就能明白對方的意思，在我困難的時候他還幫了我很多。」

祁洛郢打字到這裡時驀地發現他簡直快把孟卻白誇上天，臉上一熱，趕緊停了下來。

孟卻白看到這一長串的文字，胸口頓時感到悶痛，內心酸楚難受。

那個人是誰？

祁洛郢的朋友、有一些小缺點、聊得來、幫了他很多……孟卻白第一時間就想到姚可樂。

果然他還是比不過認識多年的好朋友嗎？孟卻白沒料到就在他以為能更靠近祁洛郢一點時會迎來這樣的打擊，但他能說什麼呢？如果祁洛郢喜歡姚可樂進而交往，他沒有權力阻止他們。

孟白白：「祝福你們。」

孟卻白送出訊息後絕望地閉上眼，他必須花點時間整理心情，才能在稍後和祁洛郢一起工作時保持平靜。

水各一方：「謝謝。」

祁洛郢愉快地看著孟白白傳來的祝福，這是他人生中第一次向人出櫃，幸好沒有想像中困難。

只不過他倒是越來越好奇孟白白是誰了，不知道他們是否曾經見過面？以往的見面會、代言活動、頒獎典禮等場合來看他的粉絲不計其數，說不定孟白白就在其中？

祁洛郢想了想，開口詢問助理，「阿佑，你聽過孟白白嗎？」

開著車的阿佑微微偏頭，困惑地回應：「誰？孟卻白嗎？」

「不是，他叫孟白白，白白是綽號，他是我的一個忠實粉絲。」

「沒聽過。」

「如果你遇見了就跟我說，他幫過我，我想謝謝他。」

來日方長，他總會有機會和他碰面的吧？

「好啊！」阿佑立刻應下，「男的女的？長什麼樣子？」

「不清楚，我只知道他叫孟白白。」祁洛郢說完也覺得不可思議，他知道孟白白絕對不會錯過他的周邊商品、會把他的作品看十遍以上、記得他的每一則貼文的內容，然而他對孟白白的了解卻很少。

「好，我記起來了，只有綽號可能不好找。」

「沒關係。」祁洛郢思考半晌，如果孟白白碰見阿佑會說什麼？畢竟他用阿佑的名義和他聊了很多事情，比如剛剛……呃，向孟白白出櫃。

祁洛郢應該對阿佑感到抱歉，可是這時候只覺得一切荒謬得有趣，他忍住大笑的衝動，「如果有人問起你喜歡男人的事時也跟我說一聲。」

「好……等一下！為什麼會有人問我這個？」阿佑一開始沒有會意過來，答應完瞬間就發現不對勁。

祁洛郢笑而不語，這個實在不好解釋。

「祁哥？」阿佑想要弄清是怎麼回事，但任憑他再怎麼絞盡腦汁也不可能猜到眞相。

「噓，我接個電話。」祁洛郢的手機適時響起，是經紀人打來的。

電話一接通，他就聽見薛凱鑫渾厚的聲音，「小祁啊，你狀態還好嗎？」

「還可以。」祁洛郢按平常的語氣回答，他知道薛凱鑫打來一定是有重要的事情，便靜靜等著經紀人開口。

「沒事就好，你今天的行程都是和孟卻白一起，下午先拍《封面人物》的封面照接著受訪，晚上還有兩組網路媒體的訪問。你在鏡頭前盡量和孟卻白多互動，最好讓觀眾覺得們倆有點曖昧，進而想去戲院一探究竟，電影首週票房不好，後續再沒起色很快就會下片，一切就靠你們力挽狂瀾了。」

「明白了。」

祁洛郢查過電影票房，上週因為他的負面新聞，不少人發起拒看活動，加上同性戀題材本來就不是人人都有興趣，就算有他和孟卻白的忠實粉絲支持，票房依舊遠不如預期。經紀人的交代他可以理解，協助電影宣傳也是工作的一部分。

薛凱鑫不像以往交代完工作就把電話掛斷，他再度開口的語氣裡多了分遲疑，「那個……這次的事情公司也有盡力處理，這麼多年來我們也算是合作愉快吧？」

祁洛郢了然，「薛哥，老闆又讓你問續約的事嗎？」

「就知道瞞不過你。」薛凱鑫乾咳兩聲掩飾尷尬，「我們總得先確定你的意思才好安排接下來的工作。」

「約滿前我不休假沒關係。」祁洛郢已經想好了，就讓經紀人把他合約期間的工作排滿，這樣星河娛樂今年的營收應該會不錯，就當作是報答當年的知遇之恩，約滿後他們兩不相欠。

薛凱鑫敏銳地察覺到了什麼，語調變得有些急促，「你該不會——」

「我不續約。」

「小祁，星河娛樂再怎麼說也是間有規模的大公司，你去別的公司不見得會發展得更好。你告訴我是哪一家公司？他們開了什麼條件？星河不見得給不出相同的待遇。」

「薛哥，我很感謝星河多年來的栽培，決定不續約和你們對我好不好無關，我只是想自己規畫未來的工作方向。」

薛凱鑫放軟語氣繼續勸說，「這種事好談，你想轉型，我們就幫你轉型，不接那些濫俗的愛情片；你想專心演戲，我們就減少安排你上雜誌和綜藝節目的次數。代言對你的收入很有幫助建議還是保留，不過我們可以去蕪存菁，一年只接幾個知名品牌，你還有什麼想法盡管說，我幫你爭取。」

祁洛郢頓了頓，嘆了口氣，「我看過行事曆了，合約最後那兩個月的工作檔期還沒敲定吧？」

「對，剩下的兩個月比較不好安排。」

「你之前說過電視劇集數多、播放時間長，總片酬和後續的商業效益也比電影好，對吧？」

「沒錯。」

「那就接一部電視劇吧，我可以配合延長合約兩個月，我只要求這次劇本讓我自己挑。」他的合約六月到期，延兩個月就是到八月，接下來可以放四個月長假，明年剛好展開新的演員職涯。

薛凱鑫當祁洛郢的經紀人已經十年了，不會聽不出祁洛郢的態度堅決，況且他主動提出延長合約，已經讓星河娛樂最後可以有筆不錯的收入，也算仁至義盡，於是不再勸說，

「知道了，我會幫你轉達。」

演員的職業操守十三：演再多的感情戲都不會讓人變成情場高手

攝影棚內放著輕快的爵士音樂，十多名工作人員散布其間各司其職。棚燈下的布景前，兩名高人氣、高顏值男神肩靠肩，親暱對望、碰頭、貼臉，雙手在對方的臉頰、頸間、胸膛、腰胯等處游移。表情配合攝影師的指示演繹各種情境，眼神或清澈，或撩人，或勾引，肢體從小幅度碰觸到大面積交疊，尺度橫跨純眞無邪到情慾挑逗。

一旁幾個女性工作人員目光緊盯場內，面上難掩激動神情，坐在電腦前負責收片及挑片的人更是產生選擇困難症，覺得每一張照片都好看。

男攝影師手持單眼相機不斷變換拍攝角度，滿意地猛按快門。雜誌社這次找的攝影師在時尚圈頗有名氣，開過幾次個人攝影展，公認特別擅長捕捉男性魅力。

據說雜誌社在與該名攝影師接洽時，他得知要拍的是這兩位知名男星還特地降價，並表示會排除萬難接下工作。

祁洛郢和孟卻白的擺拍動作自然不尷尬，鏡頭下兩人間的氛圍和情侶沒兩樣，非常符合這次宣傳的電影主題。拍攝過程很順利，即便他們換了三套衣服和造型，仍是提早完成了工作。

後續的訪問則是在攝影棚旁的沙發區進行，開始訪問前有段時間讓受訪者換裝、補妝及稍作休息。

「累嗎？」祁洛郢笑著問剛剛和他互摟著腰的男人。

孟卻白正拉著衣服試圖散熱，聽見祁洛郢說話，轉頭目光繾綣地看了他兩眼，「還好。」接著別開視線，「萍姐有工作的事要說，我先過去。」

「好，晚點聊。」祁洛郢看著孟卻白的背影，直覺孟卻白肯定有心事。明明昨晚還纏著他道歉，怎麼今天表情如此寡淡，一副談興不高的樣子。

他早上和孟卻白見面後什麼事都還來不及做，所以應該不是因爲他的關係吧？

此時，阿佑拿著祁洛郢的手機走來，「祁哥，是姚可樂打來的，要接嗎？」

祁洛郢工作時一般不接電話，但現在剛好有空檔加上與姚可樂交情甚篤，便眉開眼笑地接過手機，一開口就是揶揄，「怎麼？想我了？」

姚可樂也很配合，熱情地回應著，「對，我好想你，我眞的好想好想你。」

祁洛郢立刻察覺到異常，姚可樂以往的反應應該是撇清，或者瞎扯些氣死人的話，如此順著他肯定有詐，「你今天怎麼了？是不是在錄節目？」

姚可樂支吾了一會兒，顧左右而言他，「我突然想你了，打電話給你不行嗎？」

聞言，祁洛郢更肯定姚可樂在錄節目了，他主持的綜藝節目偶爾會有打電話給朋友的遊戲環節，祁洛郢不是第一次接到類似的電話了。

既然知道姚可樂在錄節目，他心裡有了分寸，口氣和用語上就收斂了些，聽起來熟稔而不失禮貌，「我正在忙，如果你沒重要的事就晚點再聊吧，反正我們也不是很熟。」

咳，說到最後祁洛郢還是忍不住捉弄姚可樂。

「等一下！」姚可樂連忙大叫阻止，深怕好友眞的把電話掛斷，他曉得祁洛郢很少休假，說忙就是眞的忙。只不過他喊完又呑呑吐吐的，好不容易才把話說出口，「那個……我、我愛你。」

祁洛郢嘆了口氣，「你就是在錄節目吧？這次企畫是要找人告白嗎？你沒其他對象了嗎？」

同時祁洛郢心中暗忖，爲什麼綜藝節目都愛玩那幾招？

「你先別問那麼多，我都說我愛你了，你總該回覆些什麼吧？」姚可樂不正面回答祁洛郢的猜測，遊戲規定通話中不能透露自己正在錄影，就算被猜中也得打死不認，不然就會被判定任務失敗。

「不是我不幫你，你的題目是要我答應還是不答應？好歹給個暗示吧？」祁洛郢的聲音帶著笑意還有幾分打趣和捉弄，旁人都能從中聽出兩人的關係不錯。

「呃……三個字，我剛剛也說過了，夠明顯了吧？」姚可樂的語氣充滿期盼，他和祁洛郢雖然交情好，但互損慣了，心裡也沒把握祁洛郢會不會配合，只好可憐兮兮地補充道：「我眞的很怕黏黏滑滑的蚯蚓，現在我眼前大概有上百條吧，我都快吐了……」

「我很爲難啊。」祁洛郢清楚姚可樂害怕那種東西，他不介意幫對方一把，可是公開對姚可樂說那三個字實在很羞恥。

「只要一句話裡包含那三個字就好了，對吧？」姚可樂的聲音遠了一點，像是在問人，接著他歡呼一聲，聲音才又回來，「你的回答可以大於三個字。」

「我不可能對你說——」祁洛郢說到這裡翻了個白眼，拿出演戲念臺詞的功底，情深意切地把姚可樂要的那三個字說出口，「我愛你。」

聞言，姚可樂開心地大吼大叫，「謝啦！我太愛你了！下次請你吃飯！」

他似乎在趕時間，和祁洛郢簡短道別後就掛掉電話。祁洛郢被姚可樂的喜悅感染也跟著彎了彎嘴角，笑容尚未消褪轉頭就看見孟卻白眼神落寞、神情複雜地站在不遠處。

「怎麼了？我只是和姚可樂稍微聊聊而已。」祁洛郢嚇了一跳，笨拙地解釋，他總覺得孟卻白的心情好像變得比剛才更差了。

「訪問要開始了。」孟卻白輕輕丟下一句話就逕自往沙發區走去，那裡已經布置好燈光、錄影和收音設備，負責提問的雜誌編輯也就定位了。

「哦？好。」祁洛郢把手機交給阿佑快步跟上，心中惴惴地想著孟卻白從什麼時候開始站在那裡的？他不會正好只聽到「我愛你」三個字吧？

孟卻白在接下來的訪談中回答得中規中矩，偶爾也會配合祁洛郢說笑兩句，祁洛郢心中那股不安這才散去了一些。

入夜，結束一天的行程後，祁洛郢看見孟卻白冷著一張臉，忍不住上前搭話，「心情不好？」

「沒有。」孟卻白馬上否認。

祁洛郢頓時無語，你分明就一臉心情不好的樣子！

「我下午是在跟姚可樂開玩笑，你別想太多。」

「我沒有。」孟卻白看似冷靜，內心早已天翻地覆，他只當祁洛郢在掩飾和姚可樂交往的事，畢竟他們都是公眾人物，不想公開很正常。

「沒有就好。」祁洛郢沒多想，認爲誤會澄清了。

不過他還是不曉得孟卻白心情不好的原因，當事人不說，祁洛郢也不好多問，他們現在的關係不上不下，緊追不捨不太恰當。

祁洛郢原本以爲和孟卻白變親近不困難，只要順水推舟慢慢發展就可以了，結果今天一碰面才發現不知道從何做起，孟卻白還一副若即若離的樣子？

「收工了，一起吃個飯？」祁洛郢決定暫時放棄談心路線，打算先從增加相處時間開始。

祁洛郢的邀約無疑對孟卻白極具吸引力，然而他現在滿腦子都是「祁洛郢已經心有所屬」，失戀的挫折和心痛折磨著他，還時不時想起祁洛郢笑著對姚可樂說我愛你的畫面。

猶豫片刻，他忍痛拒絕，「不了，我還有事。」

「那就下次吧。」祁洛郢故作輕鬆地笑了笑，接著轉身和阿佑一起收拾東西，挺直腰脊禮貌地和共事的工作人員道別，直到上了車才像洩了氣的皮球般無力地癱在後座。

「祁哥，你還好嗎？今天很累嗎？」阿佑關切地問著，但以前遇到比今天更高強度的日程時祁洛郢也沒這樣呀！

「阿佑，一般人都怎麼追喜歡的人？」祁洛郢的話中充斥著滿滿的挫敗感。

「祁哥有對象了嗎？以你的條件應該勾勾指頭就可以追到了吧？」阿佑滿臉羨慕，若他的顏値有祁洛郢的一半還會單身到現在嗎？

祁洛郢實在不知道阿佑爲什麼對他如此有信心，如果事情很順利他根本不用提出這個問題，「我想知道『一般人』怎麼追。」

「吃飯、送花和看電影吧？總之想辦法約對方出來就對了，我朋友都是這樣。」阿佑抓了抓頭，他現在沒有女朋友，所以只能參考朋友的做法。

祁洛郢聽了助理的話還是頭很痛，他約孟卻白吃飯被拒絕，突然送花感覺也挺奇怪的，而邀請他看電影……他們去電影院勢必得遮遮掩掩，這樣的約會妥當嗎？

此外，兩人要看哪部電影？難道要看《下屬整天都想推倒我》嗎？那部電影他短期內實在沒有勇氣看第二遍，倘若他又看到性慾高漲該怎麼辦？他還有臉面對孟卻白嗎？祁洛郢光想像就覺得尷尬死了。

「算了，我再想想吧。」祁洛郢依然洩氣，追男友第一天就不順利啊！

今天工作時的他們互動都很正常，他也察覺到孟卻白看著他的眼神不一樣，應該還是喜歡他的，怎麼私底下的態度反而不冷不熱，甚至彷彿要跟他保持距離？

祁洛郢陷入長久的沉思，卻想不出答案。

唉，來日方長，之後兩人還有機會見面，不急於一時。

祁洛郢拿起手機，忍不住又丟了訊息給孟白白。

水各一方：「我有個煩惱。」

孟白白：「怎麼了？」

水各一方：「你知不知道同性之間怎麼追求喜歡的人？」

孟卻白坐在車上，車子正開往他的家，收工後還有事只是藉口。原本他就因爲失戀而痛苦難受，在看見手機裡的訊息後，心情更複雜了，他胸口隱隱作痛的地方宛如被強行扯開，汩汩地流出鮮血。

這世上有比失戀更難過的事情嗎？有的，就是喜歡的人問你該如何追求別人。

孟卻白努力地打了一些建議，每個字都像往他心上的傷口裡扎針，痛徹心扉。他不由自主地想像祁洛郢和姚可樂在一起的畫面，想著想著眼眶逐漸泛紅，他忍著不讓淚水落下，他不想示弱，更不想放棄，最後他決定把打好的一大串文字刪除。

孟白白：「抱歉，我不清楚。」

請原諒他的自私，他沒有大度到可以幫喜歡的人追求另一個人，不介入其中已經是他最大的讓步。

祁洛郢有些錯愕地盯著這則訊息，一般來說孟白白對他都是有問必答，很少直接拒絕……也許剛好在忙吧？況且也不是每個人都會遇到需要追求同性的情形，不知道也算正常，祁洛郢很快便調適好心態。

水各一方：「沒關係，我上網搜尋一下。」

孟卻白收起手機，讓司機轉換方向，他突然不想那麼早回家。

祁洛郢沒能從阿佑和孟白白處得到理想的答案，回到家後心情鬱悶地發了一則限時動態，那是一張《下屬整天都想推倒我》的劇照，畫面中辦公室裡的江寧軒偷偷看著林予澄，圖片下方搭配著一句臺詞——我喜歡你，你知道嗎？

他發完動態也不管回應，進廚房隨便弄了個低脂高蛋白又零澱粉的簡單晚餐，匆匆吃過後讀了一會兒下個月即將開拍的電影劇本，揣摩角色轉換心情，接著到健身房運動兩個小時才準備洗澡睡覺。

祁洛郢睡前慣性滑了一下手機，沒想到竟看到一則令人意外的娛樂新聞快訊：高冷男神孟卻白醉倒路邊被助理接回。

孟卻白？喝醉？他不是說自己不喜歡喝酒嗎？

祁洛郢立刻點開那則新聞，不過因爲只是快訊所以資訊不多。內容大意是有民眾深夜在路上拍到一名高䠷的男子搖搖晃晃地從夜店走出來，原本想上前查看對方是否需要幫助，不料發現那人居然是孟卻白。

於是，這名民眾激動地拍了照片，拍完照片正準備攙扶孟卻白時，一名中年男子隨即出現並表示他和孟卻白熟識，目前無須他人協助，接著將孟卻白架上車後離去。民眾基於善意特地拍下男子和車輛的照片，一併提供給記者做確認。

祁洛郢讀完報導仍覺得這件事不像眞的，孟卻白是會去買醉的人嗎？

他驀地想起收工後孟卻白說自己有事，難道就是和人去喝酒？不知道是誰……是比他還重要的人嗎？

祁洛郢有點不是滋味，孟卻白不是說喜歡他嗎？怎麼今天拒絕他的邀約跑去和別人喝到這麼醉？

人的感情就是這麼奇妙，還沒確定喜歡孟卻白前，他一點都不在意孟卻白收工後去哪裡、和誰喝酒、喝到多醉。才過去一天，他看孟卻白的角度就變了，對方的一舉一動都牽動著他的情緒。

祁洛郢搖搖頭，試圖甩去多餘的想法，孟卻白喜歡他好幾年，一路追著他到現在，不會那麼快就變心吧？

儘管他曾經拒絕過孟卻白的告白……等等，拒絕了告白還要對方繼續守候會不會太過分？他是不是對自己太有自信了？

祁洛郢更用力地再搖了搖頭，喃喃自語，「祁洛郢，你怎麼沒有早點發現？當時直接答應他不就沒事了嗎？」

祁洛郢認真地研究報導中的照片，雖然拍攝時間是夜晚，但路燈把街道照得還算明亮，孟卻白一身輕便衣褲外罩著一件夾克、戴著棒球帽，雙眼緊閉地倒在路燈下。

那套衣服和那件黑色夾克祁洛郢今天都看過，就算是僞造的相片也不可能這麼巧。至於另外一張圖中被說是助理的人其實是孟卻白的司機，他見過幾次，是個話不多的男性。

以上這些發現皆讓這則新聞的眞實性提高許多。

「有電話幹麼不打，我在這裡瞎猜什麼……」對著報導糾結快半小時的祁洛郢決定點開通訊錄，撥電話給孟卻白。

電話響了良久直到轉接至語音信箱，他掛斷之後又撥了兩次，依然沒有被接通——這是孟卻白首次不接他的電話。

「真的醉了？」祁洛郢找不到其他可能，便放棄繼續打電話。

十分鐘過去，他重新整理快訊的頁面後，這則新聞就消失了，想必已經被處理掉了。

祁洛郢的睡意被這則新聞弄散了，躺在床上翻來覆去到半夜，腦海裡各種思緒紛至沓來，許多不可思議的畫面在他眼前閃過。比如孟卻白在別的男人懷裡小鳥依人、孟卻白和其他人翻雲覆雨、孟卻白說他不喜歡祁洛郢了……

一直折騰到後半夜，他才迷迷糊糊地睡去。

隔天一早，祁洛郢被手機鬧鐘吵醒，他睡眼惺忪地按掉鬧鐘，沒多久就接到一通電話。

祁洛郢直覺來電者是阿佑，便用含糊不清的聲音說：「讓我再睡一下。」

「好。」回應他的並非阿佑的聲音，而是另一個低沉又富有磁性的嗓音，那人語帶笑意，隱約有幾分寵溺的意味。

祁洛郢瞬間清醒，從床上彈了起來，「孟卻白？」

「是我。」孟卻白的聲音有些沙啞，大概是酒醒的後遺症，「抱歉，吵到你了。」

祁洛郢用空著的手揉了揉自己的臉，拿開手機低低清了清喉嚨，用清晰的聲音回答，「不會不會，本來就該起床了，你有什麼事盡管說。」

孟卻白停頓幾秒，委婉地提醒，「我看到你昨晚打給我。」

祁洛郢這才想起昨晚自己打了幾通電話給孟卻白想確認新聞的事，不過那則新聞既然已經被處理掉了，大概就是不想讓人知道，他現在再向孟卻白提起未免太沒眼色。

「沒什麼，只是想問你要不要跟我合作？」

演員這個職業猶如遊牧民族，哪裡有戲拍就往哪裡去，他們經常穿梭在不同的劇組，拍完戲後下次相遇不知道會是何時，只有碰巧又進了同一個劇組才能有朝夕相處的機會。

於是，祁洛郢想邀孟卻白共演，雖然他還沒找到合適的劇本，先問問看對方的意願總是無妨。不管孟卻白答應還是拒絕，都代表了他對祁洛郢的態度，透過這樣的旁敲側擊，至少可以讓祁洛郢心裡有個底。

「一起拍戲？」孟卻白回答的語調平靜，聽不出情緒。

「嗯，電視劇，你四月有檔期嗎？」

孟卻白回覆得很快，「有，我可以接。」

祁洛郢聞言開心地跳下床，手握拳高舉過頭做了一個喝采的動作，又蹦又跳間不小心踢到床腳，悶哼一聲。他怕孟卻白問起，趕緊裝作沒事，語氣鎮定地繼續對話，「你不問一下是什麼樣的電視劇、什麼角色嗎？」

「你幫我挑。」孟卻白的注意力都放在祁洛郢邀他再次合作，不得不說這讓他很開心，就算祁洛郢和姚可樂交往了，他還能待在祁洛郢身邊一陣子。而且要是祁洛郢和姚可樂在他們拍戲這段期間分手了，他也能早點知道消息。

孟卻白越想越心酸，卻又因爲看到一絲希望而感到高興。

昨天把自己灌醉時，他想著隔天醒來後就別再喜歡祁洛郢了，他應該祝福他、恭喜他得到幸福。然而他今早醒來發現完全辦不到，他依舊無可救藥地喜歡著祁洛郢，看著手機上顯示的未接來電出現祁洛郢的名字就雀躍不已，幾乎在第一時間他就回撥電話了。

「你就不怕我幫你挑一個奇怪的角色？比如滿臉橫肉的地痞流氓、採花賊殺人狂，或是討人厭的反派？」

「我相信你。」孟卻白確實不擔心，他太了解祁洛郢了。

「好吧，交給我。」祁洛郢笑著說道，同時他忐忑了一整晚的心總算可以安放。

這個共演的劇本祁洛郢本來就打算好好挑，最好選個兩人有許多對手戲的，至於導演實力、劇組陣容、資金等當然也不能太差。

「好，晚點我們有宣傳行程，到時候見面再聊。」孟卻白瞥一眼時間，發現自己差不多該出發了，今天他們要錄一檔收視率很高的眞人實境秀。

「嗯，晚點見。」祁洛郢道別後掛斷電話，他心情很是愉悅，卻也在心裡暗暗向孟卻白道歉。

對不起，孟卻白，我也對你心懷不軌。

✦

在如火如荼的宣傳行程下，祁洛郢和孟卻白頻繁在媒體上露臉，引起觀眾對電影的好奇心。同時，在許多好評出現後，越來越多人願意買票進場，電影院也配合加開場次。上映不到兩週，《下屬整天都想推倒我》就成爲近期最賣座的電影，各地影廳都座無虛席，票房持續增加。

許芳柔當初答應祁洛郢的包場也依約實現，她帶著公司上下的員工和幾位幸運的粉絲一起觀影，還讓粉絲回去後多多宣傳電影，著實幫電影刷了一波熱度。

同期上映的電影還有《東方夜行記》，代替祁洛郢演出主角的宋秉恩在這部作品裡表現得可圈可點，收獲不少好評，票房也頗爲亮眼，連帶洗去他接連拍了幾部爛片的屈辱。

因爲《下屬整天都想推倒我》的賣座，祁洛郢和孟卻白這一對同性的螢幕情侶頓時成爲炙手可熱的明星，綜藝、活動和代言邀約紛至沓來。

星河娛樂的老闆得知祁洛郢不續約縱使不高興，卻也莫可奈何，此時碰巧遇上祁洛郢主演的電影賣座，討論度激增，便讓薛凱鑫盡量接工作。這也導致祁洛郢近期的檔期被排得滿到不能再滿，有幾天他甚至只能在車上小睡，沒辦法回家過夜。

孟卻白這兩週則是向綜藝節目請假，專心和祁洛郢一起跑行程，兩人幾乎形影不離。

「我應該改姓焦，孟不離焦……」在某個節目夜間移動時他們搭乘的長途巴士上，祁洛郢喃喃地對坐在旁邊的孟卻白這樣說。

孟卻白還沒會意過來，祁洛郢就累得又睡了過去，他的頭隨著車子行駛左右晃動，就在即將撞上車壁時，孟卻白適時地伸手擋住，並且引導祁洛郢靠向自己。同時也把身體坐得直一些，好讓祁洛郢的頭能舒服地放在他的肩上。

這樣的行程持續了十多天，直到祁洛郢下一部電影準備開拍才不得不停歇。《下屬整天都想推倒我》的相關活動最後以一場大型的粉絲見面會畫下句點，想見兩位演員的粉絲和影迷們擠爆了體育館。徹夜排隊不說，網路上的黃牛票早已翻了數倍仍供不應求，到了活動當天還有沒買到票的粉絲在會場外守候，想碰運氣看有沒有機會入場，場面可以說是盛況空前。

在這段宣傳期間祁洛郢很累也很開心，開心中又有點失落——他發現孟卻白真的有意與他保持距離。

儘管孟卻白對他還是很好，但態度變得異常小心翼翼，也沒再出現過任何跨越友情的舉動，偶爾還會提起姚可樂，實在令他摸不清頭緒。

該不會真的不喜歡他了吧？

如果能直接問孟卻白就好了，偏偏祁洛郢就是開不了口，即便他在心裡演練過無數次，一看到孟卻白的臉就什麼都忘了。

姚可樂那句「你是不是沒談過戀愛」冷不防浮現在祁洛郢的耳邊……是啊，他確實沒談過戀愛，也不知道談戀愛這麼麻煩，讓人時而開心時而沮喪，心情起起伏伏患得患失，就算他演過許多愛情片也毫無幫助。

不管了，反正薛凱鑫已經在幫他留意合適的劇本，到時候和孟卻白一起拍戲多的是時間追孟卻白。

祁洛郢在新電影開機後總算有點空閒，可以趁等戲空檔放鬆滑手機。

當他點進誤入祁途時，發現他的粉絲們近期都在分享電影心得。祁洛郢隨便看了幾篇文章，大多是好評，只有少數人抱怨電影刪掉了幾個他們認爲重要的場景，因而認爲有些美中不足。

貼文下方的留言裡有幾個用語祁洛郢看不懂，他特別開了瀏覽器搜尋，意外補充了一點不知道何時能用上的知識。

「各位，我是噴著鼻血出來的！祁祁這次的尺度太大了，色氣到不行！我的心臟要受不了了！我打算二刷的時候帶青草茶進電影院降火氣！」

「我剛三刷完畢，大家一定要去看電影，祁祁和萌萌眞的太配了，從來不粉眞人CP的我再也堅持不住了！」

「祁祁這次眞的演得很好，我完全不懷疑林予澄是喜歡江寧軒的！高冷禁慾美人受配忠犬年下攻簡直太香了！」

「從此祁孟一生粉，可逆不可拆！」

「上個月祁祁被雜誌爆料抹黑成霸凌者時，是孟卻白幫忙澄清的，孟卻白在《酸辣直播間》還說自己追了祁祁十年，他們之間沒點什麼我才不相信！最近我把兩人爲《封面人物》拍的照片又拿出來看了一遍，祁祁看萌萌的眼神又慾又撩啊！祁粉們什麼時候看過祁祁這樣了？我大膽推測祁祁肯定對萌萌也有意思，這兩個人現在說不定就在談戀愛！」

「樓上，我差點相信你了！」

從這則留言起大家都排好隊型，留下一整排的「樓上，我差點相信你了」。

祁洛郢哭笑不得，都不知道該不該稱讚這些粉絲敏銳呢？可惜事與願違，雖然他喜歡孟卻白，但他們並沒有在交往。

祁洛郢突然想起自己因爲最近工作太忙，有段時間沒關心孟白白了，便隨手傳了訊息過去。

水各一方：「祁洛郢的新電影看了嗎？」

孟白白：「首週就看了。」

事實上比那還要早，只是孟卻白不能說。

水各一方：「十刷了？」

孟白白：「超過了。」

祁洛郢還記得孟白白在社團裡說過，他會把他的作品看十次以上。

孟卻白不敢承認自己收到粗剪毛片後就一直反覆觀看，看著他和祁洛郢出現在同一個畫面，從一開始滿滿的喜悅到現在是豔羨和心酸參半，最後甚至不敢多看。

水各一方：「你覺得祁洛郢和孟卻白看起來是一對嗎？」

祁洛郢心想，孟白白作爲他的頭號忠實粉絲，還把電影看了十遍以上，肯定能看出點什麼吧？

孟白白：「我會去社團宣導，讓CP粉克制一點。」

水各一方：「我不是這個意思，大家開心就好，我認爲祁洛郢不會介意。」

祁洛郢不反感粉絲們將他和孟卻白湊成對，看著大家的討論他其實滿開心的。

孟白白：「是嗎？祁洛郢的形象和孟卻白綁在一起會讓他困擾吧？」

水各一方：「我保證祁洛郢不會介意。」

水各一方：「只是不知道孟卻白會不會介意。」

孟卻白的手停了一下，想了想才把訊息送出。

孟白白：「應該不會，我看到他的官方專頁上有CP粉去留言，他沒不高興。」

水各一方：「那就好。對了，你還沒回答我，你覺得他們像是在一起嗎？」

孟卻白陷入思考，沒有立刻回覆，他不確定祁洛郢這樣問是什麼意思，他當然希望社團裡那些推測是眞的，然而他很清楚那些不是事實，畢竟祁洛郢喜歡的人不是他。

可是祁洛郢卻不反對粉絲覺得他們是一對？他這是爲了電影宣傳，還是想要有個煙霧彈掩護他和姚可樂呢？

孟卻白無奈地敲下回覆。

孟白白：「不像。」

祁洛郢微愣，把這些貼文瀏覽一遍後就懂了，這些鼓譟的成員裡沒有孟白白。

水各一方：「我只是簡單做個調查。」

祁洛郢爲了掩飾這個突兀的問題，隨便想了個藉口。

電視臺攝影棚的梳化間兼休息室裡，工作人員來來去去，孟卻白獨自坐在角落的化妝臺前，盯著手機螢幕的雙眼流露幾分落寞，周身籠罩著一股低氣壓，沒人敢上前搭話。

孟卻白很清楚，縱使在宣傳期間兩人相處愉快，甚至祁洛郢望過來的眼神都讓他有種正在和他戀愛的錯覺，但錯覺終究只是錯覺，不會變成眞的。

孟白白：「我知道。」

✦

祁洛郢在拍戲空檔都在看薛凱鑫帶來的電視劇劇本，多虧有經紀人幫忙過濾明顯不適合的劇本，祁洛郢最終只要在十多部裡挑選即可。祁洛郢首先把女主角戲分多的劇本抽掉，接著從雙男主的劇本裡挑選。

星際科幻片？

好像還可以……不過這兩個角色怎麼都不是人類？兩個臉上都得畫上CG用定位點的男人怎麼談戀愛？能忍住不笑場就很厲害了！

古裝劇？

夏天拍這種類型的作品是稍微熱了點，不過不是不能考慮，祁洛郢隨手翻了一頁。

「公子貌美如花，想必是心善之人。」

「非也，在下心如蛇蠍。」

「我看公子眼熟，我們自當是有緣，不如就捎我一程？」

「我看兄臺眼生，我們還是各走各的路，各過各的橋。」

這些臺詞怎麼感覺有點曖昧？

祁洛郢反覆讀了幾遍，確定進行這段對話的兩人就是兩位男主角，而後發現薛凱鑫在劇本中夾了張紙條，說明兩個角色任他挑選。

祁洛郢立刻提起了興趣，仔仔細細地從頭看起劇本，沒多久就被劇情吸引住了，抓緊空檔一口氣把劇本讀完。讀完後他特別心癢難耐，這故事除了架構完整、臺詞用心、整體頗有水準之外，祁洛郢越看越覺得這劇本根本是專爲他追男朋友量身打造的！

他翻回劇本封面，在書封靠下的位置找到一行小字：改編自同名暢銷耽美小說《金樽醉月》。

他是不是和耽美改編作品特別有緣？

就決定是這部電視劇了吧，反正他這十年來演出的角色類型跨度很大，沒有定型的問題。

祁洛郢選好後就告訴薛凱鑫，在經紀人的安排下，他向正在拍攝的劇組請了兩個小時的假。

兩天後，祁洛郢和薛凱鑫就趁這個空檔和《金樽醉月》的製片人和導演見面。

由於時間有限，他們會面的地點選在片場附近的咖啡廳，兩方人馬在開場的寒暄後便直接切入正題。

「目前這部電視劇的資金已經到位，前期的服裝設計、道具早就請大師設計打版了，場景我和程導也一個個場勘過，保證拍出來的效果極好。只是兩位男主角的人選難以決定，如果洛郢有意願，我們當然樂見其成。」製片人馮清是圈內有資歷的前輩，待人和氣又熱情，尤其在得知祁洛郢有意願接拍時，更是笑容滿面一副有事好商量的態度。畢竟如此一來收視率就有了基本保證，投資的資金至少不會有去無回。

一旁的程導開口：「這部電視劇我打算拍出現在古裝劇沒有的格局，大器、細膩，而且一定會很好看。」

程導曾經拍過幾部口碑不錯的古裝劇，初見面時板著臉看起來特別嚴肅，但聊開後就會察覺到他是頗有俠義之氣的男人。

導演和製片人一動一靜，主要是馮清在說，程導偶爾幫忙補充。

薛凱鑫八面玲瓏慣了，以一對二仍如魚得水，恰到好處地捧了對方幾句後，他接著就草約沒寫清楚的檔期、待遇和一些附帶條款仔細地問了幾個問題。

兩邊一來一往地找尋彼此可以接受的數字，也在對答間摸清對方的誠意。

祁洛郢一直保持著禮貌的微笑，偶爾配合地點點頭表示態度，其餘皆是靜靜看著雙方互動。

他的工作以往都是由薛凱鑫出面接洽，他甚少介入，尤其是已經累積不少票房口碑和公認演技實力後的這幾年。除非是競爭特別激烈需要試鏡的劇本，或者製片方特別有想法想和演員聊聊的，他才會參與討論。

不過他的合約就快到期了，以後不一定有人幫他談這些，這次跟著薛凱鑫來就是爲了學點經驗，以後若是遇到同樣的情況才不會亂了陣腳。

「還有其他的問題嗎？」馮清笑笑地看向薛凱鑫和祁洛郢。

薛凱鑫轉頭，「我這邊差不多了，剩下的等合約出來再說。小祁，你這邊呢？」

祁洛郢彎了彎嘴角，打起幾分精神，「關於這部電視劇的狀況和合約條件剛才也講得很清楚了，我只有一個問題想確認。」

「儘管問，不用客氣。」馮清抬手朝祁洛郢做出請說的手勢。

「我查過資料，慕淮是攻沒錯吧？」祁洛郢已經弄懂了一些特殊名詞，來之前也做了功課，然而原著是一回事，電視劇怎麼改拍是另一回事，就算劇本沒寫到，並不代表未來不會加戲。他得確定製片和導演的想法，才能決定接演哪一個角色，甚至也關係到他接演的意願。

《金樽醉月》是一部仙俠劇，敘述從小感情甚篤的師兄弟因爲師輩的恩怨在十三四歲時便分隔兩地，師兄湛雲被師父所救因而留在門派，師弟慕淮被惡人帶走在魔教受盡苦難。十年後，兩人相遇卻不相識，一起被捲入一樁牽連了各大修仙門派的慘案……

馮清顯然聽得懂「攻受」這個的詞彙，尷尬地輕咳一聲，「在原著裡攻是慕淮沒錯，不過這部電視劇設定的受眾是全年齡層，感情戲基本上若有似無，想看感情戲的觀眾能看懂，不想看感情戲的觀眾也能保有觀影樂趣。」

程導附和，「對，不會拍床戲，也不會有吻戲。」

簡而言之，不拍床戲的話，誰攻誰受就不是那麼重要了。

祁洛郢點頭表示理解，心中已經有盤算，慕淮這個角色對他的吸引力還是比較大的。不僅人物情緒豐滿多變演起來很過癮，也因為慕淮是攻，儘管沒有床戲他也想演攻，這樣至少能平衡一下他在《下屬整天都想推到我》裡的形象。

不然他的粉絲有八成都站孟祁CP，他得幫祁孟CP拉點票。

馮清對著祁洛郢溫和地微微笑，雖然來之前他就知道今天不會簽妥合約，但都已經見到演員本人了，便想趁機探一探口風，「不知道洛郢對角色有什麼想法？」

祁洛郢不愛高深莫測那一套，既然馮清和程導都拿出誠意了，他也不賣關子，「劇本我看過了，我對慕淮比較有興趣，除了剛才談的合約條件外，如果湛雲是由孟卻白飾演，我就沒問題。」

馮清眼睛一亮，「孟卻白原本也在我們當初的選角名單裡，只是接洽不太順利，他的經紀人說他短期內可能不會接電視劇。」

祁落郢裝作沒看見薛凱鑫訝異的眼神，「你們放心，我去問他。」

雖然他和孟卻白說好了，但沒談妥前也不敢打包票，他頓了頓才開口詢問，「就不清楚馮哥和程導的意思了？」

馮清和程導交換眼神，面露笑意，「如果孟卻白願意接演，我們這邊當然沒問題，待遇方面我們也會盡最大的努力。你們最近那部電影實在太厲害了，橫掃寒假檔期的票房，倘若兩位能再次共演肯定會引起注目且再創佳績。」

約莫一個半小時的會談至此到了尾聲，雙方相談甚歡，彼此約定好保持連繫後便互相道別，祁洛郢還得趕回片場繼續工作。

一上車，薛凱鑫就忍不住好奇心，「你怎麼會想找孟卻白一起拍戲？」

「沒什麼，之前和他演對手戲時挺有默契的。」祁洛郢望著窗外，避免和薛凱鑫對視，以免被看出眞實意圖。

「我知道你們感情好，但你要小心，最近很多網友都覺得你們之間有曖昧。我還看到幾篇文章繪聲繪影地說你們一起過夜還交換定情信物……」薛凱鑫邊說邊把車子開出停車場，朝著片場前進。

「你別擔心。」祁洛郢不好意思承認自己也看了，甚至看了很多。

「同性愛炒一炒熱度就算了，要是來眞的就不好了。首先，未來想找你演男女愛情片的製作方肯定會有所顧忌，你演得再好說服力也會大大降低，而代言廠商向來保守，考量到性向問題後就算不解約以後大概也不敢續約。總之，如果你眞的和哪個男人交往了，絕對不能曝光。」儘管薛凱鑫覺得不太可能發生這件事，還是進行機會教育，分析利弊給祁洛郢聽。

聞言，祁洛郢嘴邊那句準備吐出的「我想追孟卻白」默默被他呑了回去。

沒關係，等電視劇拍完，他把人追到手，合約也到期了吧？到時候出了什麼事，他自己承擔。

想到合約期滿，祁洛郢還是有些感傷，「薛哥，你之後有什麼打算？」

「能有什麼打算，挖掘新人吧？老闆讓我多花點時間在公司那幾個新來的練習生身上，看看有沒有明日之星，過個幾年說不定比你還紅！」薛凱鑫佯裝生氣地說著，彷彿在掩飾什麼情緒。

「那你挑個聽話的，不要再把自己氣胖了。」

「還用你說？我這次絕對不會重蹈覆轍！這十年來對我的職業傷害太大了！」薛凱鑫大聲說話時，突然覺得西裝好像又變緊了，故作不經意地解開外套釦子，罵了句髒話，「我胖了二十公斤！」

祁洛郢不客氣地笑了一會，只是心裡還有些不捨，「薛哥，要不我們再合作幾年？」

薛凱鑫明白祁洛郢是在問他要不要離開星河娛樂一起打拚。

他一手放在方向盤上，一手手肘靠在車窗上，目光直視前方沒有馬上回答，臉上表情變了變，有激動、有欣慰最後轉為釋懷，他幽幽嘆了一口氣，「聽到你這麼說，不枉費我多年來為你拚死拚活了。」

「我曉得薛哥很辛苦，幫了我很多。」

「嘖，知道就好。」薛凱鑫撇撇嘴，臉上感性的表情沒多久就褪去，恢復成平日嘮嘮叨叨的樣子，「我去年就猜到你不想續約，卻總想著也許還有轉圜的餘地，後來得知你確實不想續約還是很受傷，不過我很快就想開了。我明白你不喜歡現在這樣太過商業化的包裝，而且你的目標在更高的地方，你需要更多思考和學習的時間，緊湊的工作排程太消耗一名演員的能量。你也應該試著往海外發展，而這一切和星河娛樂的策略並不一致，我能力有限，沒辦法在這方面幫助你。」

「薛哥？」

「所以……我還是留在星河帶新人吧。你若覺得阿佑還聽話就帶他走吧，畢竟他是爲了照顧你才聘請的助理，你不在星河也沒合適的工作給他。」

「薛哥果然還是很爲阿佑著想。」

星河娛樂在圈內也算是有名號的大公司，怎麼可能沒地方安插一個助理？薛凱鑫會這麼說，自然是清楚阿佑跟著祁洛郢的發展會比較好——至少祁洛郢在薪資上肯定不會虧待阿佑。

薛凱鑫的一番掏心話把祁洛郢弄得心裡又酸又暖，他這段日子明裡暗裡罵過薛凱鑫無數次，尤其在年輕時對公司決策不滿意或覺得受了委屈，更是罵得毫不留情，恨不得馬上解約奔向自由。薛凱鑫雖然也會氣得回罵，但每次都是對方先結束冷戰主動和他說話、對他示好。

祁洛郢長大後，知道薛凱鑫夾在公司和他之間兩面爲難，平常已經很盡力維護他了……薛凱鑫之於他早已不只是單純安排工作的經紀人，而是如兄長般的存在。

祁洛郢用袖子擦掉眼角泛出的淚水，鄭重地說：「謝謝你，薛哥。」

薛凱鑫伸手拍了拍祁洛郢的肩，「是我該謝謝你。」

他不用轉頭就可以猜到祁洛郢現在肯定滿臉困惑，便笑著解釋，「多少同行羨慕我遇上一個可造之材啊。」

祁洛郢正猶豫著是否要說點什麼回應經紀人難得的眞情告白，薛凱鑫就煞風景地開口，「多虧你，讓我這幾年賺了不少錢。」

祁洛郢瞬間無言以對。

薛凱鑫倒是笑得很燦爛，祁洛郢瞪了他一會，也跟著笑了。

有些事不必說得太明白，也不必搞得淚眼汪汪。你懂我，我懂你，簡單的話語加上一個眼神就夠了。

這天收工後，祁洛郢特別繞路去電視臺，把《金樽醉月》的劇本送給孟卻白，兩三句話就把電視劇的檔期定下來。確認孟卻白有出演意願後，剩下的事情就由萍姐和薛哥出面處理。

合約簽訂後，《金樽醉月》正式開拍前的準備就如火如荼地展開。

不過祁洛郢目前正在拍攝的電影進度落後，連著幾天他都在趕進度，實在抽不開身。馮清便讓服裝設計師直接到片場，趁拍攝空檔幫祁洛郢量尺寸，接著趕回去製作戲服。

至於定裝照則是在祁洛郢收工後的三更半夜拍的，他總共試了十多套衣服，拍完天也快亮了。

孟卻白注意到在布景前神采奕奕、英姿颯爽的祁洛郢一出鏡頭就流露疲態，眼睛甚至都快闔上了，不禁有些擔心，「你還好嗎？」

他是從下午開始拍的，到了晚上本來可以收工先行離開，不用陪祁洛郢熬夜，然而他主動表示可以留下來拍合照，也方便劇組臨時做調整。

這幾天製片與導演會和美術組、服裝設計師開會並就這幾套服裝進行最後的討論，可能會稍作修改，但這些照片已經夠電視劇前期宣傳使用。

祁洛郢現在身上穿的是一套廣袖湖水綠外衫裡襯雪白中衫，腰帶上別著翠綠玉珮，舉手投足飄飄若仙。倘若是平時，祁洛郢肯定會忍不住拍幾張照片作紀念，可是他現在只想睡覺，聽見孟卻白的問題，含糊地回應，「還好，只是想睡了。」

「你的工作排得太滿了。」孟卻白眉頭深鎖，他實在看不慣星河娛樂這樣壓榨祁洛郢。

儘管檔期太滿、工時太長、常態過勞是許多知名明星都會遇到的困擾，孟卻白就是覺得沒必要如此，以祁洛郢現在的片酬來看，他一年只接兩部電影也會帶來一筆很可觀的收入。

「習慣了，等這部電視劇拍完合約就到期了，很快我就能放假。」祁洛郢勉強打起精神，扯了扯嘴角想表示自己沒事，只是這舉動在孟卻白眼裡和強顏歡笑沒兩樣。

祁洛郢這次接演的電影的導演在業界是出了名的吹毛求疵，最喜歡磨戲，因而導致進度落後。最近劇組算著拍攝日程所剩不多，只好日夜趕拍，演員和工作人員都累壞了。

「挑現代劇可以省下不少時間。」古裝劇上妝、戴頭套、更衣都很費時，不僅前期準備花時間，拍攝時也常常早起晚收工。

「哪來那麼多剛好適合我們的劇本？」祁洛郢邊說邊和孟卻白一起走回服裝間，他先是讓服裝師協助脫下戲服，接著坐到化妝臺前，讓化妝師幫忙卸妝及拆頭套。

孟卻白躊躇地開口，「你是看過劇本才接的？」

孟卻白在確定接演時根本沒看完劇本，那天一看見祁洛郢特地到電視臺等他，他想都沒想就答應了。這段期間認眞讀劇本才察覺到故事中兩位男主角實在太過曖昧，上網查資料發現原著小說就是兩個男人在談戀愛！

「嗯。」

「你知道這部是——」孟卻白的話還來不及問出口，轉頭就看見祁洛郢睡著了。

孟卻白和化妝師對視一眼，然後他把食指放在唇上，示意對方別吵醒祁洛郢，化妝師體貼地點點頭。

✦

孟卻白知道祁洛郢這陣子工作忙碌，便極少主動聯繫祁洛郢，好幾次他點開手機通訊軟體，打開聊天視窗，幾句囑咐注意身體的話怎麼都不敢發送。唯一一次把訊息傳出去還是因爲孟母從他背後走近，他被嚇了一跳不小心誤觸傳送鍵。

孟卻白想過收回訊息，又怕造成誤會……

幸好到了當天晚上，祁洛郢回覆了訊息。

祁洛郢：「會的，你也注意身體，期待合作。」

孟卻白看著「期待合作」四個字，開心得嘴角揚起明顯的弧度，接著拿起早就翻了好幾遍的劇本細細讀了起來。

由於《金樽醉月》是仙俠劇，馮清求好心切，請了老師教演員們禮儀、舉止和武打動作。一眾演員在開機前兩週集體特訓，白天按課表上課，晚上由程導帶領在會議室裡坐成一圈讀劇本，簡直比學生的暑期輔導課還充實。

祁洛郢檔期配合不上，晚了三天才進組，不過他拍過不少古裝劇，基本動作駕輕就熟，惡補兩天就能趕上進度。

這次電視劇將到外地拍攝，於是工作人員幫每個人都訂了飯店，一般演員和工作人員大多兩人一間，兩位主演一人一間豪華單人房，不僅房間寬敞還配有小客廳及按摩浴缸。至於萍姐和阿佑則是分別一間標準單人房，不過受限飯店的樓層配置，和孟卻白、祁洛郢不在同一個樓層。

進組前祁洛郢特別交代希望自己和孟卻白的房間相鄰，眾人只當兩人是好朋友，比鄰而居對戲、談工作或者閒話家常都方便。只是沒人告訴祁洛郢，孟卻白也是如此囑咐的，處理住宿的生活製片還以爲兩位主演私下講好了，於是便照他們說的安排了。

祁洛郢進組的第一天，到飯店時已經入夜，他先把行李放進自己房裡，接著打發阿佑走，確定孟卻白就在隔壁後，就迫不及待按了孟卻白房間的門鈴。

孟卻白原本以為進劇組第一天就能見到祁洛郢，不料他盼了三天還不見對方人影。今天傍晚看到祁洛郢發的限時動態還是上個劇組的側拍，以為祁洛郢的電影尚未殺青，心情很是鬱悶。

此時忽然聽見門鈴響起，他一臉不情不願地去開門。

開門前孟卻白習慣先透過貓眼確認門外來人，沒想到竟然是他朝思暮想的祁洛郢。他心裡一慌，反而多廢了點時間解開防盜鍊和門鎖，然而他臉上的情緒波動在開門時已經悄悄斂去。

祁洛郢想給孟卻白驚喜，就沒通知他今晚進組的事，下午電影一殺青他就風塵僕僕趕來。一看見孟卻白，祁洛郢立即綻開笑容揮手，「嗨！我來了！」

祁洛郢手上提著路上買的手工餅乾當伴手禮，也不曉得好不好吃，反正包裝挺漂亮的，俗話說禮輕情意重，重點是他的心意。

「這是——」他正準備把東西遞過去時，視線不經意下移，而後瞬間噤聲，因為孟卻白沒穿衣服。

準確地說，他是上身赤裸，這對男人來說算是尋常不過的一件事，但孟卻白不是一般的男人，他是祁洛郢想追的人、是看了會產生慾望的人。他結實精壯的肌肉線條、窄瘦的腰線對祁洛郢來說根本和性暗示差不多——該死，他不知道視線要往哪放！

祁洛郢努力讓自己的目光維持在孟卻白的脖子以上，「呃……你剛剛在做什麼？」

這個時候孟卻白的房間裡最好不要出現其他人，不然他會崩潰！

孟郤白運動完還微微喘著氣，身上覆著一層薄汗，心思坦蕩磊落，完全不覺得該回房套件衣服，也沒察覺到祁洛郢的不對勁，「在做徒手訓練。」

有必要脫衣服練嗎？祁洛郢在心中暗忖。

「晚上還健身？」

「有空的話，盡量早晚都做。」

祁洛郢隱隱有些擔心，男朋友太勤於健身是不是不太好呢？如果他的體力輸給另一半會不會很沒面子？這是一種原本考試八十分就滿足的人，驀地發現心儀的對象都考一百分，覺得自己不能輸太多的心情。

「你要進來嗎？」孟郤白意識到把祁洛郢晾在門口似乎不太好。

「不了，我也回房間練練吧。」祁洛郢不自然地扯了扯嘴角，內心愁苦不已，難得今晚可以放鬆，結果還得健身。

「對了，這個給你。」祁洛郢把手上那袋手工餅乾遞出去，「記得保密，我只買了一份。」

「謝謝。」孟郤白愣了一下才接過，並決定一個人把餅乾吃完，再把盒子珍藏起來。

這天晚上直至睡前，祁洛郢腦海裡都是孟郤白裸上身的畫面，最後實在忍不住打了通電話給孟郤白。

「睡了嗎？」

「還沒。」孟郤白的聲音帶點鼻音，分明就是睡了。

「掛了，不吵你。」

「沒關係，你說。」幾秒鐘過去，孟卻白聲音已經清醒許多。不小心把人吵醒祁洛郢是有些不好意思，然而把人吵醒卻什麼都不講更莫名奇妙，索性全說了，「從明天開始，你一天不准做超過一次肌力訓練，一次不准超過一個小時，知道了嗎？」

「爲什麼？」

「角色形象啊！難道你忘了湛雲是溫文儒雅的謙謙君子嗎？」祁洛郢努力暗示。他的角色才是攻！孟卻白再這樣認眞鍛鍊下去，到時候畫面不協調怎麼辦！

「我沒忘，但是這和我的訓練有什麼關係？」孟卻白顯然沒接收到暗示。

「相信我就對了。」這解釋起來太複雜也很丟臉，無論是自尊心或羞恥心都不允許祁洛郢坦白。

「好。」孟卻白不再追問。

「晚安。」祁洛郢這才滿意地點了點頭。

「晚安。」孟卻白默默許下願望——希望下次可以在祁洛郢的枕邊聽他說晚安。

演員的職業操守十四：以戲追人也不是那麼十惡不赦

進了劇組之後的祁洛郢和孟卻白幾乎形影不離，從早上醒來一起下樓吃早餐，接著一起共乘一台車進訓練室上課，下課一起回飯店，晚上再一起用餐、參加劇本圍讀會，最後互道晚安結束一天的行程。

無論是年輕漂亮的女演員過來打招呼，還是一起練劍的前後輩們上前搭話套交情，祁洛郢或孟卻白都沒有要分開的意思。

萍姐注意到兩人在人前互動雖不算特別熱絡，卻熟稔有默契，常常一個眼神或動作就能了解對方的意思。

她知道孟卻白還喜歡祁洛郢，只是不清楚祁洛郢的心思，不過從這幾天祁洛郢的眼神能感覺到孟卻白並不是完全沒有機會。

然而萍姐已經看過太多聚散離合，明白感情講究水到渠成，旁人著急也沒有用。於是打算任其發展，並抱持樂見其成的態度，每次打點好工作的事就會適時地離開把空間留給他們。

唯獨阿佑仍舊狀況外，他總是在祁洛郢身邊打轉，比如在兩人靠近耳語的時候，過來問祁洛郢累不累、要不要喝飲料吃東西；在兩人聊天笑得開心的時候，通知他們飯店今天午夜十二點後沒有熱水。

「這種事不用現在告訴我。」談話被打岔，祁洛郢臉上的笑容瞬間僵住。團體上課的缺點就是人多，祁洛郢好不容易能單獨和孟卻白聊天，卻被打斷，而且兇手還是他的助理，這讓他不禁認眞思考未來是否眞的要帶阿佑一起走……

「現在不是休息時間嗎？我特地等到這個時候才說的。」阿佑不曉得哪裡做錯了，茫然地抓了抓頭，仍不忘提醒工作，「《幻網》下週要上架串流媒體，平臺方希望你可以錄一段大約一分鐘的宣傳短影片。」

祁洛郢又氣又無奈，他總不能跟助理說他正在和預定的男朋友人選培養感情，暫時謝絕一切打擾。

他只能咬牙切齒地用語氣暗示阿佑離他遠點，「我知道，早上薛哥和我說過了，謝謝你的提醒。另外，我覺得最近保母車發動時有一些奇怪的聲響，請你開去檢查一下。」

「呃……有嗎？我怎麼沒聽到？」阿佑很認眞地回憶著，然後和祁洛郢對視了兩秒，遲鈍地接收到祁洛郢希望他離開的暗示，連忙改口：「爲了安全起見，我、我還是把車開去檢查好了。」

祁洛郢滿意地看著助理的背影消失在他的視線，轉身面對孟卻白又是一張笑容明媚的臉，「我們剛剛聊到哪裡？」

「說到你第一次拍古裝劇還不會騎馬。」孟卻白的神情不特別熱絡，唯獨看著祁洛郢的眼神分外溫柔，嘴角總是上揚。

「哦，《對月長歌》那時候眞的很慘……」祁洛郢聞言立刻想起來了，便把沒說完的話繼續說下去。

孟卻白認眞聽著，有些事情他曾經從媒體上得知，有些事祁洛郢從沒對人說過，不管是哪一種他都聽得仔細，不想錯過一字一句。

祁洛郢沒追過人，更沒追過同性，對於追求人時都聊些什麼話題沒有概念。他演過霸道總裁、花心富少、痞帥刑警、黑心律師……腦中累積了大量的撩妹臺詞，此刻卻沒能派上用場。

縱使孟卻白沒有表現出任何不耐，祁洛郢仍不放心地問：「聽我說工作的事是不是很無聊？」

「不會。」

「那我也想聽你說，你那部電競電影都在打電動嗎？綜藝節目有沒有什麼祕辛？」祁洛郢試圖引導孟卻白聊聊自己。

他想拉近和孟卻白之間的關係、想知道有關孟卻白的一切，網路上關於他的報導祁洛郢都看過了，至於報導裡沒有提到的他想聽孟卻白說。

孟卻白思考片刻，冷冽的聲線染上幾許溫度顯得平易近人許多，「拍攝時都是盯著螢幕快速按幾下鍵盤做做樣子而已，滿無聊的。祕辛很多，但不能在這裡說。」

祁洛郢眼睛一亮，其中還透著幾分狡黠，他揚了揚眉，「晚上去你房間聽你說？」

「好。」

祁洛郢保持微笑，內心暗暗歡呼，他努力了兩週總算有突破性的進展，終於不用像之前一樣，互道晚安後各自回房。

然而這天晚上，孟卻白還眞的就只說了綜藝節目裡的祕辛。兩人一人一張沙發，隔著一段距離坐在房間的小客廳裡，天南地北聊了一整晚，純潔得連對方一根手指都沒碰到。

最後，祁洛郢失落地回到自己的房間，恨恨地做了兩個小時的肌力訓練，弄得滿身是汗精疲力竭。

他爲了追男朋友……呃，爲了上鏡頭好看，叮囑孟卻白訓練量減半的那晚開始發憤圖強，並瞞著他把自己的健身計畫從兩天一次調整爲一天兩次，希望在正式開鏡時能看見成果。

祁洛郢洗完澡，把頭髮吹到七八分乾就沒耐心地跳上床拿出手機，點開和孟白白的聊天頁面，想尋求一些有用的建議。畢竟兩週的集訓已到尾聲了，他和孟卻白卻幾乎沒有進展，這樣下去不行。

水各一方：「在嗎？」

孟白白：「嗯。」

水各一方：「追人好難。」

孟白白：「還沒追到嗎？都過好幾個月了。」

與祁洛郢只有一牆之隔的孟卻白略感訝異，他以爲祁洛郢已經和姚可樂交往了，怎麼現在仍在煩惱追求人的事？

水各一方：「工作太忙了。」

孟卻白親眼見過祁洛郢忙到連睡覺都挪不出時間的樣子，完全理解他爲什麼沒空追姚可樂，他突然發現祁洛郢工作排太滿也不是沒有優點……不過這個念頭只一閃而逝，他終究捨不得看祁洛郢把身體累壞。

孟白白：「那也沒辦法。」

水各一方：「我浪費太多時間了，最近準備趕進度，你有沒有什麼方法？」

孟白白：「沒有。」

水各一方：「一定有吧？隨便說一個？」

孟卻白實在不想幫祁洛郢追姚可樂，卻又不忍心拒絕祁洛郢。

孟白白：「你告白了嗎？」

祁洛郢看著這行字內心既尷尬又無措，他曉得那是最快的途徑。在進組第一天敲孟卻白房間的門時他就應該告白，直接問孟卻白還喜不喜歡他，或者主動親上去，看孟卻白會回吻還是推開他？

水各一方：「我說不出口。」

祁洛郢慶幸孟白白不知道他是誰，如此一來他還能對他袒露懦弱膽小的一面。

其實他早已無數次想像並練習過浪漫的告白，可是他一看到孟卻白就無法說出口，加上他曾拒絕過對方，還說過自己不能接受抱著一個男人……假設孟卻白已經不喜歡他了，他會有多丟臉？接下來三個多月的拍攝工作他該怎麼度過？

祁洛郢清楚他在愛情裡舉棋不定、猶豫不決，就算確定心意了，依然畏首畏尾，連他都討厭這樣的自己。

另一邊的孟卻白則開始沉思，他不確定該不該鼓勵祁洛郢，還是告訴祁洛郢不用急？畢竟他存有私心，不希望祁洛郢和他以外的人交往。

孟白白：「我能理解，告白被拒絕會很難過。」

水各一方：「你後悔嗎？」

對於這個問題，孟卻白不需要思考就有答案——他從來沒後悔過喜歡祁洛郢。學校裡人那麼多，他能和祁洛郢相遇是一件很幸運的事。當年，十五歲的祁洛郢就像一顆閃亮的星子出現在他的生命裡，吸引著他追逐了十一年，甚至可以說，他想讓自己變得更好都是因爲祁洛郢，他已經成爲他生命中的一部分。

孟白白：「不後悔，我依然無可救藥地喜歡著他。」

眞傻啊……祁洛郢盯著這句話陷入一陣沉默，久到孟白白已經把今天誤入祁途裡的貼文都看過、處理完後援會的入會申請和社團裡的違規發言，然後默默下線。

幾分鐘過去，祁洛郢才有了動作，他被孟白白義無反顧的愛深深觸動，他知道孟白白不需要安慰也不需要鼓勵，他就是有些心疼。

水各一方：「能被你喜歡，他很幸運。」

✦

《金樽醉月》的集訓課程結束後，隔日就直接開始正式拍攝。

第一幕戲要拍的是清心宗掌門首徒湛雲，和失散十年的師弟慕淮同時也是醉月樓樓主莫盡歡相遇的橋段。漫天桃花飛舞，莫盡歡吹著玉笛御劍從天而降，解救了被圍攻的湛雲。

挑高的攝影棚裡四面已經搭好綠幕，周圍布置了幾株假花、假草，後期會把背景處理成桃花林。工作人員忙進忙出，調整拍攝環境、測試收音等等，導演和攝影師則在確認鏡位。

祁洛郢和孟卻白正在化妝室裡做準備，兩位演員的身邊都有一組人幫忙打理妝髮與衣著。

孟卻白剛換好戲服，一身白衣看似簡單，實際上他裡外起碼套了三件衣服，最外面的是一件銀白滾邊的寬袖刺繡長袍，束上幾圈腰帶，勒出他勁瘦的腰線。烏黑的長髮一半用髮帶束起，其餘自然垂落，額角處留有兩縷髮絲，整個人看起來氣質冷冽、仙氣飄飄。

祁洛郢今天要吊鋼絲，完妝後得先套上吊鋼絲用的裝備，那裝備看起來就是幾條綁帶的組合，帶子從腰上、兩腿腿根和胯間繞過並緊緊固定，接著再穿上戲服。

祁洛郢拍過幾部古裝劇，其中曾飾演武功高強三不五時就得吊鋼絲的角色，這些動作對他而言不算陌生。儘管被帶子勒著腰胯不太舒服，一整天下來經常瘀青或磨到破皮，但他從不喊苦，總是敬業地默默忍痛直到完成拍攝。

祁洛郢穿戴完畢，發現孟卻白已經準備好了正盯著他，玩興突起，衝著孟卻白擠眉弄眼，「師兄，今天就看我英雄救美了。」

孟卻白搖頭，「莫公子，你這時候還沒記起我是你師兄。」

「至少還是英雄救美。」祁洛郢順了順衣袖，笑著朝孟卻白走來。

孟卻白微微蹙眉，隨口接上一句臺詞，「美你個頭。」

祁洛郢馬上入戲，跟著說出下一句，「那是，再怎麼說我也是英俊瀟灑的翩翩濁世佳公子。」

孟卻白瞪了祁洛郢一眼，「看不出來。」

幾句話間，祁洛郢走到孟卻白的身邊，「走吧，去外面看看。」

「好。」

兩人相視一笑，並肩往外走去，一青一白，衣袂飄揚。

進入攝影棚後，工作人員立刻領著兩位主演分別站到定位。

動作指導瞧見孟卻白便過來打招呼、遞上道具劍，同時告訴孟卻白待會要拍攝的動作。動作指導做一遍，孟卻白跟著做一遍，練習幾次後倒也有模有樣，一旁十幾個動作組的臨演換好黑衣蒙面裝束後也加入了排練。

這一場會先拍孟卻白被圍攻陷入苦戰的鏡頭，接下來才輪到祁洛郢吊著鋼絲華麗登場。

另一頭，祁洛郢被帶到吊鋼絲的設備處，他禮貌地向眾人打了個招呼，主動拉開外袍露出腰間束帶的扣環，兩名工作人員見狀就將綁著鋼絲的鎖扣扣在他腰部的兩側。鋼絲盡頭有人力拉著，藉由滑輪就可以省力地將人拉起，讓演員演繹在空中飛上飛下的畫面。

鋼絲組的動作指導先教祁洛郢幾個安全守則，才把他拉升到三米左右的高度，適應被吊起時如何在空中保持平衡，接著遞給他一支道具玉笛，開始指導稍後拍攝需要做的動作。

祁洛郢求好心切，爲了姿勢好看，縱使兩腿腿根被勒得發疼，腰背也很不舒服，仍專心地演練數次，直到動作指導豎起大拇指，才下到地面，解下扣環到一旁休息。

跟著過來的阿佑連忙遞上水，祁洛郢接過喝了一口就把水瓶還給阿佑，隨手把玩著玉笛，和他的專屬道具培養感情，以便在鏡頭前舞起笛子時如臂使指。玉笛之於莫盡歡既是樂器也是武器，祁洛郢作爲一個演員可以不會吹笛子，但在鏡頭前必須帥氣。

休息時，祁洛郢也遠遠望著孟卻白那邊的拍攝狀況。

在祁洛郢練習的這段期間，孟卻白也拍完了幾個鏡頭，此時就能看出集訓時劍術課的成果。孟卻白持劍傲立，身姿挺拔，揮劍時牢記劍法的幾個口訣，動作流暢到位，比較複雜的動作也在拆解拍攝下順利完成。

又過了大約一個小時，就有工作人員來請祁洛郢準備出場。

於是，祁洛郢再度來到鋼絲吊索前扣上扣環，升到五六米的高度，準備下一幕。

導演確認大家準備完畢，拿起大聲公，「三、二、一，Action！」

鋼絲組的工作人員賣力拉動設備，祁洛郢擺好姿勢，將玉笛放在唇邊做出吹奏的樣子，從空中瀟灑地落下。孟卻白周圍那些原本還猛烈攻擊的黑衣人瞬間定住，接著面色痛苦慢慢倒地。

在故事裡吹著笛子的莫盡歡使用了笛音催動祕術，讓圍攻湛雲的黑衣人經脈爆裂而亡，此處後期加上特效，畫面會更生動好理解。

由於這是莫盡歡在《金樽醉月》裡第一次的華麗出場，程導認爲這場戲至關重要不容妥協，舉凡風吹得衣服、頭髮不夠飄逸，或者頭髮不小心遮臉都得重來。除此之外，一個角度過了之後，還有另一個角度得拍。

儘管祁洛郢的兩條腿已經開始發麻，對於一遍遍重來仍沒有意見，他早做好要拍一整天的心理準備。

演員不喊累，導演也拍到興頭上沒有要叫停的意思，不過大概是拍了太多次，拉鋼絲的工作人員滿臉大汗，衣服更是早已汗濕。雖然有兩組人輪流上陣，但其中一組有人脫力拉不住鋼索，旁人發現趕緊上前幫忙，然而鋼索一下子放得太快，連帶鋼索上的人也跟著迅速下墜。

此時的祁洛郢雖然比較靠近地面，但驟然放下一大段鋼絲，且在重力加速度下他根本不可能平穩落地。即便祁洛郢吊鋼絲的經驗豐富，當下察覺不對勁時，除了護住頭部和臉部外他也沒有更好的應變方法。

一直關注著祁洛郢的孟卻白幾乎是在瞬間就丟開手上的劍，用最快的速度衝上前接住祁洛郢，也不管途中是否撞到了人。

孟卻白眼明手快，準確地接到祁洛郢，只是祁洛郢墜地速度太猛，衝擊力道沒辦法一下子卸掉，他知道自己硬接肯定會受傷，索性緊緊抱著祁洛郢往旁滾去。

意外發生得太快，眾人大多來不及反應，驚呼聲和墜地聲同時響起，等大家回神後，兩人已經滾了好幾圈，停在一顆假桃花樹前。

鋼絲組的工作人員連忙趕過來把祁洛郢身上的扣環拆下，再幫忙把纏在他們身上的鋼絲解下。

兩位主演一起出事，沒有人能保持淡然，就連程導都從椅子跳起來，急急忙忙撥開圍觀人群，「還好嗎？有沒有哪裡痛？手腳能動嗎？」

祁洛郢餘悸猶存，臉色不太好，爲了不讓旁人擔心，勉強撐起笑容，「還好。」

孟卻白擔心的目光落在祁洛郢身上，聽見導演問話只簡短回了句，「我沒事。」

程德智做執導工作多年，知道事情的輕重緩急，通知馮清一聲後當機立斷，「身體要緊，你們先去醫院檢查。今天這幕也拍得差不多了，剩下幾個特寫過幾天再補拍就好。」

語畢他轉頭對著生活製片喊，「快請司機開車過來，帶他們去最近的大醫院。」

既然沒有大礙，祁洛郢和孟卻白一一站起。

祁洛郢不曉得自己的腳是被鋼絲吊麻的還是摔麻的，站起來的時候他大幅度地晃了晃，把在場工作人員的心都嚇涼了，孟卻白更是瞪大雙眼差點被嚇得心臟停止跳動。

孟卻白的聲音發顫，「能走嗎？」

「嗯。」祁洛郢稍微扭動手腳，感覺腳上的血液開始活絡過來，怕大家不信，他還走了幾步表示自己眞的沒事。

孟卻白一顆懸著的心總算放了下來，情不自禁上前給了祁洛郢一個擁抱，輕輕撫著他的背，「還好你沒事。」

祁洛郢愣了一下，回抱孟卻白，「謝謝你，又被你救了一次。」

「不用謝。」

圍觀的工作人員見狀也跟著鬆一口氣，暗自慶幸劇組運氣不錯，另外也都說祁洛郢和孟卻白果然交情好，是如手足般的眞朋友。

祁洛郢因爲腳麻走得慢，孟卻白配合他的速度亦步亦趨跟在身邊。回到化妝間，服裝師、化妝師接獲主演出了意外要去看醫生的消息，手腳俐落地替他們拆頭套、卸妝、換衣服。

兩人脫掉戲服才發現彼此手腳都有幾處擦傷和瘀傷，祁洛郢過往拍戲就受過幾次傷，這些小傷還能忍耐。可是他一看見孟卻白手臂上的一道十公分的傷口正往外滲血，馬上變了臉色，「你不痛嗎？這麼長的傷口也不吭一聲？」

旁邊的服裝師、化妝師收拾完東西也湊過來看，接著不由自主倒抽一口氣，小聲地討論起來。

「好長的傷口，這要包紮吧？」

「不能包紮，要先消毒！」

「不能再看了，我有點暈血。」

「我記得道具組好像有急救箱？」

孟卻白態度鎮定，瞥了一眼自己的手，表情不變，語氣平穩，「一點小傷而已。」

「你坐好，不准動。」祁洛郢拋下這句話就去翻阿佑放在櫃子裡的背包，拿出一個藍色帆布收納袋。

他平時拍戲都會帶急救包，裡面包含一些簡單的救急的藥品，像是繃帶、紗布……甚至連止痛藥都有。

剛接到通知的阿佑匆匆推開休息室的門，語氣焦急，「祁哥，你哪裡受傷了？我聽外面的人說你吊鋼絲摔下來了。」

「我沒事，你幫我把東西收一收，等一下要去醫院。」祁洛郢頭也不回地交代助理，一邊從急救包裡拿出生理食鹽水、碘酒和棉棒，拉了張椅子坐在孟卻白旁邊，「我先幫你簡單處理，你忍一下。」

「我不怕痛。」孟卻白不去看傷口，只看著那張爲他擔心的臉，彷彿這樣就可以忽略隱隱傳來的痛楚。

「你們都要去醫院？是不是傷得很重啊？小白的傷口好長，怎麼弄的？」阿佑在祁洛郢身邊探頭探腦，見到孟卻白手臂上淌著血，慌亂地連問好幾個問題。

自從阿佑發現孟卻白小他一歲後，就問孟卻白能不能叫他小白，孟卻白不是很在意稱呼隨口答應，反倒是祁洛郢聽了覺得有點怪怪的。

「還不去收東西？」祁洛郢轉頭瞪向阿佑，用肅殺的眼神把助理趕走。

阿佑和祁洛郢視線相接，身體往後縮了一下，「去醫院的事要不要跟薛哥說一聲？」

「說吧，反正瞞不住，我們只是檢查一下而已，你別講得太嚴重。」

「我知道了。」阿佑發現自己確實插不上手，便去整理包包。

祁洛郢用生理食鹽水把傷口上的髒污沖洗掉，拿棉棒沾著碘酒幫孟卻白的傷口消毒，同時低聲道歉，「不好意思，害你受傷了。」

「不是你害的，不用自責。」孟卻白抿著唇沒喊痛。

但滲血的皮肉碰到碘酒時，還是讓孟卻白的手臂微微輕顫，祁洛郢見狀立刻把力道放得更輕。

孟卻白低頭看見祁洛郢的褲子膝蓋處有一塊褐色污漬，連忙要求祁洛郢停下動作，「你也受傷了，先處理你的。」

「有嗎？」祁洛郢順著孟卻白的視線看向自己的膝蓋。

「這沒什麼，有一次我拍一場需要爬樹的戲，收工後整條腿都是擦傷。」祁洛郢無所謂地笑了笑。

孟卻白不覺得好笑，眉頭皺得死緊，壓低聲音，語氣裡多了幾分命令的意味，「快去處理你的傷口，難道你希望我幫你脫褲子？」

孟卻白的話引來周遭幾道好奇的目光，他們似乎聽見孟卻白說要脫祁洛郢的褲子……應該是好朋友在互相開玩笑吧？

可是為什麼兩人的表情看起來不像在開玩笑啊？

祁洛郢敏銳地察覺到四周詭異的眼神，大家不僅停下了手邊的工作，還有人默默拿起手機……爲什麼連阿佑都嘴角上揚一副期待好戲上演的樣子？

「你別動，我自己來。」祁洛郢連忙起身快步走進更衣室換了條短褲，方便處理膝蓋的傷口。

他不是不願意讓孟卻白幫他脫褲子，只是現在時間、地點、情境都不對，半點浪漫的氣氛都沒有啊！

孟卻白和祁洛郢剛簡單包紮完身上的傷口，生活製片就來催他們趕快上車就醫，避免節外生枝。於是兩人迅速換上低調的私服、戴上帽子與口罩把臉遮得嚴嚴實實，坐上劇組的九人座交通車。

萍姐原本在片場附近辦事，接到通知就趕了回來，一起出發去醫院。

兩位主演離開後，劇組並未因此停工，而是提前拍攝沒有主演的幾幕戲。

《金樽醉月》劇組租的攝影棚在市郊，距離最近的醫院差不多半個小時的車程。那是間小型綜合醫院，這個時間碰巧沒有骨科門診，生活製片就讓司機直接開到急診。

醫院內病人稀稀落落，平時白日這裡多是中老年人，兩位知名男演員默默坐在急診櫃檯旁的候診椅上，雖然有些顯眼卻沒有引起圍觀。但由於「祁洛郢」和「孟卻白」都是兩人的本名，在掛號時櫃檯人員不免發出一陣驚呼，生活製片聽見後立即以他們身體微恙，不想引起騷動當理由安撫了。

萍姐通達人情世故，明白大家難得看到明星，本來就比較按捺不住興奮，便跟祁洛郢和孟卻白私下拿了數張簽名，分送給幾位自稱是粉絲的醫護作紀念。

今天的急診部門不忙，很快就輪到他們看診，醫生了解意外經過後讓兩人照了幾張X光、進行腦部斷層掃描，確認有沒有骨折以及其他問題。

等待檢查結果的期間，有護理師先來幫祁洛郢和孟卻白的外傷重新上藥包紮，他們倆身上的瘀青和皮肉傷大多集中在手腳和背部。年輕的護理師知曉兩人的身分，手上的動作格外輕柔，然而在心情激動下一不小心把棉棒往傷口裡戳。

祁洛郢痛得抽了口氣後大度地對護理師笑了笑，護理師嚇一跳，連忙打起精神，孟卻白則是從頭到尾維持著同一個表情，只有在聽見抽氣聲時往身邊看了幾眼。

檢查結果出來後，兩人各自進診間看X光片，燈箱上夾著黑白片子，骨頭形狀完整也沒有裂痕或錯位。

醫師判斷祁洛郢和孟卻白沒有住院的需要，謹慎地交代了相關的衛教知識，提醒未來若有任何狀況都得回來就醫等等，最後開了些消炎止痛的藥才放他們走。

儘管祁洛郢原本就不覺得自己傷得有多嚴重，卻也是直到現在才真正放下心，在得知道孟卻白也沒有大礙時，由衷地感嘆，「太好了。」

孟卻白點頭，與他相視一笑，「嗯。」

萍姐、阿佑分別拿著孟卻白和祁洛郢的處方箋等著批價領藥，而生活製片則收到劇組傳來的臨時採購單，順道去醫院旁的藥局再買些常備藥品，有備無患。

兩位男演員身高腿長，就算只露出雙好看的眼睛依舊頗爲引人注目，路過的民眾總會好奇地瞧上兩眼。爲了避免被認出來造成騷動，萍姐就叫他們先回車上。

劇組的司機幫兩人開車門後就去醫院裡上廁所，並找地方抽菸打發時間去了。

交通車的後座上，祁洛郢和孟卻白各坐一邊，祁洛郢看著孟卻白手臂上的紗布，心中的罪惡感始終揮之不去，「你的傷口還痛嗎？抱歉，連累了你。」

「你不用自責，沒有人想出意外。」孟卻白搖頭，他情急下跑去救祁洛郢不是爲了讓對方感到內疚。

祁洛郢凝視著孟卻白，試圖看出孟卻白是不是還喜歡他，「你人眞好。」

孟卻白想反駁，他不是對每個人都這麼好……只是馮清關心的電話突然打來，他問了兩人的情況，滿懷歉意地鄭重道歉，並保證以後會在安全方面特別加強，避免再次發生意外。

通話結束之後，他們沒再繼續方才的話題，改口聊起對這個城市的印象、劇本臺詞背得熟不熟……沒多久，孟卻白又接了一通電話——是孟母急匆匆地打來詢問兒子狀況。

孟卻白安撫母親的同時，祁洛郢在旁邊滑手機，他有些激動地找孟白白回報戀愛進度。從意外發生到現在，他一直表現得堪稱鎮定，其實思緒早已百轉千迴，既愧疚又開心，種種心情揉合成一股難以言喻的滋味。

水各一方：「今天工作時出了點意外，被喜歡的人救了。」

水各一方：「出事的瞬間，我眞的以爲自己可能要沒命或半殘了。」

水各一方：「我實在不敢置信他會過來救我，卻又爲此暗自竊喜。」

水各一方：「我不該高興的，我不想連累他，但在知道他還是意我的時候就是克制不了。」

水各一方：「我不確定他是不是對每個人都這麼好……」

水各一方：「慘了慘了，這下我不告白不行了。」

祁洛郢一股腦只想著把今天的事都說給孟白白聽，過了一下才發現訊息明明顯示爲已讀，可是孟白白一句話都沒回，以往他不會這樣……

水各一方：「在嗎？」

孟白白：「你說的該不會是孟卻白？」

祁洛郢嚇得後背冒出了冷汗，孟白白怎麼會知道？發覺不對勁的祁洛郢馬上轉頭看向身旁的孟卻白。

孟卻白已經掛斷電話，正盯著手機，螢幕上似乎是個聊天視窗，他發現祁洛郢的目光後，心虛地按下手機螢幕鎖定鍵。

祁洛郢心裡驀地有了推論，只是他對於這個想法感到荒謬至極，「你是孟白白？」

孟卻白肢體有些僵硬，即便在丟出那個問題時他就清楚自己可能瞞不住了，不過比起網路身分曝光，他更想知道祁洛郢是不是眞的喜歡他？

孟卻白深呼吸一口，迎向祁洛郢的視線，語氣堅定，「是。」

祁洛郢腦子一片空白，眼睛眨了眨，艱難地擠出了一個問句，「你知道我是誰？」

孟卻白曉得他是在問水各一方這個帳號，便微微頷首，「一開始不知道，後來知道了。」

祁洛郢眼睛瞪大，驚訝得啞口無言。

為什麼孟卻白就是孟白白？

孟卻白加入他的後援會幹麼啊？

但孟卻白說過他喜歡祁洛郢很久，加入後援會似乎很理所當然？

等等，這不就表示他混進自己後援會社團的事情曝光了！

更丟臉的是，他到底都跟孟卻白在網路上說了什麼啊！

和祁洛郢差不多崩潰的還有孟卻白，他並不想在這樣的情況下和祁洛郢相認。他想過向祁洛郢坦承他是孟白白，然而隨著水各一方和孟白白聊得越來越多，他就發現他們最好不要相認比較好。

倘若祁洛郢得知自己把誰當作戀愛顧問，肯定無地自容，他也不想面對一開始把祁洛郢當黑粉、對祁洛郢本人勒索照片、教祁洛郢壓買自己的週邊商品的黑歷史。他甚至還讓祁洛郢讀到他寫的那些瘋狂粉絲才會寫的文章——他冷靜理性的形象蕩然無存！

一陣尷尬的沉默後，祁洛郢緩緩開口，「你知道我喜歡你？」

孟卻白的心臟跳得飛快，不確定該不該克制此刻蜂擁而出的狂喜，他不敢相信祁洛郢真的喜歡他，「你……喜歡我？」

「你瞞了我那麼多事情，現在只有我可以問問題！」祁洛郢被問得臉上一熱，一時拉不下面子，不過一想到孟卻白居然瞞他這麼久，頓時理直氣壯，挺直了背脊，語氣鏗鏘有力，「你還喜歡我嗎？」

孟卻白苦笑，「孟白白不是說過了嗎？雖然他的告白被拒絕，但他還是喜歡著對方，沒救了。」

「孟白白的告白對象是我？」

「不然還會有誰呢？」

「我不知道很合理吧？誰會猜到粉絲說的告白對象是偶像本人啊？我不是說你不准問問題嗎？」

祁洛郢的心情很亂，他覺得自己特別傻，這兩個名字分明那麼相似！

他曾經問過孟白白是不是喜歡孟卻白，卻根本沒想過孟白白就是孟卻白，畢竟初次見面時，孟卻白那冷冰冰的態度怎麼看都不像是粉絲見到偶像的樣子。

「你眞的是我的粉絲？」祁洛郢很難把網路上那個對他瞭如指掌的孟白白和眼前的清冷男人畫上等號。

「我成爲你的粉絲是爲了了解你的一切，我是追你，順便追星。」只是追得太認眞就變成後援會社團管理員，還變成粉絲裡特別狂熱、說話有分量的人……

祁洛郢掩面，一陣語塞。

孟白白除了容易用照片收買外一直都很理性、健談、善解人意，他在社團裡一篇文章的字數比孟卻白一個禮拜說的話加起來還多，祁洛郢怎樣都無法把這兩個人想到一塊去啊！

「你怎麼發現我就是水各一方的？」祁洛郢想破了頭還是不明白，自己到底是如何被發現眞實身分的。

「你喝醉那天，我送你回家的時候看到你的手機畫面。」

「不可能啊，我的手機應該鎖定螢幕了吧？」祁洛郢面露狐疑。

「我用孟白白的帳號傳了訊息給你，你的手機同時跳出通知。」孟卻白頓了頓又補充，「之前我本來就有幾分懷疑，只是在那個時候才確認。」

祁洛郢記得孟白白問過幾次水各一方的身分，都被他含糊帶過了。畢竟就算有人懷疑水各一方就是祁洛郢，基本上也無從驗證，只是他就這麼剛好遇上了可以驗證這件事的孟卻白。

思考到這裡，祁洛郢眞想挖個洞把自己埋了。

「你知道後怎麼不告訴我你就是孟白白？」孟卻白當然可以在網路上有個私人帳號，但他得知水各一方是自己後不是應該打個招呼嗎？

「我想告訴你，可是你說你是阿佑……」孟卻白的眼神很無辜。

祁洛郢不只想挖個洞把自己埋了，他恨不得回到過去把那個分身帳號早早刪除！

「後來你說你有喜歡的人了，我想這樣的時機可能不適合坦誠相認。」

確實很不適合！祁洛郢以手掩面仰天長嘆，半晌，尷尬和羞恥好不容易褪去了一些，他腦子裡混亂的思緒也沉澱下來，「這下你知道我喜歡誰了吧？」

孟卻白語氣幽怨，「我以爲你喜歡姚可樂。」

「不可能！」祁洛郢堅決否認，他完全沒想過要和姚可樂交往甚至上床好嗎？

「你對他告白了。」

「那是綜藝節目！你上網搜尋就知道了。」

「也許你們不想對外公開，所以假裝只是好朋友。」孟卻白曉得綜藝節目的事，然而他也看到社團裡有人猜測祁洛郢和姚可樂正在交往，才會用這種方式公開曬恩愛。

「不可能就是不可能！」祁洛郢發覺孟卻白的語氣越聽越可疑，「你該不會吃醋了吧？」

「是。」孟卻白也豁出去了，既然最尷尬的事已經被發現了，再被發現自己吃醋也無所謂了。

祁洛郢不敢相信孟卻白竟然會吃姚可樂的醋，他和姚可樂看起來根本不像情侶吧？不過，這樣的孟卻白有點可愛，讓他想抱緊處理。

「你想和我交往嗎？」告白的話太難說出口就不說了，反正他已經對孟白白承認自己喜歡孟卻白了。

孟卻白原本無措的臉上先是浮現訝異，接著迅速被喜悅淹沒，祁洛郢很少看到孟卻白笑得那麼開心，彷彿得到了全世界般幸福。

「我願意。」

這個回答怎麼那麼像答應求婚時的臺詞？

「我不是問你要不要結婚！」

孟卻白笑得有些靦腆，「結婚也願意。」

「沒有要結——」

祁洛郢的話還沒說完，一雙柔軟的唇就貼了上來，周身被他覬覦許久的熟悉氣息包裹，心跳不受控制地狂跳，他伸手搭向孟卻白的脖頸，熱烈地回吻，溫柔而纏綣。

這個吻既熟悉又陌生，只是這次沒有人再小心翼翼、沒有人在演戲，他們是因爲眞心相愛，所以親吻對方。

唇舌交纏片刻，祁洛郢和孟卻白才氣息不穩地分開，望著對方的眼裡都有幾分意猶未竟，但他們也清楚再吻下去會克制不住自己。

兩人還在交通車上，醫院停車場裡人來人往隨時可能被看到，而且其他人差不多也該回來了，若被撞見可不是一件小事。

祁洛郢用手背擦掉唇上的津液，手指順勢撫過雙唇，喃喃地說著，「是不是腫起來了？」

同時他也瞧見孟卻白還深情地凝視著他，眼裡的愛意不再收斂，大膽而直接。

原來他一直被深愛著，要是他早點察覺，之前根本不用擔心孟卻白不喜歡自己，也不用猶豫好幾個月才表明心意。

孟卻白的唇色紅潤帶點水光，祁洛郢看著有些不好意思，遞了張面紙過去，「你擦一擦。」

孟卻白笑著接過，再用空著的另一隻手握住祁洛郢的手，祁洛郢裝模作樣地掙扎了一下就順從地讓孟卻白牽著，「這一天像是做夢一樣。」

是啊，祁洛郢也有相同的感受。

生活製片和司機一起回來，手上都提著兩大包東西，看來除了醫療用品外還買了不少生活必需品。萍姐和阿佑沒多久也上了車，兩人除了領藥外還去開了診斷證明，所以耽擱了點時間，一行六人原班人馬踏上回程，在半小時的車程後回到郊外的飯店。

這晚，祁洛郢和孟卻白都有些亢奮，卻都努力按捺著，規矩地只打了視訊電話看著對方的臉聊到睡前都還捨不得關。他們都想敲開隔壁的房門，和喜歡的人相擁入眠，無奈顧忌彼此身上還有傷，不宜房事。

✦

《金樽醉月》持續拍攝。

天色微亮演員就得進劇組化妝，打點完妝髮造型一個多小時就過去了，接著就是一整天的拍攝行程。

棚內戲有冷氣還算輕鬆，拍外景時就是一種煎熬了。於三十度的高溫中穿著層層疊疊的古裝戲服，就算演員在鏡頭前能裝出神清氣爽飄然若仙的樣子，也無法控制戲服下的出汗量，脫妝事小，更難受的是快要中暑的感覺。

即便是這樣辛苦的拍攝工作，祁洛郢仍覺得格外幸福，他一早洗漱後就能見到孟卻白，一邊梳化一邊吃早餐聊天。祁洛郢看孟卻白經常玩某個手遊，就讓孟卻白也幫他下載，玩遊戲時遇到問題就纏著孟卻白問。

孟卻白知道祁洛郢是想多了解他，便不厭其煩手把手地教了。祁洛郢不常玩遊戲，技術生疏就用金錢彌補，沒幾天就全身穿著頂級裝備華麗上線，和孟卻白組隊闖過了好幾個困難副本。

孟卻白不知道祁洛郢每天深夜收工後堅持鍛鍊兩個小時才休息，但他察覺到祁洛郢的黑眼圈日益明顯而且還瘦了一點。於是白天有空檔時他讓祁洛郢能睡就多睡一點，自己先把臺詞和走位記熟，接近開拍時間才叫醒祁洛郢，兩人簡單對一次戲就開始拍攝。

祁洛郢得知這件事覺得男友力受挫，暗示又明示地告訴孟卻白有關表演上的問題都可以問他，他們可以互相切磋學習進步——結果弄巧成拙，同劇組的年輕演員們聽見了就經常來向祁洛郢討教演技兼拉近關係。

資深的前輩演員認爲祁洛郢對表演工作充滿熱情，偶爾也會過來跟祁洛郢討論他還有哪裡可以演得更好。

除了這一點點不順外，祁洛郢對這次的拍攝感到非常愉悅，在戲裡戲外他與孟卻白可以光明正大地碰觸肢體、言語調戲、眉來眼去，甜蜜又刺激。

程導特別囑咐他倆不用顧忌，還加拍了許多同框特寫。在某些人的眼中他們要多曖昧就有多曖昧，導演邊拍邊解釋這是要拿來安撫書迷的福利畫面。

祁洛郢以前都不曉得和演對手戲的演員談戀愛這麼有情調，加上他的角色浪蕩不羈又身負血海深仇和身世之謎，情緒變化無常，他演繹起來很過癮。

他對這樣戀愛和事業兩相兼顧的日子感到十分滿意，除了中暑這件事。

某日一早，劇組把大隊人馬拉到郊外的樹林裡進行拍攝。

祁洛郢身上穿著莫盡歡慣常穿的花蝴蝶似的戲服，本該神采煥發風流倜儻，無奈他卻臉色發白，出了鏡頭儼然一副羸弱美人的模樣。

他今天已經因爲耐不住高溫吐了兩次，阿佑一邊遞水一邊撐傘，還拿著手持風扇幫忙降溫。

「還好嗎？」孟卻白擔心地走過來察看祁洛郢。

「這點辛苦不算什麼。」祁洛郢看孟卻白額上也冒著汗，便讓阿佑把傘拿靠近孟卻白一點，「太陽那麼大，怎麼不撐傘？到時候換你中暑。」

阿佑拿著傘左挪右移，怎樣也無法把兩人都好好納入傘下，「你們靠近一點，不然我遮不到。」

「我來。」孟卻白伸手接過阿佑手上的傘，和祁洛郢一起共撐。孟卻白不在意傘到底能不能遮到自己，他只是想離祁洛郢更近一些。

祁洛郢自然看破了他的盤算。

兩人肩並肩，心有靈犀地互看了一眼，笑得盡在不言中。

拍攝電視劇的過程中這樣的小心思隨時在他們之間發生，看似名正言順，其實都是找機會在談戀愛！

幾分鐘後，阿佑笑容滿面地又拿了一把傘過來，「我借了把傘，一人一把就不會這麼擠了。」

孟卻白愕然抬頭，頓了一下，鎮定地接過傘，「謝謝。」

語畢，他把手上開著的傘還給阿佑，往旁邊挪移幾步自己撐著傘。

祁洛郢一言不發地瞪著助理，阿佑被看得心虛，默默收起笑容，抓了抓頭，不明所以，「我哪裡做錯了嗎？」

「你做得很好。」簡直做得太好了，好到他都不曉得該說什麼了。

演員的職業操守十五：不忘初心，方得始終

當天晚上，祁洛郢中暑的後遺症導致他時不時會感到輕微的頭暈和噁心，收工後只想早點洗澡睡覺，沒想到洗完澡剛套上浴袍，就聽見門鈴響起。

祁洛郢從貓眼看見孟卻白便開了門，側身讓對方進入房間。

一關上門祁洛郢就沒了顧忌，笑吟吟地對孟卻白眨眼放電，「想我了？」

「你今天都沒怎麼吃東西，我帶了果汁給你補充維他命。」孟卻白愣愣地把手上的飲料遞出去，視線落在哪裡都不對，他沒想到迎接自己的會是這樣一副畫面。

祁洛郢穿著飯店提供的白色浴袍，頭髮尚未吹乾，髮梢的水珠不斷滴落，沿著側臉滑過脖頸落在他線條漂亮的鎖骨上，接著滑過胸膛沒入浴袍。浴袍只用腰間的帶子隨意綁著，下擺露出兩條筆直修長、膚色白皙的長腿……浴袍裡可能什麼都沒穿？

孟卻白兩頰發熱、口乾舌燥，空氣中不斷傳來祁洛郢身上好聞的氣息，木質花香的沐浴乳混著屬於祁洛郢的氣味，輕易就勾起他的情慾。

「謝了。」祁洛郢笑著接過果汁，似乎什麼都沒有察覺，「裡面坐？」

孟卻白正處於天人交戰中，他有預感，自己如果留下會沒辦法克制慾望。

「你還在不舒服嗎？」

「已經好多了，再睡一覺應該就沒事了。」祁洛郢隨手將吸管插進飲料杯，喝起果

汁，「你不進來嗎？」

孟卻白看著那雙淡粉色的薄唇含上吸管，嚥下果汁時喉結上下滑動的畫面，聽著祁洛郢的邀請，瞬間無法思考，「好。」

祁洛郢點點頭，走在前面，孟卻白跟著走進房內的小客廳，他們兩人的房型一樣，房內格局也相同，因此孟卻白對開關的位置也很熟悉。

祁洛郢把喝了一半的果汁擱在客廳的茶几上，看著自己隨手放在沙發椅背和扶手上的衣物有些不好意思，順勢開始收拾，「房間有點亂，最近太忙沒時間整理——」

他話還沒說完，房間的燈就暗了一半，明亮的吸頂燈被關掉，只留下營造氣氛用的間接照明。

祁洛郢轉頭正想問是怎麼一回事，就被不輕不重地推到沙發上。

孟卻白輕輕扣著祁洛郢的後腦讓他面向自己，接著俯身吻住他溫熱的雙唇。兩人工作時在人前都維持著不能過分親近的距離，此時沒了顧忌，吻起來難分難捨，沒多久他們就氣息急促、全身燥熱，已然情動。

孟卻白啞著聲音，「我是想你了。」

祁洛郢瞇起眼睛，伸手開始解孟卻白衣服的釦子，刻意挑逗地問：「是心裡想還是身體想？」

男人的身體就是如此直接，此時抵在兩人小腹間的器官說明了一切。

「都想。」孟卻白扯開祁洛郢腰間的浴袍帶子，手掌沿著大腿向上探入，摸到腿根處以及他已經熱燙堅硬的性器。

嗯，他浴袍裡眞的什麼都沒穿。

慾望中心驟然被握住並撫弄撩撥，一股觸電般的感覺直衝腦門，祁洛郢低低喘息，有些難耐地挺胯蹭了蹭孟卻白的手，「做嗎？」

祁洛郢的浴袍被徹底拉開，露出了他這段時間鍛練有素的勻稱身材，胸肌、腹肌都線條分明，肌肉結實又不過分誇張，身材幾乎完美得無可挑剔。

「做。」孟卻白眼裡染上了慾望，凝視著祁洛郢的目光炙熱又深情，到了這種地步他還能停下來嗎？

祁洛郢忽然意識到自己門戶大開處於弱勢，他只穿了一件浴袍，孟卻白卻是襯衫加長褲，脫起來實在很費力，在一樣的時間內他幾近全裸，孟卻白只被脫掉上衣。而且他這樣被壓在沙發上的姿勢好像有點不妙？照他的想像，應該是他將孟卻白推倒然後爲所欲爲才對……

祁洛郢抓著孟卻白的肩，試圖翻身換個姿勢，但孟卻白彷彿察覺他的意圖，先一步溜走。

「我們換個姿勢？」

「不用換。」孟卻白說完便退到祁洛郢的下半身，張口含住對方挺直的性器。

霎時，祁洛郢被從沒有體驗過的快感包圍，一句話都說不出來，嘴邊溢出的盡是破碎的呻吟，他搖著頭想阻止孟卻白，「你、你不用這樣……」

祁洛郢沒想到孟卻白竟會用嘴幫他，這完全不在他的計畫裡。他伸手去推孟卻白，又不敢推得太大力，於是便被孟卻白輕易地扣住了手，後來隨著快感越來越強烈祁洛郢就只顧得上享受了。

濡濕溫熱的口腔將他的性器緊緊包覆，靈巧的舌頭滑過莖身和敏感的頂部，外加適時的吸吮，以及模擬性交的上下吞吐律動，帶起比手指還要強烈數倍的快感。

祁洛郢難以相信孟卻白會幫人做這種事，可是他不得不承認，孟卻白確實做得很好，好到他很快就繳械了。

高潮來得猝不及防，祁洛郢來不及提醒孟卻白，只能迅速用力地將孟卻白推開，卻仍有一半的精液射在孟卻白嘴裡，另一半則是濺到孟卻白的臉上或是落回自己的腹部。

「對、對不起，我不是故意的。」祁洛郢喘著氣，想叫孟卻白吐出來，怎知就看見孟卻白正嚥下他的東西。他羞恥地別過頭，無法直視這個畫面。

「沒關係，你的味道我都喜歡。」孟卻白親暱地揉了揉祁洛郢的頭髮，另一手沾起祁洛郢腹肌上的白濁液體，「沒有潤滑液，先用這個。」

祁洛郢沉浸在高潮的餘韻裡，全身放鬆酥軟，反應也比平時遲鈍，一時沒明白孟卻白的意思。直到孟卻白抬起他的一條腿架在肩上，沾上精液的那隻手探向他臀瓣間的穴口。

孟卻白用精液充當潤滑，先是在周圍畫圓，接著緩緩探入手指。

祁洛郢瞪大雙眼，全身緊繃，「你要幹麼！」

「你都先舒服了。」孟卻白聲音悶悶的，眨著眼睛顯得特別無辜。

偏偏祁洛郢對這樣的眼神實在無法招架，心軟地商量著，「我可以用手幫你，或者也用嘴？」

「我想進去。」孟卻白堅持，說著還用性器隔著褲子輕輕蹭了蹭祁洛郢光裸的大腿，語氣哀怨，「我剛剛表現得不好嗎？」

他這是要獎勵的意思？

祁洛郢瞬間啞口無言，他都射了，孟卻白怎麼可能表現得不好？

當一個受從來不在他的預想裡，然而他明白兩個男人在一起，總得有人當下面那個，不是他就是孟卻白。

「我不會弄痛你的。」孟卻白的聲音此時彷彿多了蠱惑人心的魔力。

祁洛郢動搖了，一方面是覺得既然孟卻白能爲他口交，他不見得不能退讓，另一方面則是這樣僵持不下也不是辦法。

最終，祁洛郢牙一咬打算豁出去，放鬆身體低低地說著，「那就先試一次。」

聞言，孟卻白眼睛都亮了起來，那一剎那，祁洛郢認眞思考粉絲太了解偶像的個性可能不是件好事，他是不是被發現自己是個嘴硬心軟的人了？

孟卻白能感覺到絞緊他手指的穴肉放鬆了些，知道祁洛郢準備接納他，欣喜之際更是放輕了力道，更加溫柔地進行開拓。等一根手指進出無礙時便放入兩根手指，直到可以容納三根手指進出爲止。

祁洛郢忍著異物感輕輕喘息著，他現在全身燥熱，一條腿架在孟卻白肩上，另一條腿勾在孟卻白的腰上，身後的穴口還吞吐著孟卻白的手指。這樣陌生的姿勢和從沒體驗過的性行爲都讓他倍感羞恥，偏偏性器居然又再度充血。

儘管孟卻白拿出了全部的耐心，但也已經憋得很難受，祁洛郢每一聲的低喘都是種勾引，只對他敞開的白皙身軀更是巨大的誘惑。那是他多年來朝思暮想的對象，他渴望著祁洛郢，也曾無數次意淫過這具身體，他想占有祁洛郢的全部。

如今，孟卻白終於等到祁洛郢願意把自己交給他。

即使慾望是頭栓不住的獸，孟卻白還是想盡量讓自己一開始看起來無害點。他拉開褲子的拉鍊，掏出粗硬的性器抵著祁洛郢微張的穴口，緩緩挺身，被軟肉包裹著的性器無比舒爽。

「啊！」儘管先前做了擴張，祁洛郢仍感到一陣脹痛，雙腿不自主夾緊，同時背脊弓起，痛感也讓他的性器變得垂頭喪氣，「不要做了，好不好？」

祁洛郢眼中泛起水光，眼睫輕顫顯得楚楚可憐，可是孟卻白已經無法停下，俯身在祁洛郢耳邊輕哄，「相信我，會很舒服的。」

「會舒服怎麼不是你在下面？」祁洛郢都想罵髒話了。

他怎麼就糊里糊塗答應讓孟卻白上他呢？孟卻白會停下來才有鬼！正常人怎麼可能放掉吃到嘴邊的肉？他懊悔不已，只是話才說完，接著吐出的卻是甜膩的呻吟。

孟卻白正用舌頭舔弄他胸肌上的兩點緋紅，敏感的乳頭被刺激得立起，性器也在孟卻白熟練的手法下再次充血。

「你的敏感帶我都記得。」孟卻白的手在祁洛郢身上游移，輕柔地愛撫著他。

「記得什麼？我們這是第一次！」祁洛郢想反駁，偏偏又被摸得極爲舒爽，孟卻白的手指在他的身上帶起一陣陣酥麻感，身體禁不住地輕顫。

「之前演床戲的時候，你喜歡被摸哪裡我都記得。」孟卻白開始吻祁洛郢的脖子、鎖骨，一路往下，同時下身慢慢地抽插。腸道適應了性器的尺寸後不再絞得那麼緊，他開始地能更大幅度地進出。

祁洛郢從沒被進入過，何況是那麼深又那麼隱密的地方，他臉上泛起潮紅，啞著聲音示弱，「慢、慢一點——」

孟卻白依言放緩了速度，但每一次都是幾近全部抽出再深深沒入，這樣的刺激並不亞於方才。

祁洛郢的抗議漸漸變了調，原本感覺不道任何快感的地方進竟生出了一股難以言喻的感受，「啊，那裡……不，啊……」

孟卻白把祁洛郢的反應看在眼裡，他知曉自己找到了對的位置，就不再撫弄祁洛郢的性器，專心挺腰猛烈對著那處進行刺激。

祁洛郢原本勾在孟卻白腰上的腿頓時脫力並垂下，孟卻白便改將祁洛郢的腿壓向胸口，這個姿勢方便他更深更快地抽送。

後穴被頂弄得濕潤鬆軟，且隨著孟卻白性器的進出產生令人感到羞恥的水聲和肉體撞擊聲。此刻的祁洛郢已經被慾望淹沒，不自覺地想索求更多，四肢也提不起半點力氣任憑揉捏。

沒多久，陌生又甘美的高潮來臨，祁洛郢被插射了。快感一波又一波如海浪般向他襲來。祁洛郢身體肌肉繃緊，腳趾蜷曲，無法克制地吐出甜膩的吟哦，這次舒服的程度比他用前面時來的持久綿長。

孟卻白在祁洛郢因高潮而失神的期間，加快頂弄的速度，與他一起攀上慾望的巔峰，釋放在祁洛郢的身體裡，「祁祁，我愛你。」

祁洛郢耳邊盡是孟卻白對他親暱無比的呼喚，他感覺自己被炙熱的愛意包圍著。

孟卻白的性器仍埋在祁洛郢體內不想出來，孟卻白擁住祁洛郢躺在沙發上，頭抵著頭，貪戀溫存時的每一分一秒。

祁洛郢處在高潮的餘韻裡不想動，任憑孟卻白摟著，也任憑那雙手在他身上不規矩地游移。他正在平撫因為性事而過快的心跳，同時腦中思緒紛雜，他怎麼就變成承受方了？然而兩人的身體又很契合，此外他竟然對於方才的體位一點也不反感……為什麼他有種再也回不去的感覺？

「洗一洗？」孟卻白知道射進體內的精液必須清出來。

祁洛郢全身帶著情事後的放鬆和慵懶，聞言只是低低地應了一聲，眼睛微微閉上，彷彿隨時都會睡著。

「我幫你。」孟卻白見祁洛郢沒有反對，就抱起他走進浴室。

房間的浴室很大，兩個成年男人站在淋浴間裡也不覺得擠，祁洛郢勾著孟卻白的脖子站穩身子。

孟卻白則在祁洛郢身上抹上沐浴乳輕輕搓揉，搓出大量的白色泡泡和兩個慾火焚身的男人。

於是，祁洛郢跪在放好熱水的浴缸裡，兩手抓著浴缸邊緣。孟卻白在他身後扶著他的腰，對準微張的紅豔穴口將性器插入，甫經過一場性事的後穴已經可以很好地接納他。

「啊……」祁洛郢覺得孟卻白的高冷男神形象完全是詐欺，他根本就是個需索無度的色情狂！

他一邊承受著來自後方的衝撞，一邊語句破碎地說著，「我……下次……要、要自己洗。」

孟卻白認爲祁洛郢的抗議毫無道理，這種事一個巴掌拍不響啊！方才用性器抵著他同意再來一次的人不就是祁洛郢嗎？但此時兩人情慾高漲他也佔了便宜，孟卻白當然不會爲了這點小事和對方吵架。

他下身前後挺動時不忘伸手撫慰祁洛郢同樣充血的那處，祁洛郢的背部線條非常漂亮，隨著律動在水光搖曳間顯得特別性感誘人，他嗓音低沉，半哄半騙，「你明明也想要了。」

「都是……你、你弄出來的！」祁洛郢儘管氣息不穩，仍堅持著這一點，要不是被撩起情慾迫切需要紓解，他會想再來一次嗎？

「所以我在負責了。」縱使孟卻白方才已經釋放過一次，再次進到祁洛郢的身體裡依舊讓他興奮不已，無論是不耐煩的祁洛郢，還是被插射後眼神迷亂的祁洛郢，都讓他無比依戀和痴狂。

隔日，習慣早起的孟卻白難得是被手機電話鈴聲喚醒的。

他醒來第一眼看見的就是祁洛郢的睡顏，那張他在夢裡都能清晰描繪出來的臉孔近在咫尺，連睫毛都可以看得十分清楚。

房間內的窗戶關得並不嚴實，微風吹開米白色半透光窗簾，清晨柔和的陽光灑落在潔白的大床上。被子蓋在他們腰間，兩人緊緊依偎在一起，顯得靜謐又美好。

這是孟卻白和祁洛郢第一個一起迎接的早晨，直到此刻他才有了和祁洛郢是一對戀人的眞實感。孟卻白輕輕在祁洛郢額上落下一吻，慢慢抽開棉被下赤裸相依的四肢，要不是電話鈴聲還響著，他連動都不想動只想這樣望著他的男朋友。

孟卻白抓起床邊櫃上的手機按下靜音後輕手輕腳地下了床，走到客廳接起電話，「萍姐？」

「你在房間裡嗎？我按門鈴按了好久。」萍姐即便察覺事情有異，語氣依然不疾不徐。

「等一下，我去開門。」孟卻白掛斷電話，回臥房裡穿上昨晚扔在地上的衣服，準備離開時，就看見祁洛郢眼神迷濛地看向自己。

「幾點了？」祁洛郢剛開口就覺得喉嚨很不舒服，聲音還有些沙啞，八成是昨晚叫得太激烈。

「差不多該起來了。」孟卻白頓了頓，驀地想起他們昨天鬧到多晚，體貼地詢問：「你還好嗎？要不要跟劇組請假？」

祁洛郢瞧見孟卻白精神奕奕的樣子就生氣，瞪了他一眼，「你知道你做了幾次嗎？」

孟卻白乖巧地伸出一隻手，「應該不算太多？」

祁洛郢撐起身體從床上坐起，頓時面色扭曲且全身痠痛，他的腰和腿簡直都快散了，尤其是後方隱密的穴口，正因爲使用過度而隱隱作痛。

孟卻白見狀想上前攙扶，低眉順眼討好地說，「下次少做幾次，嗯？」

「下次？我有答應嗎？」

祁洛郢很不爽，他的腰有多痠痛他就有多憤怒，他有健身習慣不代表鍛鍊過柔軟度，那些匪夷所思的姿勢完全超過他的身體負荷好嗎？更別提那個本來就不是用來容納性器的部位！

「你那裡不舒服嗎？我看看。」孟卻白才上前一步就立刻被祁洛郢丟了一顆枕頭，只好停在原地，「我幫你買點藥？擦過藥應該會好點。」

「不用了！還不回你的房間？」祁洛郢不想討論這個話題，他只想早點把孟卻白趕回隔壁，免得被人看出端倪，畢竟現在不是公開的好時機。

「我還是幫你請假吧？」孟卻白沒料到祁洛郢反應這麼大，心想以祁洛郢個性大概是眞的很不舒服才會如此，突然很後悔自己昨晚的貪歡與不知節制。

「不請假！」祁洛郢無疑是敬業的，除非不得已幾乎不請假，「再不走我就拿其他東西丟你。」

孟卻白知道祁洛郢心情不好，只好暫避風頭。離開前他把落在地上的浴袍隨手折好放在床沿，以便祁洛郢起床時可以順手穿上，接著又看了他幾眼，確定正在氣頭上的男朋友沒別的事要說後才從房裡出來。

萍姐站在孟卻白的房間門口，冷不防聽見隔壁傳來開關門的聲響，轉頭一看，不禁瞪大眼睛，很快又恢復如常。

「小孟，早啊。」

「萍姐，早，你找我？」

萍姐看見孟卻白從祁洛郢房間的出來，身上仍穿著昨天的衣服，瞬間會意，微微一笑，「不急，你先回房換個衣服，我只是有一點工作上的事情要跟你確認，晚點說也可以。」

「好。」

「要幫小祁請個假嗎？」萍姐好意地問。祁洛郢和孟卻白對她來說都是晚輩，加上愛屋及烏的關係，照顧一下對方也是理所當然。

孟卻白臉上一熱，知道他們的事情瞞不過萍姐，也沒想要瞞，「他說不用。」

「拍戲工作時間長，體力消耗大，該節制就得節制一點，這種事他還是比較辛苦的。」萍姐語重心長地叮囑著。

孟郤白對於萍姐這麼直接的話語感到一絲驚訝，他一大早從祁洛郢的房裡出來，並不意外萍姐知曉他和祁洛郢有了進展，但爲什麼連「祁洛郢會比較辛苦」這種事她都一清二楚？

「萍姐，妳是怎麼知道的？」

萍姐眨眨眼，面容依然和藹慈祥，「你能好好地站在這裡，我就明白了。」某個不能好好站著的人正在房裡罵孟郤白。

✦

《金樽醉月》經過四個月的長時間拍攝後即將殺青。

祁洛郢和孟郤白第二次合作更有默契，加上兩人關係親近後，對角色間若有似無的感情戲更是把握到位。

祁洛郢原先不太認同把感情帶進工作裡，但談了戀愛後，他不得不承認，確實會情難自禁，而且貼合劇情後效果居然還不錯。

效果不錯是程導說的，他說完這句總會接著說自己當初還很煩惱如何讓兩人演出曖昧感，現在反而要煩惱該怎麼讓曖昧感淡一些。說完便嘖嘖兩聲，話鋒一轉，開始感嘆著畫面拍得很好，剪哪裡他都心疼。

「不如全留著吧？」祁洛郢隨口附和。

「一集只有四十五分鐘，沒辦法再多了。」

「那還是剪掉吧。」祁洛郢笑得輕鬆。

祁洛郢的演技經過十多年的淬鍊已然純熟，眼波流轉、舉手投足間都是戲，無論是風流放蕩的醉月樓主、癲狂弑師的清心宗弟子，抑或是捨身報恩的知交竹馬皆切換自如。他將莫盡歡這個角色詮釋得栩栩如生且有血有肉，經常一場戲拍完，旁邊圍觀的工作人員都會暗暗地叫好比讚。

有祁洛郢在身邊，孟卻白對表演的興趣和潛力也被激發出來。前期的湛雲性格溫文守禮，正好是他擅長的戲路，到了後期這個角色就充滿挑戰性，包括認出師弟時的震驚和看著師弟弑師的錯愕。

鏡頭下的孟卻白情緒轉換流暢自然，就連難度頗高的獨角戲也表現得可圈可點，祁洛郢頗爲驚喜，當著旁人的面用力地誇了他幾句，讓孟卻白既開心又不好意思。

「你太誇張了，我沒那麼厲害。」孟卻白不是謙虛，而是眞心這麼認爲。

兩人交往後，他們平時沒事就經常去對方的房裡待著，濃情密意之餘偶爾也會對戲、聊表演。祁洛郢研究自己的角色時順便研究了孟卻白的，並把揣摩的心得和孟卻白分享，有這樣的老師在身邊，孟卻白覺得他有進步是應該的，甚至他還嫌自己不夠好。

祁洛郢彎了彎嘴角，單手勾上孟卻白的肩，「表現好就要誇，這哪有什麼？」

而且是誇男朋友嘛，當然要誇張一點！

「你的演技才好，我還不行。」

眼笑。

孟卻白的個性很容易認眞，偏偏就是這樣認眞又發自肺腑的稱讚，把祁洛鄞誇得眉開

「殺青後你要做什麼？」

「回去做主持吧？製作人說觀眾們希望我能回歸節目，我還沒回覆。」

孟卻白拍《金樽醉月》的第一個月還會每週請假一天回電視臺錄製綜藝節目，後來因爲拍戲太忙就向製作單位請辭。

製作人知道孟卻白有不少粉絲會衝著他來觀看節目，進而拉抬收視率。而且孟卻白的個人特色鮮明，話雖然不算多，卻已經能和主持人配合默契，呈現的節目效果也很不錯，便拚命慰留他，這陣子臨時補上的助理主持人直至今日仍掛著代班的名義。

「誰問你工作上的安排了？」祁洛鄞睨了孟卻白一眼，他拍完這部電視劇就成爲自由身了，打算把以前沒空做的事情一一完成，不過忙了這麼久當然還是得先放鬆幾天。

「我沒計畫，你呢？」

「要來我家嗎？」

孟卻白點頭，「好啊，反正很近。」

「你住哪裡？」自從祁洛鄞發現孟卻白爲了他再遠都能說是「順路」之後，他已經不相信孟卻白口中的「很近」。

「你要來我家嗎？我的家人說想見你。」孟卻白有些靦腆地反問，語氣遲疑。

祁洛鄞驀地想起孟白白曾跟他提過家人的事，腦中閃過小孟卻白用家人的名字加入會

員抽周邊商品購買資格的畫面，當時刷的卡八成還是家長的卡……

靜默片刻，他嚴正聲明，「他們是因爲被迫加入星河娛樂VIP會員才想見我的嗎？如果要退費得找星河娛樂，找我沒有用！」

孟卻白哭笑不得，忽然覺得讓男朋友知道自己是狂熱粉絲似乎有點麻煩？

《金樽醉月》殺青了，劇組一大票人開開心心地喝了殺青酒、舉辦慶功宴。

宴會上杯觥交錯，每個人都笑容滿面卻又眼眶濕潤，即便大家習慣了每次數月的相聚後就要別離，依舊不捨地說著一句句感性的話。就算工作時產生摩擦，在這個時候說開了也就過去了，彼此之間的情誼不減。

祁洛郢這次沒喝醉，但是總算把孟卻白灌醉了，喝醉了的孟卻白特別黏人，掛在祁洛郢身上不下來，口中一遍又一遍地喊著「祁祁」兩個字。只不過旁邊喝得更醉、行爲更誇張的大有人在，對比之下孟卻白的醉態簡直不值一提，也沒人當一回事。

祁洛郢主動請纓把孟卻白送回房裡，孟卻白看起來瘦，身體卻很沉，尤其是像灘爛泥似的掛在人身上時，常常讓他重心不穩，走起路來左搖右晃的。

阿佑有了上次的經驗後，今天就沒敢喝酒，所以一直很清醒，他見狀連忙上前幫忙架著孟卻白回到飯店房間。萍姐對祁洛郢似乎很放心，交代兩句便笑著道別。

阿佑和祁洛郢一起把孟卻白送回房時，看見祁洛郢從自己的口袋裡拿出房卡也沒發覺不對，只當是孟卻白知道自己喝多了後主動拿給祁洛郢的。

儘管祁洛郢和孟卻白的房型一樣，進到房間裡就會發現他們的個性極爲不同，祁洛郢較爲隨性不拘小節，房裡隨處擱著東西；孟卻白則是嚴謹有條理，住了四個月的房間裡私人物品擺放得整整齊齊。

兩人合作把孟卻白放到床上，祁洛郢順手幫孟卻白脫去鞋襪，蓋上棉被，轉頭就開始趕人，「阿佑，你先回去休息吧。」

「祁哥，你不一起走嗎？」

「我留下盯著他一會兒，確定沒事再走，反正我房間就在隔壁。」

「哦，這樣啊，那我先走了。」阿佑想了想，覺得有道理，說不定孟卻白等一下就吐了，需要清理、喝水……這可能都需要有人幫忙。他點點頭，丟下一句「晚安，明天見」就回自己的房間了。

祁洛郢坐在床沿，這張床他前幾天才睡過，今晚不介意繼續睡。他留下來說要照顧孟卻白是眞的，然而也存了別的心思。

祁洛郢替孟卻白解開衣服釦子，讓他舒服一些，接著輕輕搖了搖孟卻白，「喂，孟卻白，你知道我是誰嗎？」

孟卻白眼神迷離地盯著祁洛郢半晌，而後抓住他的手就往臉上蹭，面上是掩不住的滿足和欣喜，「祁祁。」

「很好。」祁洛郢沒抽手，任由孟卻白蹭，還用另一手摸摸孟卻白的頭，給予答對的正面鼓勵，停頓幾秒才開口，「你還有沒有瞞著我什麼？」

「沒有。」孟卻白答得飛快。

孟卻白覺得沒有不代表實際上沒有，祁洛郢換個方式問，「金影獎那天，你看見我爲什麼裝作不熟的樣子？」

「你忘記我了，高中碰面的時候你認不出來，大學修同一堂課你也認不出來，進了演藝圈就更認不出來了。」孟卻白越說越委屈。

祁洛郢無言，爲什麼聽起來似乎是他的錯？

「你在電影公司的露臺摔手機是眞的手滑嗎？」

「嗯，不想被你看到手機吊飾，那上面有你的英文名字，是早期的限量周邊。」

「我就算看見了也不一定能認出來。」祁洛郢其實不太記得自己的周邊有什麼品項，「第二次摔手機呢？又是怎麼一回事？」

「我傳訊息給水各一方，你的手機就出現訊息提示音，嚇了我一跳。」

祁洛郢微愣，沒想到他的身分是在那個時候暴露的……

「吻戲呢？你一開始就打算占我便宜嗎？」

「沒有，沒有要占便宜。」孟卻白的眼神像小兔子般無辜又可愛，他聲音低低的，帶點討好的意味，讓祁洛郢半點火氣都提不起來，「我不會演戲，遇見你我就不會演戲了。」

「床戲是你的意思嗎？」

「劇本本來就有，你沒刪，我很開心，可是也怕你生氣……我想和你做所有情侶會做的事，假的也沒關係。」

祁洛郢望著孟卻白小心翼翼地說出那些暗自竊喜又忐忑卑微的心情，感到好氣又好笑，還有一絲心疼，這些暗戀時的細節孟卻白從來沒和他說過。

「你真的看了很多遍《下屬整天都想推倒我》？」祁洛郢想問孟卻白的觀影心得，但冷不防想起孟白白說過他看了十遍以上，以及電影裡那些臉紅心跳的畫面，他的思緒就有些偏了。

「嗯，看了無數次，每次看都硬了，想著你射了。」

祁洛郢被孟卻白的回答給羞得面紅耳赤，「我不是問你這個！」

孟卻白身體縮了一下，以為祁洛郢生氣了，語氣不安地解釋，「我沒騙你。」

「沒事，我沒有要凶你。」祁洛郢心軟地揉了揉孟卻白的頭安撫著他，放輕音量繼續提問，「《星週刊》是你買下來的？」

「他們之前亂寫我們家的事，我大哥早就想處理了。」

「雲揚集團？」

「嗯。」

祁洛郢思考片刻，發現該問的都問了，不免俗也想問一些情侶間都會問的問題，「你喜歡我哪一點？」

「全部。」孟卻白抓著祁洛郢的手，硬是把祁洛郢拉近，一個翻身，將人壓在身下。

「我脾氣很差。」祁洛郢凝視著孟卻白眼裡的深情，總覺得孟卻白把他想得太完美了。

「你很好，脾氣差也很好。」孟卻白將頭埋在祁洛郢耳側的頸間，貪戀他身上的氣味和體溫，細碎的吻不斷落下。

祁洛郢再次無言，這時候不是應該安慰他幾句，或者禮貌地說他的脾氣沒那麼差嗎？孟卻白這樣無條件地包容他的缺點好嗎？

這個瞬間，網路上的狂熱粉絲形象和眼前的人重疊起來了，「你果然是孟白白。」

「我是。」孟卻白小聲回答著，注意力全放到祁洛郢的唇上。在何平導演說出來之前他就清楚祁洛郢的唇形很好看，他不只一次看得入迷，也不只一次想像吻起來會是什麼觸感。

如今他總算不用再想像，這雙唇近在咫尺，同時還很歡迎他的親吻。

於是，他不再克制。

這是個帶著酒氣的吻，唇舌交纏間，兩人的手開始不規矩，都想脫掉對方的衣服。祁洛郢原本懷疑孟卻白能回答那麼多問題，說不定是裝醉，可是在看見他和解不開的衣服鈕釦嘔氣時，基本上就確定他的男朋友真的醉了。

他只好幫孟卻白解自己的釦子，即使他不願意承認，下身充血的性器就是無法反駁的證據，他想要了……應該說，他們都想要了。

孟卻白醉了也沒關係，反正這種事全憑本能，沒了理智的約束，他們玩得更瘋。

隔日，阿佑按了許久的門鈴，祁洛郢都沒來開門，打電話給他也沒接，正好碰見來找孟卻白的萍姐，萍姐問了兩句後就和善地讓阿佑晚點再來。

「昨晚慶功宴大家都累了，今天晚點起床也正常。」

「祁哥沒喝醉，應該不會那麼晚起來，我們昨天約好這個時間出發的。」

「我打給小孟看看。」萍姐說完就拿起手機，電話一下子就接通了，「醒了嗎？頭會痛嗎？」

「還好。」孟卻白的聲音帶點鼻音，雖然他正因爲宿醉而頭痛，但不想麻煩萍姐，便沒有多說。

「小祁的助理找他。」萍姐看阿佑一頭霧水的樣子，就明白他還不知道祁洛郢和孟卻白的關係，這種私事既然祁洛郢沒說她也不方便多嘴，只能委婉地提醒孟卻白，讓他自行處理。

孟卻白仍半躺在床上，身邊躺著的就是昨晚跟阿佑說會回自己房間的祁洛郢。他露在被子外的肌膚未著寸縷，孟卻白的手指輕輕地滑過祁洛郢的肩背肌理，細細描繪著他每一寸線條，「請阿佑等一等，我叫他起來。」

祁洛郢嫌孟卻白講電話吵，就把臉埋進枕頭裡並拉起被子蓋到頭頂，孟卻白寵溺地看了他一眼，補了句，「可能需要一點時間。」

「好，不用急。」

阿佑站在走廊上，實在看不懂萍姐的舉動，爲什麼萍姐要跟小白說他找祁洛郢？

萍姐掛了電話也不解釋，親切地帶著阿佑到梯廳裡布置的沙發區坐著等待，期間還聊起他入行的心路歷程、問他最近有沒有遇到什麼困難。

難得有人這麼關心自己，阿佑感動得立刻就掏心掏肺地說了，話匣子一打開停都停不了。萍姐沒有任何不耐，認眞傾聽後安慰幾句還給了他不少建議。

半個小時後，因頭痛面無表情的孟卻白和滿臉困倦的祁洛郢拉著行李一起走了出來，在梯廳和萍姐與阿佑會合。一行四人下樓退房，途中也有遇見劇組的其他人準備退房離開，眾人幾句寒暄後一一道別。

祁洛郢和阿佑行李不少，而停車場有段距離，阿佑就負責先去開車，祁洛郢則在大廳等，剛好可以和孟卻白再聊幾句。

萍姐在櫃檯辦完事走了過來，對孟卻白說：「我叫了一台計程車，司機的位置離這邊比較遠，要等二十分鐘。」

一旁的祁洛郢聽了覺得奇怪，「你的司機去哪了？」

「在忙搬家。」

祁洛郢點點頭表示理解，他看萍姐和孟卻白的車還得等一陣子，便邀兩人同車，反正大家都在同一個城市裡，「不介意的話搭我們的車吧？」

「可以嗎？」孟卻白不想麻煩祁洛郢，怕耽誤他的工作。

「放心，我從今天開始就沒行程了。」祁洛郢心情不錯，畢竟他是自由之身了。

「那就麻煩你了。」

於是，阿佑負責開車，萍姐有自覺地坐到副駕，默默把後座留給兩位熱戀中的情侶。阿佑對此渾然不覺，樂得纏著萍姐聊天，他方才只說到進星河娛樂前兩個月的事，還有一肚子苦水尚未和萍姐分享。

車程快兩個小時，一路上他們說說笑笑，氣氛輕鬆愉悅。

祁洛郢眼看已經下了交流道，也把萍姐送回家了，孟郤白卻依舊沒有要說出住址的意思，只好主動開口詢問，「你家在哪裡？」

孟郤白神色不變，「去你家。」

「我家？」祁洛郢語氣驚訝。

他們昨晚才做過啊！他的腰還很痠痛，孟郤白有這麼飢渴嗎？

「嗯，順路。」

怎麼可能順路？祁洛郢在內心吐槽。

他害臊之餘又因為阿佑還在這裡不好發作，便不動聲色地用眼神警告孟郤白，而後默許了這個提議。

「你的工作室弄得如何了？」孟郤白關心道。

「地點還沒找，商業登記也還沒做，目前確定的成員只有阿佑一個。」祁洛郢懶懶地回答。

「這些都不急，慢慢處理就好。」孟郤白認真分析，「現在最重要的是，你需要一個新的經紀人。」

祁洛郢也曉得這件事重要性，即使他打算休息一段時間，總有重新開始工作的時候，需要有個人幫他規畫之後在演藝圈的發展、替他出面接洽各種邀約，「寧缺勿濫，除了脾氣要好之外，還得是理念合得來的人。」

能力是必須的，自然不用多提。

「萍姐如何？」

「她不是你的經紀人嗎？」

「以萍姐的能力帶兩個藝人不算什麼，而且我本來就不準備接太多工作，總覺得這樣太埋沒她了。萍姐以前處理過不少天王天后的跨國經紀業務，對你會有幫助。」

「可是我聽說萍姐要退休了。」

「她想退休是真的，但她家裡近期經歷了一些事，所以退休前得再存點錢。」

「如果她願意，我當然歡迎。」這段時間相處下來，祁洛郢對萍姐很放心，而且她帶過的藝人確實都有好成績，這說明她有識人之明外，還有高明的經紀能力，對於藝人的職業生涯規畫也有獨到之處。

「萍姐是我母親的朋友，也是我認識了很多年的長輩，我知道她會願意的。」

今天路上車輛不多，交通順暢沒有塞車，隨著他們越來越靠近祁洛郢的住所，熟悉的城市街道躍入眼簾。

車子剛駛近觀雲大樓，阿佑就發出一聲驚呼，「這些記者怎麼又來了？」

祁洛郢拉下和駕駛座間的隔簾後，往窗外一看，他家大樓下真的又擠滿了記者，數量和上次霸凌事件發生時差不多。

祁洛郢下意識感到心虛，以爲又出現了關於他的新的醜聞，拿起手機正想要打開娛樂新聞查看，圍在車道前的記者朝他們看了幾眼後紛紛散開。

坐在車內的三人依稀可以聽見「不是他的車」、「是祁洛郢，讓開讓開」。

阿佑見狀趕緊把握時機把車開進地下室停放。

「怎麼回事？不是來堵我的？」祁洛郢摸不著頭緒。

「我知道了。」孟卻白將手機遞給祁洛郢，上面是幾則今天早上剛刊出的報導。

〈當紅男星宋秉恩疑似被男金主包養？〉

〈宋秉恩性向疑雲？深夜夜會富二代？〉

「宋秉恩？」祁洛郢想起來了，宋秉恩也住在這棟大樓裡，雖然他們曾一起拍過電視劇《霜華》，還經常被拿來比較，但彼此並無私交。如今驟然看見這樣的新聞不免訝然，「這不像他啊？假的吧？」

孟卻白淡淡地說著，「也許你當初認識的宋秉恩不會做這樣的事，不代表現在的宋秉恩不會。」

「你是不是知道些什麼？」祁洛郢從孟卻白的話裡聽出端倪。

「《星週刊》曾拍過一些不堪入目的照片，裡面就有宋秉恩。」

祁洛郢相信孟卻白，況且孟卻白也沒理由在這種事上騙他。雲揚集團買下《星週刊》，孟卻白從中得知一些隱密的醜聞，順理成章也符合邏輯。

祁洛郢聞言沒有感到絲毫喜悅，反倒覺得惋惜，畢竟和他同期出道又差不多年紀的演員也就剩宋秉恩了，「怎麼會這樣呢？」

阿佑已經把車停好一會兒了，孟卻白覺得自己該說的都說了，便出聲提醒祁洛郢，「到了，下車吧。」

「好。」儘管祁洛郢對宋秉恩的事情感到唏噓，可那終究是別人的事，他插不上手也不該插手。他打開車門準備下車，沒想到身旁的孟卻白也做出一樣的動作，不禁詫異問道：「你怎麼也下車了？」

「我從今天開始搬進來。」孟卻白把車上他和祁洛郢的行李都拿下來。

祁洛郢愣了一下後，挑了挑眉，「應該不是搬進來我家吧？」

孟卻白反問，「可以嗎？」

「不行！」

孟卻白笑了笑，這個答案在他的意料之中。他把行李下完就讓阿佑先行離開，阿佑還得回星河娛樂歸還公務車、辦妥離職手續才算正式到祁洛郢這邊工作。

祁洛郢和孟卻白一起走進電梯，祁洛郢站在靠面板處，基於禮貌打算幫孟卻白按個電梯，「幾樓？」

「十二樓。」語畢，孟卻白就瞧見祁洛郢瞪著雙眼彷彿準備罵人，趕緊又補了一句，

「我沒騙你，這棟大樓不是一層兩戶嗎？」

「我對面那戶……不是有住人嗎？」祁洛郢語氣有些遲疑，他經常早出晚歸，或者到外地拍戲好幾個月都不回家，難得放假也經常足不出戶。他其實不曉得同層的鄰居到底是誰，就算鄰居換人他大概也不會發現。

叮！

電梯門開啓，兩人一前一後步出電梯。

祁洛郢轉頭就看見同層的另一戶門口站著一個眼熟的人，赫然就是孟卻白的司機。

司機看見孟卻白立刻微微躬身行了一個禮，「少爺，東西都搬進來了。」

「謝謝，你可以先回去了。」孟卻白溫言道謝。

司機應了一聲就機靈地離開了。

祁洛郢瞬間想通，「所以搬家的人是你，不是你家司機？」

孟卻白這次說的順路確實順路，他說得很近也眞的很近，兩戶大門只隔著十幾步，無論是串門約會還是偷情都很方便。

「以後我們就是鄰居了。」孟卻白朝祁洛郢伸手，打算來個鄰居間友好的握手。

祁洛郢沒有去握孟卻白的手，反倒戒備地退了一步，「你這次也是心懷不軌對吧？」

孟卻白頗爲尷尬，最後還是坦然承認，「我說不是你也不相信吧？」

「對。」祁洛郢心中已經把孟卻白的任何行爲都和心懷不軌畫上等號。

孟卻白輕咳，他在祁洛郢心裡到底是什麼樣的人？似乎和他希望的形象落差很大？

即便無奈，孟卻白仍平靜地解釋著，「我本來就想從家裡搬出來，既然要搬出來，就想離你近一點。」

「太近了！」

✦

雖然祁洛郢強烈表示孟卻白不需要住得這麼近，但房子已經買好、裝修好，甚至家具都搬進來了，他沒道理也沒權力把孟卻白趕走。裝模作樣地抱怨兩句，他就接受了這位經常來拜訪的新鄰居。

住得近有很多好處，比如隨時都能到對方家裡，杜絕了被記者跟拍的可能。

祁洛郢放假，孟卻白也像沒事做一樣。他在廚房忙了兩三個小時，失敗了數十次，總算弄出兩份看起來賣相不差的歐姆蛋佐煙燻鮭魚，盤子上還妝點了些生菜，趕在早餐時間的尾巴按響對面鄰居的門鈴。

被門鈴聲吵醒的祁洛郢頭髮凌亂，穿著睡衣，一臉陰沉地開了門，「幹麼？」

「吃早餐，我做了你的。」

「我應該沒和你有約？」祁洛郢冷冷地看著孟卻白。

「的確沒有。」孟卻白點頭，看著祁洛郢的眼神有幾分失落，但他風度不減，也不提自己在廚房裡弄了多久，雲淡風輕地打退堂鼓，「那我回去了。」

祁洛郢看著眼前雙手端著白色瓷盤的男人，覺得他和養尊處優、錦衣玉食的富家少爺形象根本搭不起來。同時又想到孟卻白可能是第一次給人做早餐，實在狠不下心關上門，勉強側過身讓孟卻白進屋，「進來吧，我剛好餓了。」

孟卻白微笑，「謝謝。」

祁洛郢瞪著孟卻白，「以後早上沒事不准叫我起床，現在才十點。」

孟卻白不是故意吵醒祁洛郢，他以為他差不多醒了，而且當時拍《金樽醉月》的時候五點就要起床，祁洛郢也沒怎麼遲到過。

「放假的時候有起床氣。」孟卻白微微彎起嘴角喃喃自語，他又發現了一件和祁洛郢有關的小事。

祁洛郢的聽力還不錯，聞言立刻橫眉怒目，「你說誰有起床氣？」

孟卻白把兩個盤子放到餐桌上，走進廚房，很快地找到刀叉和餐墊，接著回餐桌布置，「把我的指紋加進鎖裡，你就不用起來開門了。」

祁洛郢馬上拒絕，「我還想好好睡覺。」

他才不想連半夜都睡不安穩好嗎？

孟卻白頓了頓，聽懂祁洛郢的意思，認眞地回覆，「那樣的事我雖然想過，但都只是想想而已，如果你想試試也可以。」

「不用了！」祁洛郢果斷拒絕，同時心裡一驚，他什麼時候下意識認為自己是被偷襲的那一方了？為了不落於下風，他不甘示弱地挑釁，「那你先把我的指紋存進去你家的門鎖啊？」

孟卻白神色自若，沒有任何爲難，語調還有幾分輕快，「好。」

祁洛郢沒想到孟卻白回答得這麼乾脆，一時語塞。

爲什麼孟卻白不懷疑他居心不良，甚至看起來還有點開心？

「我去把你家搬空！」祁洛郢惡狠狠地威脅。

「到時候我就可以搬過來了嗎？」

倘若他把孟卻白的東西都搬過來，那孟卻白只好住過來了——聽起來倒是挺合情合理的？

「快吃。」祁洛郢放棄和孟卻白鬥嘴，坐到餐桌前拿起餐刀，劃開滑嫩的半熟蛋包，黃色的蛋液緩緩流淌，他叉起一塊歐姆蛋搭配生菜和煙燻鮭魚片送入口中。

美味的料理讓祁洛郢決定不跟孟卻白計較那些雞毛蒜皮的小事了。

孟卻白瞧見祁洛郢對早餐還算滿意，才拿起刀叉，開始用餐。

祁洛郢一邊吃早餐一邊滑手機，這兩天討論度最高的話題無非是宋秉恩被包養的傳聞。

事件是從一位熱心民眾在爆料社團中的發文開始，該則貼文附了一組照片，場景是鋼琴酒吧的包廂，包廂內燈光不甚明亮卻足以辨認其中每個人的五官。

宋秉恩每年至少有一部電視劇上檔，算是具有極高知名度的演員，那張斯文俊帥的臉幾乎沒人認不出來。正因爲如此，這則貼文很快就引起大眾的注意。

照片裡宋秉恩緊緊靠著一名衣著得體的男子，兩個大男人之間沒半點空隙。他甚至勾著對方的手，親暱地交頭與他說話，面上笑得開心，看起來沒半點不樂意，兩人顯然交情不錯。

事件爆發的第二天，宋秉恩的經紀公司發出書面聲明，稱宋秉恩只是和好朋友聚會，請外界不要做不必要的揣測，同時提到若有人散播惡意謠言，公司一定會採取法律行動。

本來事件到此也該落幕了，然而在宋秉恩經紀公司發表聲明後不久，那名熱心民眾又貼了另一張照片——宋秉恩似乎親了那名男子的臉。

大家的好奇心一瞬間都被提起來了，開始猜測宋秉恩和那名男子的關係。

由於該照片畫質清晰，放大後在眾多神通廣大的網友分析下，發現那名男子身上的衣著、手錶、鞋子、眼鏡、戒指、袖扣、領帶夾都是價值不菲的名牌精品，就連丟在茶几上的車鑰匙都被查出是全球限量的超跑。

於是，宋秉恩被包養的傳聞如同星火燎原般一發不可收拾，大家都在猜宋秉恩這幾年星運亨通是不是都靠潛規則？還有不少人翻出宋秉恩以前的採訪，想從他回答的擇偶條件裡推敲出他的性向。

而媒體們怎麼可能放過這樣的大新聞？紛紛守在宋秉恩可能出現的地方，就為了逼當事人給出一個說法。

奇怪的是，事件延燒至今，那名多金男的身分卻沒有人探究。

祁洛郢放下餐具，把手機轉向孟卻白，「你知道他是誰嗎？」

「丁澤。」孟卻白看了一眼就認出來了，「宜承航運丁家的繼承人，不缺錢，投資過幾部電影，其中就包括了《東方夜行記》。」

孟卻白進到演藝圈後就開始注意這方面的消息，加上祁洛郢的關係也特別留意了《東方夜行記》的投資人。

祁洛郢恍然大悟，「難怪我感覺他有點眼熟。」

「他對你……」孟卻白不曉得自己該不該問。

「在電影簽約的時候匆匆見過一次面，他的眼神讓我很不舒服。」至於是怎樣的不舒服，祁洛郢覺得不用多說，他也不想再次回憶。

「他還做了什麼？」孟卻白當然聽懂了，不自覺地握緊拳頭。

「沒什麼。」祁洛郢冷冷地笑了笑，「他曾經約我吃飯，我沒去。後來的事你也曉得，我被換角了，也許他後來就是改約宋秉恩吧？」祁洛郢越說越覺得噁心，他理智上理解這樣的利益交換。畢竟不是每位金主都有崇高的電影夢想，自然想多回收點什麼，比如男女演員的肉體……可是他情感上又不想把這樣的事情視為理所當然。

演員的工作應該是演戲，不是陪睡。

「還好你沒事。」孟卻白有些害怕。

「擔心什麼？我是不會反抗的人嗎？」祁洛郢不想被當作需要保護的對象，揚了揚眉，神采煥發、自信十足地說著，「得罪他又怎麼了？我那時候又不是完全沒戲拍，況且就算鬧到沒戲拍我也不會餓肚子，總會有事情做的。」

「我支持你。」孟卻白喜歡這樣充滿信心的祁洛郢，望著對方不禁彎起嘴角，自從他和祁洛郢交往後，笑容就變多了。

「你別說要包養我就好。」祁洛郢想到孟卻白家境富裕，要包養幾個明星肯定不是問題。

「好。」孟卻白點頭並記在心上，接著認眞地說：「我不介意你包養我。」

祁洛郢無言以對，高冷男神的身上是不是有什麼奇怪的開關被打開了，爲什麼他們之間的對話越來越不正常了？

下午，祁洛郢思考片刻還是傳了訊息給許芳柔，朋友一場，如果他不知情就算了，既然他知曉許芳柔和宋秉恩的關係，禮貌上總得慰問兩句。

祁洛郢：「妳還好嗎？」

看似沒頭沒尾的一句話，祁洛郢相信許芳柔會懂的。

許芳柔沒多久就回了訊息。

許芳柔：「我們分手了。」

祁洛郢：「別太難過。」

許芳柔：「去年底就分手了，是他提的。」

祁洛郢還來不及回應，許芳柔又傳了訊息過來。

許芳柔：「我一直想問，你當初爲什麼麼沒演《東方夜行記》？」

許芳柔會這麼問無疑是知道了丁澤的身分，但既然兩人已經分手，祁洛郢就覺得沒必要多提丁澤的事，輕描淡寫地帶過。

祁洛郢：「有一場飯局沒去。」

許芳柔：「我明白了，那是他的選擇，我沒怪你。」

祁洛郢：「妳別想太多。」

許芳柔：「我很好。」

尾聲

祁洛郢原本以為宋秉恩的醜聞和他沒有關係，誰知道他隔岸觀火還能被波及，這次同樣是從爆料社團開始。

某一晚，社團內有一則貼文是這樣寫的：

「看起來像是男男接吻的照片我也有。」

該則發文的字數不多，資訊量卻很大。爆料者附了一張照片，照片背景是某處的停車場，一輛黑色廂型車後座坐著兩個男人。從車子後方的玻璃看去，一名男子非常靠近另一名男子，動作與情境看起來像極了在接吻，可是照片並沒有清楚拍到嘴對嘴的畫面，這也是下方留言處兩方人馬爭論的關鍵。

畫面裡兩名男子都只露出一部分側臉，無法很好地辨認身分，不過匿名爆料者貼心地又上傳了兩張相片。是兩名男子站在醫院裡脫下口罩時被偷拍的照片，一人俊逸不羈，一人氣質冷冽矜貴，兩人都高挑挺拔，有著放在演藝圈裡也是萬裡挑一的顏值——正是祁洛郢和孟卻白。

眾人對比打扮、穿著等線索，更是證據確鑿沒有模糊空間，基本上可以確定車內疑似接吻的兩人就是他們。

由於他們的高人氣，這一個爆料比宋秉恩可能被某個不知姓名的富少包養更具話題性，也引起了更多人的注意。宋秉恩的醜聞因此很快就被蓋掉，取而代之的是祁洛郢和孟卻白的同志疑雲。

兩個小時後，同一個爆料社團的管理員貼出另一則新動態，有人提供拍攝《金樽醉月》時，祁洛郢和孟卻白私下互動的照片及影片，其中包含了孟卻白幫祁洛郢撐傘、兩人共飲一瓶水、穿對方的衣服、用同款手機、過去說自己不吃辣的人開始吃辣了、看著對方的眼神特別溫柔……

這兩則貼文迅速被轉出了爆料社團，分享數不斷上升，沒多久就登上了網路即時新聞，再過幾分鐘，二十四小時的電視新聞臺也報導了這則消息。

從《下屬整天都想推到我》開始，就有不少人覺得祁洛郢和孟卻白的互動太過曖昧，網路上關於兩人相戀的貼文多不勝數，但一直都被視作捕風捉影的同人創作。直到此刻，在這兩則爆料貼文的推波助瀾下，才讓一般大眾開始正視兩人在交往的傳聞。

如今，幾乎人人都在討論兩位知名男演員是不是真的在談戀愛？

儘管這個傳言尚未證實，但他們的CP粉才不在乎，立刻拼湊出一段癡戀多年並苦心追求，最後終於情投意合如膠似漆的愛情故事。

誤入祁途社團裡當然也沒有錯過這一場風波，祁洛郢的粉絲們驚訝、震驚、不敢置信，少部分的人甚至難過到哭了。不過在管理員長期宣導下，大多數的粉絲還是傾向尊重偶像的選擇，只要祁洛郢幸福她們就滿足了。

畢竟看似鐵證如山的資料太多，原本堅持著「尊重偶像交友，CP粉請自重」的粉絲都紛紛改口了。

「怎麼辦，我覺得是眞的……」

「早知道我和祁祁是不可能的，但我還是好傷心，難道這就是失戀的感覺嗎？」

「我也希望接吻的照片只是錯位，可是後面那些互動太有愛了，好朋友之間的感情能這麼好嗎？這一定是在談戀愛了吧？」

「祁祁以前傳緋聞都沒被拍到這麼親密的照片，這次不像宣傳炒作，我認爲應該是眞的。」

「我之前的貼文分析過了，我們家祁祁最心軟，肯定招架不住年下攻死纏爛打的攻勢。那時候管理員還差點要刪掉我的文，現在事實擺在眼前了吧？」

「怎麼帥哥都跟帥哥在一起？我的心好痛啊！」

「我已經當他們倆是眞的了，我現在只想知道誰攻誰受！」

同天晚上，祁洛郢一時興起邀請了鄰居兼男朋友到住處共進晚餐，由他親自下廚。鮮嫩美味的頂級牛排配上特定年分的限量紅酒，關上燈點上幾盞浮水蠟燭，燈光美氣氛佳，美食、美色都誘人。

孟卻白對晚餐的菜色非常滿意，一路從餐桌吃到臥房，無論是上半身或是下半身都十分滿足，忙得沒空管理後援會，手機也早早就切換成靜音，只爲了杜絕一切干擾。

怎料，才過一晚外面的世界就風雲變色。

隔日一早，祁洛郢家的門鈴就響了，來人似乎非常急切，不間斷地按著門鈴，催促屋主開門。

「開門開門！祁洛郢快開門！」姚可樂一邊按門鈴，一邊對著門縫大喊，彷彿這樣門就可以盡快打開，「你還在睡嗎？全世界都在說你是同性戀你還在睡？快起床啊！手機幹麼都不開機？」

嚷了一會兒門確實開了，他原本還一副幸災樂禍等著看好戲的表情，然而在看清楚開門的人後，笑容瞬間僵住，「孟卻白？怎麼是你來開門？」

孟卻白被門鈴吵醒，在房裡聽見姚可樂的聲音時就不是很開心，回話的語氣當然不會太好，「你來幹麼？」

一向自律的孟卻白難得睡到接近中午，不曉得祁洛郢身上有什麼魔力，每次和祁洛郢一起睡他都會比平時晚起。

他的衣服在昨晚荒唐時弄髒了，幸好他倆衣服尺碼相近，祁洛郢也說過孟卻白能穿他的衣服，爲了開門他隨手挑了件襯衫和長褲套上。

「爲什麼不能來？這裡是祁洛郢的家，我來找他！」姚可樂說著就要進門，然而門只開了一半，孟卻白還礙事地擋在門口，他只好將手放在門板上，用力想把門推得更開。

孟卻白見狀死死頂著門，不讓姚可樂得逞，兩人就這樣瞪著對方，互不相讓。

「祁洛郢呢？我要進去！」

「小聲點，別吵他。」

「為什麼不能吵？都幾點了還在睡？我就偏要吵！」

「閉嘴。」

就在兩人你一言我一語，互相扒著門僵持不下時，一個猶帶睡意的慵懶嗓音低低響起，「你們要在門口聊多久？」

孟卻白聽見祁洛郢說話，瞬間收起不歡迎姚可樂的態度，放開擋住門的手，側身讓姚可樂進來。

姚可樂正用力推著門，孟卻白突然收力導致他猝不及防跟著門板一起前傾，差點跌了一跤，還好他運動神經不錯，及時穩住重心。姚可樂頗為不爽地瞪了孟卻白一眼，偏偏又不知道該罵些什麼，最後悻悻然地進玄關換鞋再走向客廳。

「你還有心情睡到這麼晚啊？外面出大事了！打你手機都不接？」姚可樂邊走邊碎念，他原本是好意來關心祁洛郢的，結果反而受了一肚子氣，兩位當事人還一副狀況外的樣子。

「手機剛好沒電。」祁洛郢昨晚太累了，和孟卻白瘋了一整晚，將近清晨才精疲力竭地昏睡過去，也沒想到要幫手機充電，被姚可樂提醒後才想起自己的手機還擱在餐桌上。

孟卻白在姚可樂進屋後將門關上，隨後走進客廳看見祁洛郢正斜倚在走道旁的櫃子上，睡眼惺忪、頭髮蓬鬆微亂，懶懶地扯了個微笑望了過來。原本是很美好的畫面，孟卻白卻瞬間臉色凝重——他後悔太早把姚可樂放進來了。

「你的衣服……」

「怎麼了？」祁洛郢也是從衣櫃裡隨便扯了件襯衫就套上，連釦子都懶得扣，反正一屋子都是男人，有穿褲子就行了。

孟卻白可不這麼認為，此時祁洛郢身上的衣服前襟大開，從脖子往下至鎖骨、胸肌、腹肌，一路到被褲頭掩住為止，都是青青紫紫的吻痕，不難想像褲子下的其他部位八成也是同樣遭遇。

祁洛郢的廚房旁有面玻璃，他對著玻璃看了兩眼，笑容馬上散去，「孟卻白！一晚上就啃成這樣？你是狗嗎？」

孟卻白沒有回答，只是快步上前，擺出認錯的姿態，垂下目光幫祁洛郢扣上釦子，從第一顆扣到最後一顆，以免春光外洩。

就算姚可樂神經再大條，也能看出來祁洛郢身上那些痕跡是做什麼事留下的，這個畫面衝擊太強烈，以至於他一時之間沒有反應。

他看看祁洛郢，又看看孟卻白，覺得兩人的眼神和肢體互動越看越曖昧，於是他又看看祁洛郢，再看看孟卻白，眼珠子瞪得都快掉出來了，「所以……你們、你們真的那個了？」

「你看到是什麼就是什麼吧。」祁洛郢不想解釋，大家都是成年人了，這種事還需要多說嗎？當初推他一把的還是姚可樂呢！

「可是……你們兩個都是男的！」平時在綜藝節目上應變機靈的姚可樂此刻已經驚訝得都快說不出話來。

「這種事還要你提醒嗎？我又沒瞎。」就算瞎了，他昨晚在床上也用身體確認過了，孟卻白不只是個男人，還是個身體健康、精力旺盛到令人髮指的男人。

姚可樂望著祁洛郢，確定好友沒有半點不情願後，突然意識到他倆認識了十多年，他居然不清楚好友的性向，「我怎麼不知道你是同性戀？你瞞著我？」

「我都不曉得的事情怎麼告訴你？」祁洛郢也很無奈，他接受自己喜歡同性是今年的事，加上他們進展得太快，他來不及也不知道該怎麼和姚可樂說。

「所以你是被孟卻白掰彎的嗎？」

孟卻白聞言只想趕人，但他不是主人不好開口，而且他的確擔心祁洛郢是一時迷惑，隨時都可能離開他。

「我就喜歡他，不行嗎？」語畢，他就看見孟卻白眼神一亮。

他知道自家男朋友在擔心什麼，便當著姚可樂的面伸手勾住孟卻白的脖子，輕輕吻上他的唇。

「我只是還沒做好心理準備。」姚可樂莫名其妙被迫看了一幕夫夫恩愛的畫面，作爲一個沒談過戀愛的單身男子情何以堪。但他仍然試圖提醒好友別被愛情沖昏頭，「爲什麼是孟卻白？你不覺得他不太好相處嗎？」

「會嗎？不覺得。」祁洛郢笑著看向孟卻白，孟卻白也回以微笑，彼此之間充斥著幸福的氛圍。

姚可樂簡直快被濃情密意的兩人給閃瞎，連忙低頭拿出手機點開新聞頁面，「那現在怎麼辦？關於你們的緋聞已經鬧翻天了！」

祁洛郢拿過姚可樂的手機，認眞地讀了幾篇報導，語氣興味盎然，「過程有點出入，結論倒沒寫錯。」

三人在客廳裡坐下，茶几上擺著冰涼的氣泡水。姚可樂喝了一杯後又要了一杯，喝完三杯才冷靜許多，「你們要公開嗎？」

「好啊。」祁洛郢無所謂地說著。

同一時間，孟卻白出聲拒絕，「不要。」

祁洛郢訝然，轉頭質問，「爲什麼？」

「對你的形象不好。」孟卻白不在意自己的演藝事業受影響，他更在意祁洛郢，他是他仰望且追逐了十多年的星星，他只想悉心呵護，不希望祁洛郢遭遇任何不順利。

一旁的姚可樂首次給了孟卻白正面評價，「算你有良心。」

孟卻白瞇起眼，「你什麼意思？」

祁洛郢不懂爲什麼孟卻白和姚可樂明明沒見過幾次面，怎麼像是互看對方不順眼很久了？

「我有男朋友和我的形象有什麼關係？」祁洛郢沒覺得喜歡男人有多丟臉，他也不歧視同性戀，他之前的態度只是感覺不到喜歡同性有哪裡好。

「你看這圈子裡出櫃的人有多少？根本沒幾個！我看過許多同性戀的藝人在受訪時死不承認，這是爲什麼？就是因爲娛樂圈對此接受度還不高，一旦出櫃，這個標籤就撕不下來了，難道你不想演戲了嗎？不接和女人談戀愛的角色了嗎？我知道你沒有不接，可是你能保證那些導演還會找你嗎？」姚可樂難得沒扯些不正經的，異常認眞地分析一長串。

「你什麼時候這麼替我著想了？」祁洛郢都聽到傻了。

「我對你一直都不錯啊！忘了人蔘精嗎？你的電影我還包場支持過！」

「大不了就退出演藝圈？」祁洛郢回憶了一下自己的存款金額，覺得正常過日子應該夠用了。

「不行！」

「你瘋了？」

祁洛郢沒想到孟郃白和姚可樂一致反對，他先對男朋友說「放心，不用你養」，再對好朋友說「我沒瘋」。

「我不是這個意思，而且我能養你……」孟郃白小聲地辯解，「我曉得你不想退出演藝圈，不過我會尊重你的決定。」

姚可樂瞪了一眼孟郃白，讓他別太順著祁洛郢的脾氣，接著對著祁洛郢又是一番苦口婆心，「沒瘋你會放棄努力多年的事業嗎？我知道你喜歡演戲也演得很好，幹嘛爲了一個男人放棄這些？」

這次換孟卻白瞪向姚可樂，不過他不辯解，他絕對不想和祁洛郢分開，卻他也不想看到祁洛郢因爲他退出演藝圈。

祁洛郢知道他們都是爲他好，口氣放軟，「我只是不排除這個可能。」

最後這個話題便不了了之，沒有任何結論。

姚可樂離開沒多久，祁洛郢打開充完電的手機，就接到了一通電話，來電者是薛凱鑫，「薛哥，怎麼了？」

「網路上那些CP粉鬧得有點凶，你說幾句澄清一下吧？」年初電影上映時祁洛郢和孟卻白累積了一票把他們湊成對的粉絲，薛凱鑫也因此理解了「CP粉」這個名詞。

「澄清什麼？」祁洛郢的聲音隱隱帶著笑意。

「就說你們只是好朋友啊！」薛凱鑫突然意識到不對勁，「這個你不是做過很多次了嗎？怎麼還問我？你現在身邊沒人處理這些事嗎？」

「他們沒說錯，我爲什麼要澄清？」

「什麼意思？你說網路上爆料你和孟卻白在交往的消息正確？」薛凱鑫簡直無法相信自己的耳朵，「你是同性戀？」

「看起來是。」祁洛郢不自覺笑出聲，對方出乎意料的反應意外很有趣，也莫名很療癒。

「你、你——」薛凱鑫難得語塞，即便尚未完全消化這個事實，半晌還是鎮定且理性地提出建議，「你別衝動，娛樂圈裡多的是沒有曝光的同性戀和雙性戀，你不用承認性向，也不用承認和誰交往，這件事公開了對你沒有好處。別忘了今年的金影獎才剛進入評選階段，這時候太高調難免影響評審對你的看法。」

薛凱鑫不愧是帶了祁洛郢好幾年的人，兩三句話就能正中要害，比孟卻白、姚可樂說的都還有用。

祁洛郢原本也不是很在意金影獎影帝這個頭銜，偏偏他四度入圍，四度落馬，這種十分靠近獎項後又失之交臂的感覺實在很差，因而漸漸產生心魔。導致他每次接電影前都在思考這個角色有沒有機會拿下影帝，這也成爲他演技上的一道枷鎖，每一幕戲導演喊過時就會忍不住去想，他的表演受到導演認可了，那金影獎的評審們呢？

今年祁洛郢演出的兩部電影《下屬整天都想推倒我》、《幻網》都幫他報名了最佳男主角，他是眞的想拿下這個獎項，在得到頭銜的同時，也卸下心頭的桎梏。

祁洛郢深呼吸，沉默片刻，明白自己現在該怎麼做。

恢復自由一週，他的心境已然不同，對薛凱鑫沒了以前的不耐，加上問題豁然開朗，就有心情開玩笑了，「薛哥，你知道我的合約期滿了吧？」

「知道！不然你以爲我爲什麼沒先把你罵一頓？怎麼？嫌我囉嗦啊？」薛凱鑫打這通電話前也是猶豫再三，他已經不是祁洛郢的經紀人了，大可不必管這件事，然而不管是以兄長還是朋友的立場，他都應該給他點建議。

「你原本可以不用管我的，但你還是打了這通電話，謝謝你。」祁洛郢當然知道薛凱鑫是好意，頗爲感性地說完以上的話，隨即笑著說：「不過我依舊不會聽你的。」

「你這小子！我不當你的經紀人還要被你氣死！」薛凱鑫氣極敗壞地罵了兩句，而後嘆了口氣，「你接下來有什麼打算？休息沒關係，但不要浪費這段時間，之後的工作能規畫的就早點規畫。」

「薛哥，你不用擔心，我的工作室快弄好了，孟卻白介紹萍姐給我，合作方式談妥後，工作就會開始安排了。」

「如果是萍姐那我就放心了，有她在還有什麼工作談不成？你運氣太好了。」

「你在星河娛樂找到明日之星了嗎？」

薛凱鑫故意裝作戒備地說著，「問這個幹麼？我們現在是競爭關係了，你在刺探敵情嗎？」

祁洛郢失笑，「如果我現在會怕你的明日之星，那我這些年不就白混了？我想說的是，薛哥如果想離開星河娛樂，可以來找我，我這裡永遠都有你的位置。」

「你是想弄哭我吧？」薛凱鑫心下觸動卻沒有顯露出來，只有哽咽的語氣洩漏了他的心思，「你有萍姐還要我做什麼？如果星河待不下去我就退出演藝圈，不做經紀人了，環遊世界去！」

祁洛郢也不勉強，就是稍微提一提，屆時薛哥有需要自然知道可以找他。聽見薛凱鑫退休想出去玩，順勢接了個輕鬆的話題，「到時候記得寄明信片給我。」

「沒問題！明信片我會記得挑有男人照片的。」

也不用做到這樣好嗎！

任憑網路社群鬧了好幾天，祁洛郢既不出面也不對外發表任何聲明。觀雲高級住宅大樓下每天都有記者排班站崗，彷彿在和祁洛郢比耐心。

幸好現在這個時代性向疑雲算不上醜聞，雖然不見得每個人都能接受同性相戀，但多元社會對性向的包容仍是普世價值，祁洛郢代言的品牌也沒有因此而提出解約。

孟卻白作爲另一名當事人，關於他的評論和報導力度從一開始就比祁洛郢小許多，背後自然是雲揚集團在操作。畢竟無論哪一家媒體一旦少了來自雲揚的廣告收入都是巨大的損失，孟卻白原本也想施壓那些媒體，要求撤掉關於祁洛郢性向的報導，卻反被祁洛郢阻止。

「新聞熱度會慢慢消退，就讓他們炒個幾天，早晚會有其他新聞蓋過這件事。由你出面反而欲蓋彌彰、越描越黑。」這些年的歷練讓祁洛郢成熟不少，看事情也看得更通透了。

「好吧。」孟卻白像是理解了祁洛郢的意思，低著頭若有所思。

這陣子祁洛郢待在家裡並非無所事事，他每天仍積極且低調地進行成立工作室的籌備工作。

首先得處理的還是和萍姐的合約，在孟卻白居中牽線下兩人談了幾次很快達成共識，幾天後就在祁洛郢家裡簽妥了書面合約。

雙方確立好夥伴關係，約定彼此理性溝通並互相尊重，沒有誰一定該聽誰的。即日起萍姐就會開始替祁洛郢規畫演藝工作，所有的工作接洽皆由萍姐洽談，而祁洛郢擁有最終決定權。

至於工作室的地點很快就決定了，和孟卻白的工作室在同一棟大樓的同一個樓層。原因無他，草創階段他決定一切從簡，在工作室有進帳前能省則省，既然房東願意低價出租，他沒理由拒絕——他只是很有原則地拒絕了不用租金的提議。

順帶一提，這棟商辦大樓外觀的原型是地主小時候隨手畫的塗鴉，地主的母親蓋了這棟樓後便以兒子小名來命名，就叫白白大樓。白白大樓的地主就是房東，同時也是祁洛郢的鄰居和男朋友。

「你媽太隨興了吧？價值數十億的大樓就這麼隨便取名字？」

「當年地價沒這麼貴。」孟卻白還是一貫的面無表情，「如果時不時就要幫大樓想名字，很容易就會隨便取了。」

「難不成還有另一棟白白大樓？」時不時就要幫大樓取名字？祁洛郢一聽就覺得肯定還有別的。

「後來我覺得太丟臉，不讓我媽這樣取名字了。」

孟卻白名下不只一棟大樓，他的資產一直有專人打理，對於財產只有一個約略的概念，說不出具體數字。另外，他評估了一下祁洛郢的接受程度，決定還是不把隔壁那棟大樓差點叫「祁祁大樓」的事說出來。

祁洛郢突然懷疑自己可能撿到一個人形金庫了。

因爲祁洛郢對工作室的運作還不熟悉，所以由萍姐出面幫忙應徵了兩個人——總機兼行政兼行銷兼會計，簡單來說，什麼事都做。不過初期也沒什麼工作，主要就是幫他的個人官方專頁發布貼文、應付每天記者打來的電話。

祁洛郢約滿後在家裡躲了兩週，記者才逐漸放鬆對他的盯守。他原本該再躲一陣子，然而創業初期，關於選址、裝修、家具等等事情他還是希望能親自到工作室處理。

有消息靈通的娛樂記者在祁洛郢的工作室附近守株待兔，果然等到了祁洛郢的出現。

「不好意思，能耽誤你兩分鐘嗎？」兩名記者一看見祁洛郢出現，立刻擋住他的去路，一人拿著掛著媒體名稱的麥克風，一人拿起手機開始錄影。

祁洛郢穿著一件長版薄風衣內搭簡單的白色上衣和牛仔褲，輕便又俐落，臉上戴著茶色墨鏡遮住半張臉，卻遮不住明星氣場，身邊只跟著阿佑。

他沒想到會在這裡看見記者，本不想停下受訪。反正CP粉在社團管理員有意引導下已經趨於低調，另外創了一個「誤入祁途後孟想成眞了」的私密社團，他們稱這爲「圈地自萌」，避免造成其他人觀感不好。

只是他這兩天上網看到黑粉在金影獎的社群上留言，說他本來就是同性戀，所以在《下屬整天都想推倒我》中演同性戀根本不需要演技。

祁洛郢原以爲自己修養已經進步不少，可是看見這則留言時又氣得想破口大罵了，更令他不爽的是，這則狗屁不通的留言竟然有好幾百個人按讚。

思緒至此，祁洛郢停下腳步，沒有說話，保持微笑面對著記者。

記者看出祁洛郢不置可否的態度，知道他的獨家即將到手，急急忙忙地把問題丟了出來，「關於你和孟卻白的緋聞有什麼要澄清的嗎？」

祁洛郢不滿意這個問題，看了記者一眼，歉然一笑，邁步作勢要走。

「等等！我還有別的問題。」這位記者經驗豐富，很會看人眼色，發現祁洛郢不是不回答，而是選擇性回答，於是他換了個也頗有話題性的問題，「現在正值金影獎入圍評選，有網友說在《下屬整天都想推倒我》中你是本色演出，不配入圍更不配得獎，你覺得呢？」

祁洛郢本就不打算回應他和孟卻白的緋聞，正如薛哥、萍姐、姚可樂建議的，現在不是出櫃的好時機，然而關於本色演出這件事他認爲應該說清楚。

祁洛郢朝記者的手機鏡頭禮貌性地一笑，接著咬字清晰，緩緩說出他早就想說的話，「先不管我的性向，請大家想想，那麼多異性戀演員演出異性戀角色拿獎，難道都是本色演出不配得獎嗎？」

語畢，祁洛郢低聲說了句「抱歉，我還有事要忙」接著就往工作室走去。

記者並不滿意這個答案，追在祁洛郢身後卻被張開手陪笑的阿佑擋下，只好高聲提問，「所以你的性向呢？你眞的是同性戀嗎？」

祁洛郢腳步不停，很快進入了工作室。

當晚，祁洛郢受訪的這段影片很快就傳了開來，網路上正反討論都有，其中認同的居多。畢竟祁洛郢說的是事實，既然異性戀演異性戀角色都需要演技了，那他是不是同性戀和他演的角色是否傳神又有什麼關係呢？

關於祁洛郢在《下屬整天都想推倒我》裡是本色演出的評論不久就消失了，同時出現的新聞還有丁澤的事。

這位航運大亨的繼承人在夜店遇上臨檢，被查出攜帶大麻，因爲拒絕夜間偵訊，在警局過了一夜才灰頭土臉地和律師一起出了警局，聞訊而來的媒體非常盡職地拍到了這一幕。

丁澤立刻登上了即時報導，也不清楚他背後有沒有其他勢力運作，消息連炒了三天才有個政客出軌的醜聞把這則新聞壓了下去。

這時候已經沒多少人在意祁洛郢的性向了。

✦

祁洛郢的工作室經過兩個月的籌備才完成裝修、布置妥當，員工們總算不用繼續寄生在孟卻白的工作室，全員進駐新辦公室，工作正式進入正軌。然而祁洛郢不急著拍戲，他打算慢慢醞釀、細細琢磨，每次送來的劇本他都看得仔細，寧缺勿濫，遇到有興趣的角色才會接演。

如果是特別喜歡的角色他就算零片酬也沒關係，不過檔期都得從明年排起，今年下半年他只接了幾個不用花太多時間的廣告和平面拍攝，讓工作室有收入，帳面上也比較好看。

近期祁洛郢沒什麼特別的計畫，他打算把十年長約裡沒放夠的假一口氣放完，他先和孟卻白膩了一個月，三餐、睡覺都在一起。祁洛郢看劇本，孟卻白就看祁洛郢，祁洛郢被看得不自在就拉著孟卻白一起讀劇本，邊看邊把手上劇本的優劣和拍攝限制一一分析給孟卻白聽，知無不言，言無不盡。

只要老師是祁洛郢，孟卻白就是個孜孜不倦、勤奮向學的好學生，開心得都不想工作了。每當這種時候，祁洛郢就會當起司機，把不情不願的孟卻白送到電視臺，在家裡總是纏著老師要親親的學生這才神色落寞地變回眾人眼中的高冷男神。

接著，祁洛郢獨自去國外探親一個月，看看家人，也看看漂亮的自然風景和充滿歷史感的城市建築，享受不用變裝自由自在生活的日子。

他們一家四口難得長時間聚在一起，祁洛郢起初還怕彼此沒話聊會冷場，然而有愛子心切的祁母在怎麼可能會沒話聊？還有對演藝圈充滿好奇的妹妹，一看見祁洛郢回來便追著他問這個明星的八卦、那個偶像的真面目，把祁洛郢煩得都想訂機票提早回國了。

他還是住在以前來時住的房間，儘管不常回來，房間依然乾淨整潔維護得很好，而且擺設和他記憶中一模一樣，彷彿一直等著他。這次要住得比較久，所以祁洛郢帶了幾套換洗衣物，他打開行李箱把衣物掛進衣櫃時隨手打開旁邊的櫃子。

才剛打開他就愣住了，比人還高的櫃子裡放著他小時候的遊戲機、球棒、籃球，還有數個包裝精美的禮物，仔細一數總共十一個。禮物盒上都有一張卡片，他隨手抽了一張，上面寫著：

洛郢，今天是你二十六歲生日。我知道你有現在的成就不容易，演藝圈太亂，所以當初我不希望你踏進那個圈子，但如今我也管不了你了。送你一句話——不忘初心，方得始終。

祝福你，生日快樂。

父筆

原來櫃子裡裝的是這十一年來父親爲他準備的生日禮物，從他再也不可能穿得下的球鞋到他受訪時曾經說過喜歡的某牌鋼筆。他用微微顫抖著的雙手拆開一個個禮物，從小到大的埋怨都化作淚水傾洩而出。

隔天，祁洛郢找上妹妹，「櫃子裡那些禮物一直都放在那裡嗎？」

祁芸芸一聽就知道哥哥在問什麼，「你總算發現啦？每年你生日，爸都會買禮物給你，一開始放你桌上，後來就收在櫃子裡。」

「我之前回來都沒注意到。」祁洛郢覺得這件事實在太玄，他怎麼就沒想過去開那個櫃子呢？

「因爲你好幾年才回來一趟，住一晚就急著要走當然沒發現。」

「爲什麼沒人告訴我？」祁洛郢瞧妹妹一副早就知道的樣子，內心暗忖，全家就只有壽星不知道自己收到生日禮物，這像話嗎？

「爸不准我們說啊！我被逼著發了一個毒誓，告訴你的話，我會胖到一百公斤再也減不下來，太可怕了。而且我怎麼曉得你不會去開櫃子？你每次回來我都以爲你會發現啊！」

祁洛郢陷入一陣沉默，他還能說什麼？

過了一日，祁洛郢主動邀父親去釣魚，兩個男人坐在湖邊聊了許久，魚沒釣到幾隻，倒是把十多年來的父子心結解開了。

又過了兩天，祁芸芸實在忍不住，趁爸媽不在時偷偷問了她最想了解的八卦，「你和孟卻白是不是眞的？」

祁洛郢沒有正面回答，直接反問，「你覺得爸媽能接受嗎？」

「哇！不會吧！你是特地回家出櫃的？」祁芸芸一聽就知道哥哥是什麼意思，儘管有些震驚，但她長期關心國內娛樂新聞，也不是沒想過這個可能。反正她早就決定不管哥哥性向是什麼，一律支持。

祁洛郢莞爾，「不行嗎？」

祁芸芸和父母相處多年，她明白就算身處風氣開放的國外環境，父母的內在依然保守，尤其父親那種脾氣，根本不可能好好談這件事，「你最好不要讓爸知道，你們好不容易和好，我怕你們再次冷戰了。」

「是嗎？」祁洛郢笑得意味不明，如果他會害怕和父親冷戰，那他們父子間的關係就不會冰凍十一年了。

總歸都是要坦白的，現在說總比看新聞才得知好吧？

祁洛郢不在的一個月，孟卻白悵然若失，整天像個遊魂似的飄來蕩去，連萍姐都看不過去，勸他找點事情做，孟卻白聽進去了。

二度和父親冷戰的祁洛郢拉著裝滿禮物的行李箱回來後，發覺孟卻白三天兩頭都往外跑變得異常忙碌。

「你要出去？」祁洛郢剛睡醒就看見孟卻白已經換好衣服，一身筆挺的定製西裝，正準備出門。

祁洛郢不想搬去對面，孟卻白就把自己的東西一點一點搬過來，現在祁洛郢的更衣間裡已經有一個衣櫃專門放孟卻白的衣服。

祁洛郢從臥房裡走出來，身上只套著一件寬鬆的睡衣，睡衣衣襬只夠遮住大腿根部，不穿睡褲是因爲他忘記昨晚把它扔到哪了。看著這個畫面，孟卻白瞬間不想出門了，都怪祁洛郢一雙筆直勻稱的長腿太惹眼，他上前抱住祁洛郢親了親臉頰，語帶寵溺，「我做了早餐，你趁熱吃。」

祁洛郢回親孟卻白一下，同時毫不留情地抓住並拉開偷偷伸進他睡衣下擺的手，聲音猶帶睡意，「接了新工作？」

「我成立了一間公司。」孟卻白說得輕描淡寫，卻暗暗注意祁洛郢的反應。

「什麼公司？」祁洛郢瞥一眼餐桌上的早餐，生菜、炒蛋、一片全麥土司，熱量沒有超標，就算放假他也得管理身材。

「電影公司。」

「你要拍電影？」祁洛郢訝異，他本以爲孟卻白是把工作室轉換爲新的公司，沒想到居然是開了間電影公司。

「如果有好的劇本，我也想試著投資看看。」孟卻白不敢坦白他開公司的部分原因是爲了祁洛郢。

他想著，如果祁洛郢看上了某個沒人願意拍的劇本，就由他出資，他幫忙找人來拍。孟卻白陪祁洛郢讀了一個月的劇本還是有些收穫的，加上拍了幾部戲後他意識到比起演戲，看著成品出來時的感受更觸動他，既然如此，他不一定要只當個演員。

祁洛郢又怎麼會猜不到孟卻白的用意，心中感動，嘴上卻不老實，故意恐嚇孟卻白，「拍電影很燒錢，那幾棟大樓可能都不夠你揮霍。」

孟卻白聞言倒是很認眞地說明，「我找人算過了，好好控制預算的話，一棟大樓換算成投資費用，大約能拍十部電影，等我拍了一百部後總有幾部可以賺錢的吧？而且我戶頭裡還有些錢，應該不需要處分資產來變現。」

「你就算有錢也有花完的一天，到時候別怪我騙財騙色。」你情我願，他可是不會退款的。

「不會的，我找了我哥來投資，幾年內都不會缺資金。」孟卻白笑得有幾分狡詐，他剛拉到投資人心情很好，「我應該和你說過我家的事？雲揚集團。」

「嗯，喝醉的時候說了一點。你想起來了？」祁洛郢有點心虛，難道他刻意灌醉孟卻白的事被發現了？

「想起來一些。」孟卻白握住祁洛郢的手，「沒關係，我沒有什麼事是不能對你說的。」

接收到孟卻白堅定又真誠的眼神，祁洛郢馬上就不心虛了，胸口盈滿幸福感。

「另外還有件事要告訴你，下毒案的兇手找到了。」這案子昨天剛偵查完畢提起公訴，孟卻白猜祁洛郢剛回國還沒空看新聞。

「不是說那天出入的人很多，無法比對嗎？」祁洛郢還記得案發半年後專案調查組草草結案，被他的粉絲在網路上罵了一頓。

「是劇組裡的人，生活製片張可瑄，記得嗎？」

「《金樽醉月》陪我們去醫院的生活製片？」祁洛郢驀地想起那名女子，印象中她話不多、工作盡責，和他說話時也挺正常的。

《下屬整天都想推倒我》和《金樽醉月》的生活製片都是張可瑄，劇組本就集合了來自四面八方的一群人。這部戲合作，隔了幾部戲又見面，在這行很常見。

孟卻白點頭，「她應該是瞧見了停車場裡的那一幕，之後就在拍攝期間留意我們的互動，偷拍了那些照片和影片。眼看宋秉恩爆出的醜聞越鬧越大，就把這些東西丟出來轉移大眾注意力。」

「她是宋秉恩的粉絲？」這樣說起來，她也算是他的黑粉吧？

「比較瘋狂的那一種。」

你也很瘋狂，祁洛郢望著孟卻白，默默用眼神表達了自己對他的看法。

孟卻白輕咳一聲，尷尬一笑，「我不會傷害人。」

「丁澤呢？」

「你知道？」

「猜的。」

「那不算傷害，是有人剛好發現他攜帶違禁品，熱心檢舉，這算是單純的警民合作。」

祁洛郢不置可否，他不知道丁澤有沒有勉強宋秉恩，這件事也不關他的事。他知道孟卻白是氣丁澤想對他出手，至少在祁洛郢看來，孟卻白做得並不過分，丁澤本來就不該攜帶毒品。而爲什麼丁澤以前都沒出事，那就另當別論了……

孟卻白看祁洛郢反應，曉得他沒怪他，鬆了一口氣，「警察是從醫院偷拍事件查到張可瑄的，偵辦的警察對她有點印象，就重啓下毒案的調查工作，最後在她家裡找到和你喝的礦泉水一樣成分的液體。」

「沒想到她這麼討厭我？」祁洛郢十分不解，這個問題他總是找不到答案，他到底哪裡做錯了？爲什麼他要承受那些惡意呢？

孟卻白的心揪了一下，祁洛郢那一瞬間的表情讓他心疼不已，他張開雙手把祁洛郢擁入懷中，「我喜歡你，我非常喜歡你，我愛你。」

他會永遠在祁洛郢的身邊，盡他所能加倍地愛他，所以他希望祁洛郢不要再在意那些人了。

祁洛郢回過神，抬起頭發現孟卻白的眼裡充滿包容、信任，和滿滿的愛意。

從十一年前的那場相遇開始，這雙眼睛裡就一直只有他。

如果他承受那些莫名的攻訐、傷害可以換來這樣一個人義無反顧地愛著他，他願意。

恍然間，一道若有似無的聲音響起，「我愛你。」

孟卻白第一次聽見祁洛郢說這三個字，開心得眼眶瞬間變得濕潤，他兩手把祁洛郢抱得更緊，低聲祈求，「再說一次？」

祁洛郢還不習慣說這種肉麻的話，不好意思地別開頭，「不能太貪心。」

孟卻白悶著聲音，「我一直都很貪心。」

原來你自己也知道？

看來需索無度這點孟卻白是不會改了。

祁洛郢不擅長甜言蜜語，但不代表他不會有所表示，「我有一個想法，你可能會覺得困擾——」祁洛郢靠近孟卻白，在他耳邊輕輕說出後半句話。

孟卻白微愣，隨即答覆，「你沒關係，我就沒關係。」

✦

一年一度的金影獎按例在年底舉辦，自從公布入圍名單後，媒體就不斷猜測今年會是誰拿下獎項。無論是影壇新星、一片成名的素人演員，還是正值盛年已經嶄露頭角的中生代，又或是耕耘多年演技純熟的老戲骨們都獲得不少報導和專訪。

入圍的影片和導演們也受到矚目刷了一波熱度，大半個月的娛樂新聞都是有關金影獎的討論，可謂電影圈的一大盛事。

其中最佳男主角獎一致公認競爭最激烈，擁有廣大粉絲的當紅男演員祁洛郢和宋秉恩各以《幻網》、《東方夜行記》雙雙入圍。近年跨足綜藝圈的高冷男神孟卻白也以黑馬之姿獲得評審青睞，第四名入圍者是金影獎常客，演技爐火純青的資深影帝張德鳴，他這次得獎的呼聲也很高。

另外，還有一名素人演員周建文，他年僅十二歲就擔任主角演出家庭暴力的受害者，表現可圈可點。

今年最佳男主角入圍名單被譽爲影史上平均顏值最高的一屆，而祁洛郢因爲入圍五次尚未獲獎，更是受到許多關注，大家都在猜祁洛郢今年能不能順利拿下影帝頭銜。而孟卻白雖然是第一次入圍，但在《下屬整天都想推倒我》中表現亮眼，也有一票支持者。

金影獎的頒獎典禮眾星雲集，穿著定製禮服的女星在紅毯上爭奇鬥豔，一旁男星們則努力在中規中矩的黑白西裝裡穿出新意，又不至於淪為時尚評論家口中的笑柄。

祁洛郢和孟卻白中午出門後就沒有再碰面，分頭著裝做造型、和各自入圍作品的導演、主演們會合，一起在等待處坐上贊助商的豪華禮車前往會場並走上紅毯。

一直到進入典禮會場，坐在主辦方安排的座位時，祁洛郢才終於見到見孟卻白。祁洛郢的座位旁邊是張德鳴，張德鳴旁邊是孟卻白。

祁洛郢和張德鳴合作過，兩人聊了幾句張德鳴就自願和他換位子。

「沒關係，你們年紀相近有話聊。」

「不只是這樣，前輩聽說過我倆的緋聞吧。」

張德鳴也不客套，「都上新聞了我怎麼可能不知道？」

「嗚哥是自己人，沒什麼好瞞的。」祁洛郢眨眨眼，「那是真的。」

張德鳴一聽立刻起身，壓低聲音道：「好了好了，知道了，我才不當電燈泡。」

「謝謝嗚哥。」祁洛郢道謝後坐到孟卻白右手邊，坐下後還偷偷碰了碰孟卻白的手，

「想我嗎？」

「想。」孟卻白很誠實，明明只分開幾個小時，他就瘋狂地想見祁洛郢。

工作人員起初是怕祁洛郢和孟卻白尷尬，特意把座位排開，卻不曉得為什麼他們竟毫不避諱旁人的目光坐到一起，而且還交頭接耳聊得開心。

有媒體注意到這邊的動靜，馬上拍了張照片上網發布新聞快訊：兩大男神緋聞後首次同框！

宋秉恩比較晚到，鄰近開場前才入坐，他的座位在孟卻白左手邊。而周建文個性內向，再三考慮後向主辦方請假，倘若得獎將由劇組的導演代表領獎。

宋秉恩自從傳出被包養的醜聞後就轉趨低調鮮少曝光，如今露面眾人才發現他消瘦不少，臉頰微微凹陷，精神狀態似乎不佳，隱隱流露出一股病態感。他看見祁洛郢等人只是點個頭打過招呼，入座後也不太說話。

祁洛郢看見宋秉恩的狀態對照丁澤的新聞，腦中有個猜想，儘管他不想求證還是忍不住想說兩句。距離過往的誤會已經很多年了，他變得成熟又世故，但內心深處還是有個仗義執言的少年。

「離開丁澤吧，不靠他你依然可以有自己的一片天。」祁洛郢輕聲對宋秉恩說。

「你懂什麼？」宋秉恩並不領情，他一直把祁洛郢當作競爭對手，可是他近年接太多商業爛片，聲勢下滑連帶眾人對他的演技也產生質疑。好不容易搶到《東方夜行記》的主角，沒想到卻跌入看不見底的深淵，「你就沒陪誰睡過？」

祁洛郢簡直不敢相信自己聽到的，宋秉恩果然已經不是他印象中的宋秉恩了。

「沒有。」在一旁的孟卻白冷不防插話，他本來就對宋秉恩沒有好感，現在看見本人，又聽了這番話就更討厭了。

宋秉恩哼了一聲，顧忌會場內的攝影機和四面八方的手機鏡頭，臉上掛著虛假的笑容，「我聽說你家很有錢，你是來當明星體驗人生的嗎？還是爲了睡誰？」

說到此處他意有所指地瞄了一眼祁洛郢，祁洛郢頓時怒火升起，孟卻白立即安撫似的按住他的手。

宋秉恩彷彿沒發現祁洛郢的怒意，繼續自顧自地說著，「假如你出價比丁澤高，我也可以陪你。」

孟卻白冷著臉拒絕，「不用了。」

「那就算了。」宋秉恩哪怕被拒絕了還是維持微笑，他是真的不在意。反正他已經沒有選擇權了，丁澤手中握有他不堪的照片，他又怎麼敢離開？方才說這一番話只是想讓自己看起來不那麼慘罷了。

祁洛郢一腔好意被打散，便把心中那個少年塞回心底，他不知道宋秉恩遭遇了什麼，但他知道宋秉恩不屑他的幫忙。

這場對話最終不歡而散，祁洛郢和孟卻白把注意力放回舞臺上的表演，不再和宋秉恩說話。

一個多小時過去，頒獎典禮總算來到影帝獎項，臺上主持人說了個笑話串場後，將舞臺交給頒獎人。

隨著頒獎人的介紹，華麗舞臺上的大螢幕也跟著撥放入圍者們在作品中的精采演出片段。

攝影機對準了四名入圍者，每個人都努力保持笑容和風度，眼神充滿期待。一般人都希望自己得獎，只有孟卻白更希望偶像得獎，無論是以粉絲、演員或男朋友的角色，他都覺得能這樣近距離陪著祁洛郢就是他入圍的最大意義了。

頒獎人徐徐拆開信封，拿出其中的卡片，眾人摒氣凝神目不轉睛，等著頒獎人宣布影帝獎落誰家。

祁洛郢知道他的臉會出現在大螢幕，同時也會透過現場直播在電視和網路上被大眾看見，所以他努力控制著表情。他告訴自己，就算頒獎人沒念出他的名字也不要表現得太過失望。

他放在膝上的手狀似隨意，手心卻早已發涼且微微冒著冷汗，儘管他覺得自己在《幻網》裡已經盡力了，怎料此次強敵環伺，他實在沒把握拿獎。

「最佳男主角，《幻網》祁洛郢。」

悠揚的音樂聲響起，大螢幕上五個分割畫面倏地變成一個單獨鏡頭，特寫著今年的金影獎影帝祁洛郢。

祁洛郢聽見自己的名字時愣了片刻，緊接而來的是孟卻白激動地對他說恭喜的聲音，他連忙回過神抱了一下對方，和身邊同樣向他說恭喜的張德鳴和宋秉恩握手並道謝。接著在工作人員的引領下，步下階梯走上舞臺。

這條路明明很短，但他花了十一年才終於走到臺上，內心激動下，祁洛郢已經眼泛淚光。

會場裡迴盪著評審給予新任影帝的得獎評語，渾厚的男性嗓音字正腔圓，「祁洛郢在《幻網》中以精湛演技詮釋安森博士一角，完美呈現一個人由理性轉變成瘋狂的模樣，他細膩刻畫出人物情感與角色性格，有著突破以往的演出，恭喜得獎。」

祁洛郢走到舞臺中央，和頒獎人握手，從他們手中接過獎座，最後站在了麥克風前，萬眾矚目。

這是祁洛郢演員生涯中最燦爛的時刻，他在入圍時早已想好了感謝詞，他是一名演員，背臺詞是基本功，不會輕易忘記。他只是需要一點勇氣支撐他把話說出口，而他現在剛好有。

舞臺上燈光的太亮，他沒辦法一一找到他想致謝的人，但他可以念出他們的名字。

祁洛郢挺直背脊看著鏡頭，聲音沉穩，一字一句咬字清晰，尤其是最後那三個字，「謝謝評審團、導演、劇組每一位工作夥伴、我的前經紀公司星河娛樂、帶了我十年的經紀人薛哥、常搞不清楚狀況的助理阿佑、一直支持我的粉絲和家人，以及我的男朋友——孟卻白。」

現場頓時驚叫聲四起，眾明星們不管形象口哨聲、歡呼聲和掌聲此起彼落。

頒獎典禮的導演反應很快，迅速切了一顆鏡頭給孟卻白，只見高冷男神不再高冷，笑得甜蜜而幸福。

祁洛郢說完親了一下獎座，轉身準備下臺，卻突然看見被鏡頭帶到的孟卻白，一時興起，朝螢幕上帥氣的男朋友送了一個飛吻，瞬間又引起一陣尖叫。

今晚，誤入祁途裡成員的發言異常踴躍，守著直播的粉絲們先是開心祁洛郢拿到夢寐以求的影帝，然後便猝不及防地看見偶像在頒獎典禮上當眾出櫃，好幾則留言激動到連字都打不好了。

「我我我看到了什麼？祁祁是同同同性戀？」

「天啊啊啊啊！祁孟CP是眞的！我好激動啊！我的心臟要受不了了！」

「樓上！撐住啊！深呼吸！我和你一樣！」

「官方發糖了！沒同人的事了！不行！別阻止我！我還要去畫一百張車圖！」

誤入祁途的成員原以爲經歷過偶像出櫃後沒什麼事能讓他們驚訝了，沒想到兩週後，誤入祁途中的資深管理員孟白白主動辭去管理員職務，原因竟然是「不追星了」。

「怎麼可能？孟白白是不是受到什麼打擊？」

「我不相信！就算有一天我不喜歡祁祁了，孟白白也一定不會變心的啊！」

「不可能！孟白白怎麼可能不喜歡祁祁了？如果祁祁有一天崩壞到只剩一個粉絲，那個粉絲絕對就是孟白白啊！」

水各一方依然在社團裡默默潛水，乍然看見公告時也和其他人一樣驚訝，於是他轉頭問了正在廚房裡做早餐的男朋友，「你不追星了？」

「我追到了。」孟卻白抬頭，平鋪直敘地說著，看似冷靜鎭定，但嘴角彎起的弧度已經出賣了他的心情。

是的，他就是得意。

他追星，而且追到了。

全文完

番外
後來的他和他

夏日，明亮寬闊的國際機場內到處是拖著行李來去匆匆的人潮。

在入境大廳處有一群舉著牌子的年輕男女正專注地盯著入境通道，經過的人都忍不住瞧上一眼。他們手上的牌子上寫著「誤入祁途」、「祁祁」、「祁孟一生推」等文字，原來是金影獎影帝祁洛郢的粉絲，看樣子是來接機的。

如今距離祁洛郢拿下金影獎影帝已經過了三年。

這幾年，祁洛郢先是接了國際名導駱以繁的電影，以《喧囂》一片參加了幾個國際電影節。

祁洛郢在片中初次詮釋聾啞角色即有精湛的表現，該片還獲得最佳外語片提名，並一舉拿下獎項。當初上映時電影口碑不錯，讓不少外國人慢慢認識了這張帥氣的東方臉孔，加上國內外媒體紛紛做了相關報導，他的曝光度和觀眾好感度皆直線上升。

祁洛郢拍完《喧囂》後接著拍了孟卻白的電影公司投資的兩部片，這兩部都是劇情片，一部探討社會議題，另一部講述父子親情。其票房都不是同期中最好的，卻都是同期裡影評人評價最高的電影。

祁洛郢接演每一個角色都會花上幾個月的時間去準備，讓外型、心境更貼合該人物，此外他的演技也愈加洗鍊自然，那些質疑祁洛郢演技的聲音就漸漸消失了。

後來，剛好遇到好萊塢知名電影公司為新片《驚奇探險》徵選亞洲演員，祁洛郢成功通過試鏡，爭取到一個重要角色，一舉晉升成國際影星。該片全球上映後更是打開了他在國際間的知名度，近期開拍續集，祁洛郢配合拍攝行程，已經待在國外快半年了。

在國外的活動變多，等同國內粉絲可以見祁洛郢的機會變得非常少，多虧後援會神通廣大，有成員得知祁洛郢要回國的消息，便號召了大批粉絲去接機。

幾位路過的旅客見狀猶豫地停下腳步，低頭瞄了一眼手錶後又無奈地趕飛機去了，臉上神情滿是扼腕。

一個頎長的身影站在機場出口附近，遠遠地望向此處，那是一名戴著帽子、墨鏡和口罩且看不出長相的男子。他時不時抬頭看著入境大廳中的航班資訊表，一邊操作著手機回覆訊息。

祁洛郢：「我到了，拿好行李就出去。」

孟卻白：「大廳這裡有一些粉絲來接機，情況可能會有點混亂，你真的不考慮走貴賓通道？」

祁洛郢：「飛機延誤兩個小時，他們應該等很久了，要是沒看到人會很失望的。」

孟卻白知道祁洛郢向來寵粉，只要條件允許，他都會盡可能滿足粉絲的期待。

孟卻白：「我在出口等你。」

祁洛郢：「你別下車吧？要是你被粉絲圍住，我可救不了你。」

祁洛郢見識過粉絲們層層包圍的熱情，他說的救不了不是冷血，是眞的無能爲力。

孟卻白：「我把臉都遮起來了。」

祁洛郢幾乎可以想像孟卻白爲了怕接機被認出來而包緊緊的委屈模樣

祁洛郢：「我這次回來沒有公開行程啊，是不是你把班機消息透露出去的？」

沒有公開行程就不會通知媒體，更不可能從廣告商或是合作方那裡走漏消息，祁洛郢想不透他的班機資訊是如何洩漏出去的。

孟卻白：「不是。」

孟卻白覺得有點委屈，不過爲了排除嫌疑，他自動自發地提供可疑人選。

孟卻白：「雖然我已經不當管理員了，但現任管理員有些事依舊會和我討論。最近有個新加入的可疑帳號，自稱是你的助理阿佑。」

這情節怎麼有點似曾相似呢？

可是這次絕對不是他！

「祁哥，我拿好行李了。」阿佑這幾年跟著祁洛郢在國內外奔波，皮膚曬得黑了一點，外表看起來也變得成熟穩重了些。他背著背包，拉著一個登機箱和兩個大行李箱，從行李輸送帶旁走了過來，笑得憨厚燦爛。

祁洛郢莫名覺得阿佑越看越可疑，「阿佑，你是不是加入了我的後援會？」

「你怎麼知道？該不會連我拿你的照片賄賂管理員的事都知道了吧？」阿佑瞪大眼睛，瞥見祁洛郢的表情突然意識到自己似乎說得太多，連忙遮住嘴巴，然而已經太遲了。

原來他不止加入了後援會，還賄賂了管理員……

「不准拿我的照片賄賂管理員！」祁洛郢嚴正警告阿佑，這種事只能他自己來做！

「下次不會了。祁哥，你放心，只是幾張國外街頭的側拍。」阿佑先是討饒，接著振振有詞地解釋，「我是單純想跟管理員打好關係，並且在社團裡收集輿情，方便未來有事的時候可以迅速得知粉絲們的反應啊！」

這種事情他四年前就做過了好嗎？

祁洛郢當然拉不下臉坦白他也在社團裡，「我不反對你加入，但是不要說你是阿佑……算了，這個來不及了，總之以後不准再偷傳我的照片。」

「我不會再賄賂管理員了，就算他不相信我是你的助理，還問我有沒有其他照片我也不給了。」阿佑拍胸保證，態度特別誠懇。他跟著祁洛郢這麼多年，明白祁洛郢這是不再跟他計較的意思。

這整段話話聽起來充滿既視感，點點回憶湧上祁洛郢的心頭，他內心五味雜陳，各種情緒匯集在一起簡稱爲——不堪回首。

祁洛郢努力管理表情，力求從容淡定不露一絲端倪，他輕輕點了點頭，而後拍拍助理的肩，不再多言。

從上機開始祁洛郢的心情就不錯，雖然嘴上沒說，但想到能見到久別的男朋友還是很期待。加上大批粉絲在外頭已經等候許久，他不再耽擱，拉過阿佑手上的一個行李箱，跟著入境指示邁步往外走。

粉絲們從該班機抵達後就不斷踮起腳尖引頸期盼著，此時總算等到祁洛郢從入境通道出來，便情不自禁地尖叫歡迎。眾人一邊揮動著手牌，一邊激動地往前擠，只爲了更靠近偶像一點。

祁洛郢穿著輕便，簡單的T恤配上刷舊牛仔褲，戴著灰色墨鏡，他的身材和外表一直維持得很好，經過這幾年的歷練，舉手投足間充滿巨星氣場。

看見大批粉絲的熱烈歡迎，他立刻朝他們揮手致意，雖然知道自己應該用最快的速度離開避免造成混亂，可是當他發現有人因爲見到他而感動落淚，就忍不住上前握了幾名粉絲的手。

阿佑拖著行李箱跟在祁洛郢身邊，面對如此盛況頗有些無能爲力，只能溫情喊話讓大家注意安全不要推擠，避免釀成意外。

航警看見粉絲聚集就知道有大明星要來，早就在此待命，祁洛郢一通關後他們馬上以人牆幫忙清出一條通道，孟卻白聘僱的幾名保全人員則負責維持秩序，一陣熱鬧後，總算順利讓祁洛郢搭上在外等候的保母車。

整段過程中拿著相機和手機的粉絲們拍攝了不少照片，還有人開了直播，讓社團裡其他沒辦法到機場接機的粉絲同步追星。另外也有粉絲發現從兩個小時前就站在出口附近不露臉的高眺男子居然跟著祁洛郢一起上車，後知後覺地發現原來那人是孟卻白，心中一陣扼腕卻又有種被發糖的小確幸。

黑色保母車駛離機場，開上快速道路，阿佑坐在前座，後座是祁洛郢和孟卻白。

孟卻白脫下口罩與墨鏡，朝祁洛郢笑了笑，目光溫柔，「累嗎？要不要休息一下？」

「不累，我在飛機上睡飽了。」祁洛郢輕輕碰了孟卻白的臉，手指撫過他眼下一片淡淡的黑暈「你才是該休息的人吧？黑眼圈都跑出來了。」

電影公司的工作確實比較繁重，孟卻白每天都忙得不可開交，晚上還爲了和祁洛郢講視訊電話經常熬夜，久而久之就養出了黑眼圈，又因他膚色偏白的緣故，看起來更顯眼。

「有嗎？」

「當我瞎了？」祁洛郢不信孟卻白沒發覺。

「公司忙。」孟卻白就是不肯說他是爲了祁洛郢而晚睡，他只暗暗想著也許下次該試試消除黑眼圈的祕方，或者直接用點遮瑕膏。

「那麼忙還來接機？」祁洛郢原本讓孟卻白不用來，有車接送就可以了，孟卻白卻堅持要自己來接。

孟卻白直接又理所當然地說道，「我想早點看到你。」

祁洛郢臉上一熱，本來還想叫孟卻白多注意身體，結果聽到這句情話瞬間忘了他要說什麼。他下意識看向前座，發現阿佑和司機正聊著國外工作的趣事有說有笑，這才放下心來。

「公司現在都上軌道了，你別太累，什麼事都親力親爲。」

孟卻白設立電影公司後，積極尋覓適合拍攝的劇本，同時招兵買馬建立團隊，以一年一到兩部的速度完成一部部電影。

短短三年他們已經完成五部電影的製作，其中兩部是由祁洛郢主演，還有一部由孟卻白擔任主演，另外兩部則是積極徵選新人，挖掘更多有潛力的演員，也特地採用新銳導演等等，爲國內電影產業注入一股欣欣向榮的氣息。

「我知道，只是有些事不放心，需要親自確認過。」

祁洛郢點到爲止，兩人都在演藝圈裡工作，見孟卻白找到熱愛的目標，他當然全力支持，「我看最近上映的那部《候鳥》評價還不錯。」

「還可以，這部片主題是社會關懷，能引起注意在我意料之外。」

「公司怎麼被你說得好像沒在賺錢？」

「每部片的訴求不同，股東這麼問是要查帳嗎？」雖然孟卻白說不用，不過祁洛郢還是投資了他的電影公司，既是支持男朋友也是支持電影圈。

「不用，我又不是爲了這個回來的。」祁洛郢斜斜看了孟卻白一眼。

「爲了什麼？」孟卻白冷冽的聲線染上幾許溫度，伸手抓住祁洛郢擱在座椅上的手，他心中不是沒有猜測，但他想聽祁洛郢親口說。

「你明明知道。」祁洛郢不想先說出來。

「不知道。」孟卻白裝傻，說完就睜著眼睛無辜地盯著祁洛郢。

半晌，祁洛郢投降，跳過甜蜜告白直接進入下一個話題，「你想要什麼禮物？」

明天就是孟卻白的生日，祁洛郢趕著把國外的工作提早完成，就是爲了回來幫孟卻白慶生。

「能看到你就是最好的禮物。」

「你說，我盡量達成。」祁洛郢不是沒準備，然而他覺得那些在國外拍戲空檔買的小東西不適合當生日禮物，生日禮物感覺該更慎重一點？

孟卻白瞥了一眼前座，低聲說了句，「回去說。」

「好。」祁洛郢不知道孟卻白在打什麼算盤，不過既然壽星這麼說，他就從善如流地答應了。

✦

在孟卻白生日這晚，兩人叫了外燴，將知名餐廳的餐點搬到家中的餐桌上，從前菜、開胃酒、主菜到甜點，無一不精緻美味。

吃完飯，祁洛郢就躲進更衣間裡，依約幫孟卻白準備禮物。

祁洛郢在家裡懶得上妝，反正他的素顏足夠出色，頭套他沒試過自己帶，但戴個假髮再用髮帶束個高馬尾並不難，儘管沒辦法完全還原劇中的造型倒也有模有樣。

古裝穿脫比較麻煩，祁洛郢花了一點時間才把孟卻白給的古裝戲服一層層穿好，在鏡子前裝模作樣地擺了幾個姿勢回憶角色。

孟卻白坐在客廳沙發上，長腿交疊一手放在扶手上撐著頭，另一隻手滑著手機像在處理工作，只有他知道自己根本心不在焉，既雀躍又煎熬地等著他的生日禮物。

約莫半個小時後，孟卻白總算等到祁洛郢從更衣室出來。

祁洛郢一身內白外青廣袖長衫，一支玉笛在他掌中變著花樣轉了幾圈，這是《金樽醉月》裡莫盡歡最具代表性的造型。

「師兄，連你也討厭我嗎？」祁洛郢唇角一勾，眉眼帶笑，角色瞬間上身，那股瀟灑邪魅的風流模樣頓時讓孟卻白心跳亂了拍，完全移不開眼。

「我只喜歡你。」孟卻白走近，勾上祁洛郢的腰將人攬進懷裡，俯身給了他一個炙熱的吻。

祁洛郢熱切地回應著，他恨不得時間停在此刻，他們就可以永遠不分開了。

孟卻白輕鬆地解開了祁洛郢纏了許久的腰帶，腰帶落在地上，衣袍順勢散開，孟卻白的手隨即在那勻稱勁瘦的男性軀體上游移，或揉捏，或輕撫，動作曖昧而情色。

「莫盡歡是攻你知道嗎？」祁洛郢被撩撥得已然情動，手上也不客氣地在孟卻白身上挑逗著。

「知道。」孟卻白的手停在祁洛郢的下腹，套弄著他勃發炙熱的性器，沒幾下性器頂端已經分泌出些許液體。

祁洛郢呼吸粗重了些，他有好一陣子沒有紓解過了，特別經不起這樣的撫弄，怕太快就繳械，他連忙抓住孟卻白的手，「爲了忠於原著，我們應該反過來。」

「不用。」既然祁洛郢不讓自己繼續撫慰他的性器，孟卻白就轉移目標，一把脫下祁洛郢的褲子。

「你這樣是逆CP。」祁洛郢不甘示弱，也扯去孟卻白的襯衫，露出他結實的肌肉線條。

孟卻白根本不在乎，他的聲音因情慾變得暗啞又充滿誘惑力，「小說是小說。」語畢，他拉下祁洛郢的髮帶，長髮如瀑般落下，面前的人衣衫凌亂，白皙的身體半遮半掩下隱隱露出胸前挺立的紅櫻和筆直的長腿，簡直性感得要命。

孟卻白單戀了祁洛郢許多年，按理來說應該非常擅長忍耐，然而他總覺得和祁洛郢交往後自己的耐性反倒消失殆盡了，每次都被對方勾引得慾火中燒、飢渴難耐……只怪美色誤人。

「爲什麼選這套？」祁洛郢故意吊著孟卻白的胃口，冷不防開啓聊天模式。

「你穿古裝特別好看。」

祁洛郢演的古裝劇不少，一開始的出道作《對月長歌》就是其中一部，不少人都稱讚他的古裝扮相。不過他卻是第一次聽孟卻白這麼說，便故意裝作不樂意的樣子，「只有古裝好看？」

「都好看。」孟卻白手上動作不停，輕撫祁洛郢線條漂亮的腰線，接著揉捏他手感極佳的臀瓣，手指有意無意地劃過隱密的穴口。

「再誇下去我的自信心會過度膨脹。」祁洛郢被撩撥得極爲難受，低低喘氣。

「沒關係。」孟卻白寵溺地親了親祁洛郢的嘴角而後往下至側臉、頸側、喉結、鎖骨。他抱緊他讓兩人下身緊貼，確認彼此都渴求著對方，「讓我進去？」

祁洛郢臉上一紅，他哪次拒絕了？

「去房間。」

幾秒鐘後，祁洛郢躺在舒服柔軟的大床上，長髮鋪散，身上半穿著莫盡歡的服裝，卻沒起到半點蔽體作用。他的一條腿被架在孟卻白的肩上，腿根處早已濡濕得不像話，後穴隨著孟卻白的手指進出發出陣陣淫靡水聲。

「還不進來嗎？」祁洛郢小聲地催促。

聞言，孟卻白抽出手指，挺胯送入自己的性器。

祁洛郢羞恥地扭頭，手背摀著嘴，發出壓抑的呻吟，同時身體不自覺地繃起，儘管做過擴張與潤滑，後穴仍無法馬上適應異物的進入。

孟卻白因爲慾望熱脹到發痛的性器總算得到一絲快慰，但進入後又瞬間被絞緊，他俯身吻住祁洛郢，低聲提醒，「莫師弟，你夾得太緊了。」

祁洛郢本就渾身燥熱，聽到這句話變得更熱了，他瞪了孟卻白一眼，努力放鬆了身體。

孟卻白這才抽動下身，由淺及深，從慢到快。

祁洛郢很快就被快感淹沒，他顧不上羞恥心，兩腿纏上孟卻白的腰，呼喚著孟卻白的名字。

臥室裡，曖昧的喘息呻吟聲和肉體碰撞聲接連響起，兩人鬧了一整夜，直至力竭。

隔日，日上三竿祁洛郢還在賴床，孟卻白討好地服侍他吃完早餐，還幫他按腰捏腿，讓被折騰一晚的筋骨舒服一些。

「你該不會還要吧？」祁洛郢對無事獻殷勤的孟卻白特別有戒心。

「學長，我想看你穿學校制服。」

「穿不下，都丟了。」

「重新訂做就穿得下。」

祁洛郢聽了有點頭痛，「等你明年生日。」

甜頭不能輕易給，何況需索無度的粉絲確實該節制了。

孟卻白不放棄，討價還價，「聖誕節？」

「你也穿？」祁洛郢覺得只有自己換裝太吃虧，便提出要求，他也想看孟卻白穿。

「好。」

祁洛郢看見孟卻白揚起的笑容才意識到方才自己的堅持已經蕩然無存。

算了，為了這個笑容，他願意。

後記

希望這個故事大家看得開心

謝謝大家購買與閱讀這個故事，你們的支持是我持續創作的動力。

雖然我有時候看小說時也會忍不住偷看作者後記，不過還是建議習慣提前打開後記的讀者先閱讀正文，以下內容涉及劇透。

這個故事最早的書名叫做《世界上最遠的距離是偶像在你面前你還以爲他是黑粉》，書名即概念，清楚又明瞭。

不過原本的名字實在太長，所以後來改成了現在這樣，「演員的職業操守」當初是拿來當作章節主題的名稱，沒想到誤打誤撞變爲書名。

本書所指的職業操守，僅是祁洛郢的個人觀點，隨時都會增減變動，和我不小心爆字多寫一章就得想出一個新的職業操守當標題一樣，充滿彈性和難以預測。

每個故事都有不同調性，每個人的感受也不盡相同，但大致上這個故事的氛圍應該比較輕鬆明亮，希望看完的朋友能有好心情。

故事的解釋照理存在在讀者心中，但我寫的後記字數實在不夠，所以請容我在此聊一點這個故事。

祁洛郢沒有以《下屬整天都想推倒我》這部片入圍金影獎，也許是因爲評審對他有更高的期待，也許眞的是因爲評審懷疑他本色演出，也可能是他在入圍評選階段時的那一番喊話弄巧成拙……沒人知道。

不過祁洛郢確實在出櫃前就隱約感覺到一股來自金影獎評審的非善意，畢竟他在這部電影中不是表現得不出色，如果孟卻白能以這部片入圍，祁洛郢的演技理應也可以入圍。

而關於孟卻白和祁洛郢的感情，我們都曉得，一段穩定的關係不會只靠著單方面的付出來維持。

外人看來，孟卻白付出了很多，然而對他而言這些根本不算什麼，他認爲祁洛郢帶給他的心靈支持更多。

儘管祁洛郢幾次的事業危機與困難都是靠著孟卻白的幫助才安然度過，可是他在這段感情裡也做出了努力和犧牲。祁洛郢選擇在事業高峰期公開戀情，看似有些衝動，但事實上他一直都很理性，他就是這般無畏且坦蕩。

孟卻白年紀比祁洛郢小兩歲，他在二十四歲前過著追男友兼追星並且學習成爲演員的日子，他是認清目標就會堅定去做的人。追祁洛郢是這樣，當演員也是如此，直到後來發現自己想製做電影，他依然全心投入。

孟卻白想爲祁洛郢做一些粉絲能做的事情，也想以普通人的身分追求祁洛郢。他戰戰兢兢地拿捏其中的分寸、顧慮祁洛郢的感受，雖然難免抓不好界線……畢竟人無完人，兩人都還在成長。

此後，他們可以一路並肩向前，相知相伴，在喜歡的事業上各自擁有一片天空，也不排除偶爾合作的機會。

另外，還有一些小設定。

小說中沒有明確說明他們使用哪個社群軟體，如果讀者們想容易帶入的話可以想像成臉書，不過功能並非完全一致。

孟郤白這個帳號是孟郤白大約十一歲時創的，他當時年紀輕沒思考太多便直接用自己的小名，反正他沒有打算加現實朋友，長大後則是懶得改名就繼續沿用舊帳號。

兩人初次相遇，孟郤白十三歲，祁洛郢十五歲

所以上冊才會提到孟白白的帳號創了十二年，而祁洛郢當時已經出道十年。

當大家看到這本書出版的時候，我應該在寫別的故事了。

作家這個部分和演員工作的特性很像，他們在宣傳作品時，可能和拍攝時間隔了幾個月甚至幾年，不過這不妨礙他們想把作品介紹給更多人知道的心意。

我不只聽一位演員受訪說過，拍完戲後角色就成為他的一部分，小說創作之於作者也是如此。每個作品都是當下的心血累積，書籍印刷成冊、電影成片後就不改了，好的壞的都留在讀者和觀眾心裡。

儘管如此，我還是希望這本書能陪讀者度過一段愉快的閱讀時光，倘若大家喜歡這個故事也歡迎告訴我。

小說有完結的時候，而我始終相信他們的故事還在繼續。

林落

國家圖書館出版品預行編目資料

演員的職業操守 / 林落著. -- 初版. -- 臺北市 ： 城邦原創股份有限公司出版：英屬蓋曼群島商家庭傳媒股份有限公司城邦分公司發行, 民 110.11
冊；公分. --

ISBN 978-626-95177-6-3（下冊：平裝）

863.57　　110019855

演員的職業操守（下）

作　　者／林落
企畫選書／楊馥蔓
責任編輯／楊馥蔓、林辰柔

行銷業務／林政杰
總 編 輯／楊馥蔓
總 經 理／伍文翠
發 行 人／何飛鵬
法律顧問／元禾法律事務所　王子文律師
出　　版／城邦原創股份有限公司
台北市中山區民生東路二段 141 號 6 樓
電話：(02) 2509-5506　傳眞：(02) 2500-1933
E-mail：service@popo.tw
發　　行／英屬蓋曼群島商家庭傳媒股份有限公司城邦分公司
聯絡地址：台北市中山區民生東路二段 141 號 11 樓
書虫客服服務專線：(02) 25007718．(02) 25007719
24小時傳眞服務：(02) 25001990．(02) 25001991
服務時間：週一至週五09:30-12:00．13:30-17:00
郵撥帳號：19863813　戶名：書虫股份有限公司
讀者服務信箱 email：service@readingclub.com.tw
城邦讀書花園網址：www.cite.com.tw
香港發行所／城邦（香港）出版集團有限公司
地址：香港灣仔駱克道 193 號東超商業中心 1 樓
email：hkcite@biznetvigator.com
電話：(852)25086231　傳眞：(852) 25789337
馬新發行所／城邦（馬新）出版集團 Cité(M)Sdn. Bhd.
41, Jalan Radin Anum, Bandar Baru Sri Petaling,
57000 Kuala Lumpur, Malaysia.
電話：(603) 90578822　傳眞：(603) 90576622
email:cite@cite.com.my

封面插畫／ALOKI
封面設計／Gincy
電腦排版／游淑萍
印　　刷／漾格科技股份有限公司
經 銷 商／聯合發行股份有限公司
電話：(02)2917-8022　傳眞：(02)2911-0053

■ 2022 年（民 111）1 月初版
■ 2022 年（民 111）3 月初版 2.5 刷
Printed in Taiwan

POPO城邦原創 www.popo.tw　城邦讀書花園 www.cite.com.tw

定價 / 320元

ISBN　978-626-95177-6-3

本書如有缺頁、倒裝，請來信至service@popo.tw，會有專人協助換書事宜，謝謝！